La
FILLE
DU FORESTIER

Urbain Olivier

SAMIZDAT

Urbain Olivier (1810-1888)
La fille du forestier: nouvelle fut publié initialement en 1865.
ISBN: 978-2-9814604-2-4

Les italiques proviennent de l'édition originale et, à moins d'avis contraire, il en est de même des notes. Ce texte conserve l'orthographe et la ponctuation d'origine (ce qui inclut quelques inversions d'accents sur la lettre *e*, c'est-à-dire un *é*, là où aujourd'hui on met un *è*). Sur le plan linguistique, Olivier nous sert de témoin des variations et de l'évolution de la langue française.
[NdÉ = Note de l'Éditeur]

Issu d'une famille protestante de La Sarraz et d'Eysins en Suisse, **Urbain Olivier** est né le 3 juin 1810 à Eysins. En 1832, il épouse Louise Prélaz, fille de médecin et publiera trente-cinq romans et nouvelles. Olivier décède le 25 février 1888 à Givrins.

Samizdat 2015
COP Jean-Gauvin
CP 25019
Québec, QC
G1X 5A3 Canada
http://www.samizdat.qc.ca/publications/

Couverture: PogoDesign
Révision: Pogo & Suzan Allard

*L'homme qui se contente de n'être que lui-même, et par consé-
quent d'être moins qu'un être humain, vit dans une prison. Mes
propres yeux ne me suffisent pas, à moi, je veux voir avec ceux
des autres. La réalité, même vue par les yeux d'une multitude
d'hommes ne me suffit pas. Je veux voir ce que les autres ont
inventé. Et même, il n'y a pas assez des yeux de toute l'humanité.
Je regrette que les bêtes brutes ne puissent pas écrire des livres.
C'est avec joie que j'apprendrais quelle face présente le monde à
une souris ou à une abeille. Et c'est avec un plaisir plus grand
encore que je percevrais le monde olfactif chargé de toutes les
informations et de toutes les émotions qu'il apporte à un chien.
(...) Mais en lisant de la bonne littérature, je deviens un millier
d'hommes et pourtant je demeure moi-même. Comme le ciel
nocturne du poème grec, je vois avec une myriade d'yeux, mais
c'est encore moi qui vois. Alors, comme dans la foi, l'amour, l'acte
de morale et l'acte de connaissance, et je ne suis jamais plus moi-
même qu'à ce moment-là.
(C.S. Lewis — Expérience de critique littéraire. — 1965)*

*Il serait possible d'affirmer que dans un sens les âges à qui nous
devons notre civilisation chrétienne estimaient moins que nous la
civilisation. Sans doute ils ne la sous-estimaient pas, mais lui
donnaient simplement une place secondaire. On pourrait dire que
cette civilisation a été engendrée comme le sous-produit d'une
chose bien plus estimée encore.* *
(John Baillie — What is Christian Civilisation ? — 1945)*

Je me suis fait un idéal.

Table des Matières

à mon frère,
juste olivier.

Tu les connais et tu les aimes, ces vieilles montagnes. Leurs forêts sont vertes, leurs pentes adoucies, leur sommet frangé de hauts sapins. Au printemps, les pâturages, ruisselants de rosée matinale, sont aussi couverts de fleurs. En été, si j'ouvre ma fenêtre au moment où les premiers rayons du soleil illuminent le lac et la plaine, le Jura si frais s'éveille joyeux. L'ombre noire des chênes se dessine sur les gazons. Les saules du vallon lustrent leur feuillage. La voix du ruisseau sort des grands bois pour saluer le roi du jour.

Enfants de la plaine vaudoise, nous sommes nés sur les bords de ces nants feuillus où chantent les petits oiseaux. Dispersés plus tard pour le combat de la vie, il fallut quitter le nid paternel. Aujourd'hui, si tu te sens fatigué par le bruit de la grande ville aux voix mensongères, prends ce petit livre. Je l'ai écrit en pensant à toi. Il te parlera de la patrie terrestre et aussi de celle du ciel.

Givrins, août 1864.
U. Olivier.

PREMIÈRE PARTIE

CHAPITRE PREMIER

ans le Jura vaudois, on trouve de nombreux villages placés d'une manière bien différente les uns des autres. Tantôt les habitations ne forment qu'un seul mas de maisons bâties au fond d'un cirque de collines verdoyantes : elles sont là groupées, serrées de près, comme pour se tenir bien au chaud pendant les longs hivers qui règnent dans la contrée. Tantôt c'est une commune populeuse, qui se compose de plusieurs hameaux détachés, les uns situés au bord d'un lac de montagne, les autres espacés sur quelque lisière de forêt. Dans un autre endroit, la moitié de la communauté est formée de maisons foraines, qu'on voit briller au loin, un peu de tous les côtés. Ailleurs, c'est toute une suite de bâtiments construits sur une pente découverte aux quatre vents des cieux et qui, vus de la plaine, ressemblent à un long escalier d'une seule rampe. Dans les vallons plus étendus et mieux abrités, on voit de riches villages bien établis sur des territoires fertiles, dont le climat permet aux pommes et aux poires, même aux noix, d'y mûrir en toute sécurité. Les vergers donnent d'excellents fourrages ; les champs alternent du froment au trèfle, de la pomme de terre au sainfoin rose. Et comme les forêts sont à peu de distance des habitations, forêts vastes, profondes, où la commune peut puiser librement, il résulte d'un tel concours de circonstances heureuses,

que les habitants sont généralement dans une grande
aisance matérielle. Outre le revenu de ses champs et
ses rentes en argent, tout bourgeois parvenu à l'âge
réglementaire, qui est ordinairement trente ans, reçoit
chaque année une répartition communale en bois,
beurre et fromage. C'est donc, dans un certain sens, un
vrai pays de Cocagne. Ajoutons encore, pour compléter
le tableau de cette situation exceptionnelle, que, si le
raisin ne peut mûrir ici, presque tous les propriétaires
possèdent quelque bonne vigne sur les coteaux infé-
rieurs, parfois même à deux lieues de distance. Ainsi
donc, ils ont le vin blanc de la Côte pour le prix de
culture seulement et ils placent dans le bas pays le
produit de leurs magnifiques forêts, souvent aussi leurs
capitaux mobiliers.

Le village du Chenalet, dans lequel s'est passé l'histoire que j'ai l'intention de raconter au lecteur, ne figure
pas dans la catégorie de ces communes privilégiées, au
moins pas pour la fertilité du sol. Placé dans une petite
vallée étroite, à une altitude de 3000 pieds environ, il
comprend plusieurs quartiers ou hameaux, séparés les
uns des autres tantôt par un pré, tantôt par quelque
amas de rochers sur lesquels on n'a pas eu l'idée de
bâtir. Parfois même, le terrain d'intersection ne consiste
qu'en menues pierrailles ramassées dans les endroits
voisins et rejetées ici en monceaux irréguliers de
hauteur et de forme.

C'est ainsi qu'il y avait, au Chenalet : le quartier ou
Quart-d'en-haut, le Quart-d'en-bas, et deux autres quarts
populeux, assez rapprochés pour avoir l'air de former le
centre principal de la commune. Ici se trouvaient les
cabarets, le temple, l'horloge et la *maison de ville*, soit le
bâtiment contenant les archives, l'école, la pompe à
incendie, etc. Quelques maisons égrenées sur une pente
voisine portaient le nom de *Petit Chenalet*. À quelque
distance, dans les terrains en culture, on trouvait aussi
plusieurs habitations éparses, mais se rattachant toutes

au faisceau principal pour le culte public, l'école et surtout pour les droits de combourgeoisie.

Du village même, on n'a pas d'autre vue que celle du ciel et des hauteurs avoisinantes. Celles-ci, généralement boisées, sont des rochers calcaires en forme de cônes à large base, mais tronqués ou arrondis vers le milieu de leur pente régulière et recouverts de pâturages à leur sommet. De ces divers points élevés, on découvre toute la vallée du Léman, le lac et les lignes si pures de ses golfes, Chillon à gauche, Genève à droite, Lausanne au nord-est, plus loin les pentes rapides de Lavaux et, en face, le Mont-Blanc dans toute sa splendeur.

En arrière des monticules rapprochés du Chenalet, la contrée s'étend un peu de tous les côtés en vallons intérieurs, parsemés de nombreux chalets entourés d'alpages. D'immenses forêts de sapins et de hêtres couvrent aussi les pentes et montent parfois jusqu'aux plus hautes sommités de la montagne, comme elles en occupent aussi, çà et là, les bas-fonds. Tout cela constitue un pays sévère et froid, durant six grands mois de l'année ; un coin du monde à part, ayant pour centre le village du Chenalet. En ligne directe, il faut faire plus d'une lieue avant de trouver une autre commune sur ces hauteurs ; pour descendre à la plaine, l'espace à parcourir est plus considérable encore, le double même, si l'on veut arriver jusqu'au voisinage du lac.

Pendant la belle saison, les habitants du Chenalet recevaient de nombreuses compagnies venant faire ce qu'on appelle une partie de montagne. Les deux petites auberges se remplissaient bien vite pour quelques instants, après quoi les promeneurs continuaient leurs excursions dans les environs du village et en repartaient le même jour. À cette époque-là, c'est-à-dire il y a trente ans, peu de personnes des villes éprouvaient le besoin d'un séjour prolongé dans les climats plus frais, ou, tout au moins, le nombre de celles qui pensaient ne pas pouvoir faire autrement que de s'y établir pour la belle

saison, était fort restreint. Deux ou trois familles seulement, venant de la plaine, arrivaient au Chenalet dès le
mois de juillet et y restaient jusqu'au milieu d'août.
Aujourd'hui, le flot montant ne fait que grossir et bientôt
toutes les maisons un peu logeables des montagnards
auront leurs pensionnaires. C'est un besoin, une mode,
un goût du siècle fort agréable, il faut en convenir.

Une des grandes misères de ces localités élevées et
rocailleuses, c'est la sécheresse en été. Les sources
vives sont rares et ne peuvent être conduites à une
distance considérable. Ce n'est qu'à grand'peine qu'on
parvient à découvrir quelque petit filet d'eau permanent.
Il faut creuser profondément dans le roc pour trouver un
puits ; et, lorsque des semaines, quelquefois des mois
entiers se passent sans pluies durables, l'eau des
sources est absorbée par le sol avant d'arriver au réservoir qui doit la confier aux tuyaux des fontaines. Il ne
reste alors que les citernes établies dans le village
même ou près des chalets : eau verdâtre, fade, mais
saine pourtant, recueillie par les chéneaux des toits et
dont il n'est pas même possible d'user à discrétion pour
la famille ou le bétail. Dans un cas pareil, on va chercher l'eau de source sur les croupes inférieures, moins
exposés à la sécheresse. Ici, les fontaines sont inutiles
aux troupeaux montés dans les alpages plus tardifs.

On le comprend donc, la vie matérielle serait très difficile dans cette région montagneuse sans la possession
d'immenses forêts communales et de nombreux pâturages, source de revenus assurés. Le commerce y est
nul ou à peu près ; l'horlogerie inconnue, ainsi que l'art
du lapidaire et la boissellerie, trois branches d'industrie
qui procurent l'aisance aux habitants de la vallée de
Joux. Du reste, les gens du Chenalet sont suffisamment
occupés. Tous ceux qui le peuvent, possèdent un bon
cheval de trait, quelquefois deux ; nombre d'entre eux
comptent plusieurs vaches dans leur étable. Et le moins
bien partagé, s'il n'a qu'une chèvre bêlant au fond de

quelque réduit, se sert de la hache du bûcheron pour gagner le pain de sa famille.

Cette peuplade montagnarde est d'un type, en général, élevé et fort. Les blonds aux yeux bleus sont les plus grands ; les bruns ont une allure plus vive et plus déterminée. Ne se mariant guère entre parents, il en résulte un beau sang, des constitutions saines et robustes, qui font contraste avec les populations de villages dont les alliances de famille se tiennent de la première à la dernière habitation.

Vers l'an 1775, un habitant de la plaine, qui avait épousé une fille du Chenalet, quitta son lieu de naissance et de bourgeoisie pour s'établir avec sa femme dans le village de celle-ci. Simon Carell ne possédait que fort peu de choses : soixante louis économisés en dix ans sur ses gages de domestique. Mais, à l'époque ci-dessus, une telle somme avait bien son importance, intrinsèque d'abord, et ensuite en ce qu'elle dénotait un esprit d'ordre et d'activité chez celui qui avait su la faire arriver à ce chiffre, dans l'humble condition où il s'était trouvé. Quant à Lise Dumont, son avoir consistait en un terrain rocailleux, situé à dix minutes de la partie du village désignée sous le nom du Quart-d'en-haut. Il consistait en quelques arpents de pâturage maigre et en bouquets de bois espacés çà et là. Le tout, à cette époque reculée, ne se fût pas même vendu une somme égale à la pacotille d'écus de Simon. Mais les deux époux étaient de bons travailleurs, courageux, actifs. Ils se logèrent au village. Simon mania fort et ferme la pioche sur le terrain de sa femme ; il amassa des pierres à bâtir, prépara du sable, nettoya le gazon, déracina les broussailles inutiles. Deux ans après son mariage, on ne reconnaissait pas l'endroit, tant il était amélioré, propre et vert. Et quand une maisonnette y fut bâtie à la fin de la troisième année, Simon Carell alla s'y installer avec Lise et leur petit Louis, qui commençait à marcher. La propriété du jeune ménage prit dès lors le nom de *Maison des bois*, soit parce qu'elle était éloignée des autres demeures, soit à cause de son rapprochement des forêts. De là-haut, la vue était splendide, grandiose, mais elle avait encore ceci de particulier qu'on y dominait le village et qu'on y voyait très bien plusieurs gorges voisines. La Maison des bois pouvait être considérée à juste titre comme une sentinelle, une sorte de vedette vigilante sur la contrée du Chenalet. Simon cultivait la pomme de terre dans les places de ses petits défrichements annuels; après la récolte de cette plante, il essaya des fourrages artificiels, qui réussirent à merveille; ses légumes de jardin étaient abondants et d'une qualité excellente. Il eut le bonheur, en cherchant du sable à bâtir, de trouver une source permanente, venant sans doute de quelque pente boisée plus élevée, et la conduisit à dix pas de sa porte. Bref, Simon et sa femme étaient heureux dans leur bien-être acquis au prix de tant de labeurs. Ils eurent une vache en hiver. L'été, ils la louaient aux amodieurs, qui leur en payaient une jolie rente. Enfin, leur position devint encore plus assurée, lorsque Simon fut nommé garde-forestier d'un assez grand nombre de montagnes du voisinage, par suite du décès de celui qui avait occupé cette place. Simon Carell exerça les fonctions de son emploi pendant de longues années, avec une activité remarquable et une grande fermeté de caractère. Lorsqu'il mourut, son fils Louis lui succéda et reçut l'héritage paternel et maternel tout entier, lequel s'était agrandi de terrains pas trop éloignés de la maison, et accru de quelques bonnes créances hypothécaires en portefeuille.

Tout au rebours de son père, Louis Carell vint chercher femme à la plaine, dans le village même d'où Simon avait émigré. Comme on le savait fils unique, dans une bonne position de fortune; que, d'ailleurs, c'était un bel homme, parlant français, ayant pris un certain usage du monde à la suite de ses nombreux rapports avec les délégués des autorités communales de ville et de village, on ne fit aucune difficulté de lui accorder Jeanne Normant, fille d'un syndic de ce nom qui venait de mourir et ne laissait que deux enfants. Jeanne apporta à son mari une dot de dix mille francs de Suisse. — À dater de ce mariage, une fortune venait d'être fondée à la Maison des bois, une sorte de dynastie rustique, ayant sa tradition historique, bien assurée sur un travail honorable, comme sur les rochers qui portaient l'habitation élevée du forestier.

Louis Carell fit encore, non pas mieux, mais plus que son père; c'est-à-dire qu'il lui fut facile d'augmenter son bien, puisque les revenus affluents ne faisaient que s'accroître chaque année. Son traitement de forestier, les intérêts de ses créances, l'excédant de ses bois, le produit de sa chasse (car il était chasseur et en ce temps-là le gibier n'était pas rare), tout cela, joint à une économie régulière, mais sans étroitesse, lui permettait de créer chaque année un *titre* nouveau. À soixante ans, il possédait bien près de soixante mille francs, et l'on pouvait aisément penser que, parvenant à un âge avancé, il laisserait le double de cette somme à sa fille unique Hermance Carell.

Le forestier de la Maison des bois avait désiré un fils avec ardeur; un seulement, et il eût été au comble de ses vœux. Dieu ne lui en donna point. Hermance vint au monde et la famille s'arrêta là.

La maison primitive avait été agrandie et comme transformée dans les premières années du mariage de Louis Carell. C'était maintenant une jolie habitation, presque élégante pour cette contrée élevée. On y trouvait des bonnes chambres, garnies de meubles solides; des armoires pleines de linge provenant du lin et du chanvre cultivés ici et filés par les femmes. On arrivait à la Maison des bois de deux côtés: derrière par un chemin à char contournant le mamelon et se continuant de là dans la montagne; devant, on y montait par un sentier prenant au Quart-d'en-haut, sentier faisant de nombreux zigzags sur les pentes, et taillés en degrés pour un passage dans le roc vif par Simon Carell, qui du reste l'avait presque entièrement établi.

Au milieu de cette abondance terrestre, un grand malheur vint frapper le forestier. Il perdit sa femme, précisément à l'âge où un homme a le plus besoin d'une compagne, c'est-à-dire, lorsque les deux tiers de la vie ont été parcourus et qu'il est si doux de vieillir ensemble dans une affection qui rajeunit tous les jours, à mesure que le nombre de ceux-ci diminue.

Veuf depuis douze ans, mais encore vigoureux et fort, Louis Carell habite donc aujourd'hui la Maison des bois avec Hermance et une vieille domestique. Celle-ci se nomme Léonor, une vraie montagnarde. Elle soigne les deux vaches en hiver et s'occupe des travaux de la campagne en été, pendant qu'Hermance fait le ménage et que le père parcourt les forêts de nuit et de jour.

CHAPITRE II

Dans une modeste maison du Quart-d'en-haut, vivait une famille pauvre, mais dont la mère était riche des dons de Dieu. C'était la famille Dumont. Du même nom que celui de la grand-mère d'Hermance, il n'y avait cependant entre eux aucun degré de parenté. Le nom s'écrivait de la même manière ; les Dumont du Quart-d'en-haut, comme les Dumont du Quart-d'en-bas, étaient bourgeois du Chenalet, mais d'une origine différente. Cela se voit souvent dans nos villages, peut-être cette similitude de noms vient-elle de l'immigration des protestants français qui trouvèrent déjà leurs homonymes au pays de Vaud.

La veuve Marie Dumont avait élevé quatre fils ; et, quelque bornées que fussent ses ressources, on peut dire que ses garçons étaient les enfants du village les plus propres et les mieux raccommodés. Jamais de trous à leurs vêtements, mais oui bien des pièces de couleur différente. Et des visages frais, des dents blanches, des cheveux bien peignés, bouclés naturellement. Ces Dumont-là étaient blonds du premier au dernier ; ceux du Quart-d'en-bas étaient châtains : Louis Carell et sa fille pouvaient passer, au contraire, pour les deux plus bruns de tous les habitants du Chenalet, bien que le forestier eût aujourd'hui la tête grisonnante.

À mesure qu'un des trois derniers fils Dumont quittait

l'école, vers seize ans, des parents que la famille avait à Genève procuraient une place au jeune homme, soit dans un magasin, soit comme domestique chez des gens honorables ; et celui-ci partait du Chenalet avec un mince bagage. La bonne éducation morale et religieuse qu'il avait reçue, le désir de se bien conduire, l'affection de ses frères et les prières de sa mère le préservaient des pièges dangereux de la jeunesse et des écueils d'une position souvent difficile. Peu à peu les trois cadets avaient ainsi quitté le nid maternel. Un seul y était resté, Albert, l'aîné. Un jour, comme il faisait son dernier examen à l'école, le pasteur lui adressa une question provoquée par l'air grave et réfléchi de l'enfant.

— Es-tu déjà décidé pour une carrière ? lui demanda-t-il.

— Oui, monsieur.

— Laquelle ? Voyons un peu.

— Je veux être garde-forestier et chasseur, comme M. Carell.

Et les yeux d'Albert se dirigèrent instinctivement du côté d'un banc où était assise une jeune fille, qui releva soudain son frais visage ombragé par des touffes de cheveux noirs : c'était Hermance ; elle avait à peine dix ans.

— Eh bien, reprit le pasteur avec bonté, c'est une carrière honorable autant qu'utile, mais le garde-forestier doit être un homme actif, juste, d'un caractère ferme et droit. Il n'est pas nécessaire qu'il soit chasseur ; cependant, comme le traitement de ces sortes de places n'est pas suffisant pour une famille qui n'a pas d'autre ressource, il est juste que le forestier puisse utiliser son temps en tirant le gibier qu'il rencontre ou fait lever sur son chemin. Pour t'aider dans tes études, je te prêterai le *Guide dans les forêts*, de Kasthofer, et d'autres ouvrages qui traitent de la science forestière.

Albert Dumont avait tenu parole. Il resta donc au Quart-d'en-haut avec sa mère, pendant qu'un de ses frères voyageait comme domestique de confiance et que les deux autres travaillaient chez des négociants. Albert fut d'abord bûcheron ; il s'instruisit autant que possible, non seulement en étudiant les livres que lui prêtait le pasteur, mais davantage encore peut-être en examinant lui-même les végétaux qui tombaient sous sa hache ou croissaient dans les bois. À vingt-cinq ans, la seconde place de forestier au Chenalet étant vacante, il la postula et fut nommé. Albert devint ainsi le collègue de Louis Carell et eut à s'entendre avec lui pour la surveillance des limites qui séparaient leurs domaines respectifs. Carell avait la garde de l'ouest et du sud, Albert celle de l'orient et du nord. Depuis trois ans que cela durait, ils s'entendaient fort bien ensemble pour tout ce qui tenait à leurs fonctions, souvent délicates et difficiles. Albert, d'ailleurs, témoignait à Carell une déférence naturelle très juste, vu la longue pratique de ce dernier et son âge ; il suivait ses conseils et venait lui en demander dans les cas douteux. Cela faisait plaisir au forestier de la Maison des bois, qui, s'il avait moins étudié le métier dans les livres que son jeune collègue, possédait sur celui-ci l'avantage d'une vieille expérience personnelle, outre ce qu'il tenait de son père Simon Carell en fait de renseignements locaux. Puis, c'était un homme d'une certaine culture d'esprit, parlant bien, avec une aisance naturelle, augmentée encore par les connaissances littéraires et autres, qu'il avait puisées dans un fonds de bibliothèque accepté en paiement d'un débiteur. Trois cents volumes divers, dont une forte partie appartenait à l'école philosophique du XVIIIe siècle, étaient venus depuis longtemps se loger à la Maison des bois. Louis Carell avait lu tout cela durant les longues soirées d'hiver, et, malheureusement, son esprit, juste d'ailleurs, s'était imbu d'idées opposées à l'origine divine du christianisme. Peu à peu, l'incrédulité avait occupé la place des croyances de sa jeunesse, mais il s'était bien gardé d'engager sa fille à suivre le même chemin que lui. S'il ne craignait pas de parler de ses idées sceptiques avec les hommes du village et avec les délégués des communes étrangères, lorsqu'on lui adressait des questions à ce sujet, jamais il n'avait fait aucune plaisanterie sur la religion de Christ devant Hermance, ni exprimé le moindre doute sur les objets de la foi qu'il lui supposait. Bon père, citoyen dévoué, ami sûr, fonctionnaire capable et intègre, il ne lui manquait qu'une seule chose : le bonheur que donne une croyance véritable à l'Évangile. Ce trésor inestimable, il ne le possédait point. Depuis longtemps il n'assistait plus au culte public, ni ne participait au repas des chrétiens. En cela, au moins, il était conséquent et ne suivait pas l'exemple hypocrite d'hommes qui, peu d'instants après avoir pris la Sainte Cène, tiennent des propos inconvenants sur les choses saintes, ou profèrent des paroles impies sans le moindre scrupule, montrant ainsi, selon l'Écriture, qu'ils mangent et boivent leur condamnation.

Dans le village, on était surpris que, riche comme on le savait, Louis Carell continuât à rester garde-forestier. On aurait voulu qu'il se désistât de ses fonctions en faveur de quelque père de famille moins bien partagé, mais il aimait un genre de vie qui conservait sa santé et lui procurait un gain annuel de plusieurs centaines de francs, auquel il était trop accoutumé pour y renoncer sans raison suffisante. D'ailleurs, les hommes habitués aux épargnes régulières y tiennent beaucoup, lors même que leur fortune est faite. Cela est dans la nature des choses. Dès qu'il en accomplissait les devoirs et la charge, le traitement du forestier lui paraissait être sa propriété, aussi bien que ses prés ou son bois. Il tenait aussi beaucoup à la bonne opinion de ses constituants, qui tous l'avaient en haute estime. Au Chenalet, le fils de feu Simon Carell, ancien domestique, était généralement appelé *monsieur* Carell. Soixante années de travaux persévérants, de forte santé, une bonne conduite et un concours de circonstances heureuses avaient produit ce grand changement.

Pendant les courtes visites d'Albert Dumont à la Maison des bois, il cherchait évidemment à être aimable auprès d'Hermance, mais en gardant toute sa dignité d'homme pauvre autant que fier. Il lui avait fallu peu de temps pour penser qu'il ne plaisait pas autrement à Hermance que comme ami du village, brave garçon sans doute, d'une conduite sans tache, mais enfin comme quelqu'un qui, pour le moment, n'était pas nécessaire au bonheur de la belle et riche héritière. Elle avait été élevée dans une atmosphère morale trop différente de celle d'Albert, trop positive et trop au gré de ses volontés d'enfant, pour comprendre bien du premier coup la nature délicate, fine autant que dévouée et profondément affectueuse du jeune forestier. Albert, d'ailleurs, était pieux ; et Hermance, qui chérissait son père et avait pour lui la plus haute vénération, savait ce que ce dernier pensait, au fond, des croyances religieuses.

Voyant ainsi venir Albert Dumont chez lui, Louis Carell demanda sans aucun détour à sa fille, au bout de quelques visites, s'il lui plaisait.

— C'est selon, répondit Hermance.

— Selon quoi ? reprit le père : selon, par exemple, qu'il lui vint à l'esprit de te demander en mariage un de ces quatre matins ?

— En ce cas, il ne me plairait pas.

— C'est une chose certaine ?

— Parfaitement sûre.

— À la bonne heure, Hermance. Nous sommes d'accord et j'en suis bien aise ; car si ta réponse avait été différente, je n'aurais plus permis à Albert de revenir souvent ici. Je n'entends pas, et ni toi non plus sans doute, que le fruit des travaux de deux générations passe aux mains d'un jeune homme qui n'a rien, si ce n'est, il est vrai, de l'instruction et un bon caractère.

— Oh! fit Hermance, ce n'est pas parce qu'il est pauvre que je dirais non: je le respecte beaucoup, mais si je dois me marier un jour, je ne pense pas que ce soit avec Albert Dumont.

— Et avec qui donc?

— Je n'en sais rien, mon père. Ah! mais si, attendez: ce ne serait pas non plus avec mon cousin Normant. Avec Luc Normant encore moins qu'avec Albert Dumont.

— Et après le cousin Luc?

— Après, c'est tout.

— Le fils de l'assesseur ne t'a jamais rien dit de particulier?

— Non, excepté des compliments de cabaret. Ce serait d'ailleurs peine perdue; je ne serai jamais la femme d'un aubergiste.

— Eh bien, n'en parlons plus.

L'assesseur Vedel, aubergiste de *La Patrie,* au Chenalet, avait un fils nommé Constant, qui devait remplacer son père comme hôtelier du logis en question. Ami Vedel, assesseur de la Justice de Paix, homme entendu en affaires, possédait deux bons chevaux, quelques vaches, assez de terrain, avait plusieurs filles et de vieilles dettes de famille. Les Vedel étaient considérés au village et leur auberge la meilleure des deux. Constant de *la Patrie*, comme on appelait le fils Vedel, était un honnête garçon, trapu, un vrai *ragot*, fort comme un ours et habitué à conduire les attelages dans les bois.

En allant frapper à la porte des principales maisons du Chenalet, nous découvririons bien encore sept ou huit partis plus ou moins sortables pour la fille du forestier, mais nous ne sommes pas chargés de le faire. D'ailleurs nous pouvons déjà conclure du peu que nous avons dit, qu'Hermance Carell n'est point pressée de se marier et qu'elle sera, en tout cas, très difficile dans son choix. Ce qu'elle préfère aujourd'hui, c'est l'indépendance, la liberté. Fille des monts, elle voit le lac et la plaine à ses pieds ; son regard domine aussi le village et les branches des sapins embaument l'air qu'elle respire. Que lui manque-t-il ? L'abondance est dans la maison, comme devant sa porte. Elle est maîtresse au logis. Son cœur ne bat pour personne. La vie ne se présente pas à elle toute remplie de devoirs, toute hérissée de difficultés, comme pour tant d'autres jeunes filles. Elle aime à donner aux pauvres, et elle le fait, que son père le sache ou non. Les fêtes, quand il y en a au village, l'attirent peu ; le culte public n'a pas non plus pour elle un attrait puissant. Élevée seule, par des parents peu communicatifs et préoccupés avant tout, pendant son enfance, de travaux fatigants et du désir d'augmenter leur fortune, elle s'est fait ainsi une vie à part, d'où l'on pourrait supposer que les émotions généreuses et les tempêtes intérieures sont bannies. On se tromperait toutefois, si on la jugeait ainsi. Lorsque son père arrive le soir après de longues marches dans les forêts, il la trouve cousant du linge neuf ou filant au rouet d'un air méditatif avec la vieille Léonor. Elle se lève, s'empresse de le servir et se fait raconter ses aventures de la journée. Elle cause ainsi avec lui, jusqu'à ce que le forestier la quitte pour chercher le sommeil dont il a besoin. Et le lendemain, la même vie recommence de la même manière, pour les trois habitants de la Maison des bois.

Chez la mère d'Albert, les journées se passent d'une manière bien différente. Les fils de la veuve se sont entendus entre eux tous, pour lui fournir les fonds d'un petit magasin d'épicerie, de tabacs et d'autres articles usuels à la montagne. Dans ce but, ils ont arrangé leur ancien dortoir, qui est au rez-de-chaussée et ouvre sur la rue. Là se trouvent classés avec ordre le café, le savon, le sucre blond, le tabac *frisé* dans un tonneau, celui en *manchons* dans une caisse. Contre la paroi, une vitrine contient les articles de mercerie, quelques pièces de toile de coton pour doublures, des tricots en laine, des bonnets. Au plafond sont suspendus à des crochets

de fer une dizaine de pains de sucre. Dans un coin est
le tonnelet de vinaigre ; ailleurs, la grande burette à
huile. Ici, des bretelles ; là, des calendriers, des alma-
nachs de poche. La vente est très modique et toujours
par petites quantités à la fois, mais le bénéfice net est
suffisant pour une bonne partie de la dépense du
ménage et Albert fournit de sa bourse ce qu'il faut acheter en sus. Il fabrique le lot de bois communal de sa
mère ; quand il aura trente ans, il recevra aussi le sien,
avec les autres répartitions de beurre et de fromage.

Dès qu'il a déjeuné et lu quelques versets de la Bible
avec sa mère, Albert Dumont se dirige du côté des bois
ou des alpages confiés à sa garde. En été, il part de
grand matin, pour être de retour avant la forte chaleur
du jour. En automne, il prend son fusil de chasse : il peut
même porter une arme à feu de nuit, en toute saison.
En hiver, il ne prend qu'une serpe légère. — Dans la
filoche de son sac est le dîner froid, qu'il mangera silencieux et solitaire à l'ombre d'un sapin. Mais là, il n'oublie
point de rendre grâces à Celui qui nourrit toutes ses
créatures. — Le soir, il revient à la maison. Sa mère lui
présente un pot de café tenu chaud dans la *cavette* du
fourneau, puis, ils causent ou lisent agréablement
pendant de bonnes heures, toujours trop courtes pour la
tendre mère. Pendant la journée, celle-ci a reçu dix ou
vingt personnes du village, venues pour quelques
emplettes au magasin.

C'est une mère de famille, ayant besoin d'un peu de
café et de sucre, mais qui, au lieu de deux francs que lui
coûte son achat, n'en a qu'un.

— Cela ne fait rien, Lydie, lui dit la marchande ;
pourvu que vous m'apportiez l'autre franc en revenant
à la provision, dans quinze jours, ce sera suffisant. Si
vous avez besoin de quelque chose de plus, venez
seulement : je sais que vous aimez à payer.

C'est un enfant enrhumé ; il vient acheter pour
deux sous de jus de réglisse. En le lui remettant,

Mme Dumont lui donne un morceau de sucre d'orge qui ne compte pas.

C'est un gros montagnard, la pipe à la bouche ; il s'exprime en patois du Chenalet :

— *Deté vai, Marié : D'au même qué cé dé l'autro dzo : Dau Portorico, vo sâdé[1] !*

Mme Dumont lui bourre un plein cornet de tabac Portorico.

C'est une jeune fille qui, après avoir causé un moment avec la mère d'Albert, emporte deux bobines de coton anglais pour ses coutures et un paquet d'une espèce plus grossière, pour des ouvrages au crochet.

C'est un gendarme qui, en passant, achète un cigare et demande de quel côté s'est dirigé le forestier ; un charretier, ayant besoin de cordes ou de ficelles, etc.

Avec toutes ces diverses personnes, la marchande a été bonne, aimable, affectueuse. On sent qu'il y a chez elle un principe de vie élevée et pure, un vrai désir d'obliger, de faire le bien, dans l'humble sphère de son activité.

Et quand l'heure tardive où elle a besoin de repos sonne à la vieille pendule, la mère Dumont prie encore chaque soir pour ses quatre fils dispersés. Elle le fait avec plus d'ardeur peut-être, sinon avec plus de tendresse, pour celui qui dort dans la chambre voisine, parce qu'elle connaît ses peines secrètes et qu'elle voudrait, de toute son âme, le voir pleinement heureux.

---

1 - Dites *voir*, Marie : du même que celui de l'autre jour. Du Portorico, vous savez.

CHAPITRE III

O n était à la fin de septembre 1837. Les nuits sont déjà froides sur les pâturages, et lorsque le vent souffle dans les gorges des montagnes, les sapins font entendre un bruit sourd, plaintif, dont les longs accents annoncent le prochain hiver. — Les vaches ne trouvaient plus sur les gazons qu'une herbe trop courte pour être tondue ; elles se rabattaient sur les touffes grasses, rebutées pendant l'été et maintenant desséchées. Toutes ces bêtes avaient un air d'attente inquiète, qui décèle leur désir de redescendre à la plaine ou, tout au moins, de retrouver de chaudes étables pour la nuit. Le bruit d'une seule des grosses sonnailles suspendues aux poutres du chalet les eût fait accourir à l'instant même autour de la maison, bramant d'impatience et comme folles de joie. Lorsqu'elles doivent quitter la plaine à la fin de mai pour ces mêmes pâturages si froids aujourd'hui, c'est avec une allégresse pareille, un empressement tout aussi spontané. — À bien des égards et pour beaucoup de choses, nous faisons aussi comme elles, nous autres humains ; et l'herbe après laquelle nous soupirons n'est certes pas toujours la meilleure. Le clairon anime l'ardeur du cheval ; les passions excitent l'homme à la poursuite d'un but qui, le plus souvent, ne lui cause que déceptions, si même il ne lui laisse le remords.

Dans les grands bois de montagne, c'est le moment

où les familles de gélinottes se séparent pour vivre isolément ou, au plus, par couples que lient d'anciennes amours. En continuant à rester dix ou vingt ensemble, le fusil du chasseur atteindrait sans trop de difficulté le troupeau, soit dans une rencontre inopinée, soit au moment d'un départ bruyant et calculé. Puis cette séparation est la loi de nature : l'oiseau dont nous parlons la suit toujours. Mais qu'il fuie les appâts trompeurs : il en trouvera beaucoup sur sa route[2].

Les forêts sont ouvertes au bûcheron pour les essences résineuses, seulement. Le hêtre porte encore ses feuilles vertes, bientôt elles deviendront rouges, en même temps que celles des érables se lamineront en or. Aux premières gelées, toutes couvriront la terre, et alors la cognée viendra aussi frapper dans les taillis.

Louis Carell, ce jour-là, regagnait sa haute demeure en passant par le village. Le fusil bronzé suspendu à l'épaule droite, la tête couverte d'une casquette en peluche noire dont les oreillettes étaient relevées par une attache bouclée sur le devant, le corps droit et ferme, il marchait pourtant comme un homme que la pensée travaille ou que le besoin de repos appelle chez lui. Il arrivait sans doute de quelque longue tournée d'inspection. Son chien courant, d'un blond fauve, à queue demi-longue, un peu boiteux d'une jambe de devant, marchait à côté de lui et venait, de temps en temps, flairer la filoche du sac dans lequel un gros levraut couché sur le dos dormait du sommeil des trépassés. Au détour d'une maison faisant angle droit sur une rue, le forestier rencontra un homme à peu près de son âge, marchant tête baissée et se frottant les mains comme pour les dégourdir.

— Eh bien ! lui demanda Carell, où s'en va M. Julius Bagal d'un air si affairé ?

---

2 - La gélinotte (*Tetrao Bonasia*, Linn.) est une poule sauvage, qui vit dans le Jura et ne descend pas dans les forêts de la plaine. Plumage mélangé de roux, de blanc, de gris et de noir ; gibier très distingué.

M. Julius Bagal releva les yeux encadrés de grosses lunettes à monture jaune, et, dirigeant ses regards sur le forestier, il répondit :

— C'est M. Carell : je ne vous avais pas reconnu : vous êtes vraiment bien bon de m'avoir salué le premier, M. Carell. — Je vais m'assurer de l'heure qu'il est à l'horloge. On dit qu'on l'a réglée tout récemment. En général, les horloges de villages sont mal réglées : il existe entre elles une assez grande divergence d'opinion. Lorsque nous étions en garnison à Dijon, à Besançon, Toulouse, Calais, nous recommandions aux personnes chargées du soin des horloges de les tenir bien d'accord. Pour les patrouilles de nuit, pour les relevées des factionnaires, pour la parade, etc., il est très important que les horloges soient d'accord. Dans l'île de Corse, par exemple, on se tirait d'affaire comme on pouvait. En ce pays encore à demi-sauvage, les horloges sont excessivement rares et très mal réglées.

— En effet, reprit Carell après avoir écouté la longue réponse jusqu'au bout, il est bon de savoir au juste l'heure qu'il est. Mais je me sens un peu fatigué, M. Julius, et même j'ai soif. Voulez-vous partager une bouteille avec moi à La Patrie ?

— Ah ! le plaisir de la boire avec vous en sera doublé, certainement doublé. — Je pourrai revenir plus tard, ou enfin demain, pour consulter le cadran de l'horloge. Charmé, M. Carell, d'avoir fait une rencontre aussi agréable, à laquelle, pour parler franchement, je ne m'attendais pas du tout.

Ce disant, M. Julius Bagal fit le demi-tour militaire en disant :

— Une, deux, troiss ! Vous voyez, M. Carell, que, tout vieux que l'on est, on sait faire encore un demi-tour à droite, comme au temps où l'on portait l'uniforme.

— Mieux, sans doute, que la plupart de nos jeunes soldats d'aujourd'hui. Vous avez la jambe solide ?

— Jarret d'acier, M. Carell, et corne de cerf sous la

botte. Mais ce qui cloche dans mon appareil vital, c'est la marmite ou le bidon, si vous préférez cette dernière expression technique. J'ai bon appétit ; je mentirais, oui vraiment, je mentirais à la face d'un bataillon, si je disais que je boude ma soupe, surtout quand elle est au bouillon de bœuf, ou de vache bonne qualité. Ce qui ne va pas, c'est la cuisson dans le four. Si cela continuait, la situation deviendrait inquiétante. Aujourd'hui, par exemple, le déploiement de la colonne s'opère avec une lenteur désespérante, tandis que ce mouvement, pour être bon, doit se faire au pas accéléré, et chaque peloton tomber juste à sa place, sans qu'il y ait, ni vides désagréables à l'œil, ni files restées en arrière. Bref, pour parler le langage de la simplicité, je vous dirai, M. Carell, que ma femme m'a fait manger à midi des pommes de terre au lait de chèvre : amalgame appétissant. Eh bien, M. Carell, les pommes de terre sont encore là, à cette place, voyez-vous ? dit-il en mettant la main sur le creux de l'estomac. Aussi, pour dire toute la vérité, j'aurais probablement cédé à la tentation de boire une chopinette chez Ami de La Patrie, en repassant ici. Votre proposition va donc au devant de mes désirs et de mes intentions particulières. Un verre de vin, dans la disposition où je me trouve, sera un spécifique excellent. Ah ! oui, M. Carell, on devient vieux en vieillissant. Où est le temps passé ? Dans ma jeunesse, j'ai fait plus d'une fois les *dix-heures* au coin d'un bois, avec concombre cru dans une main et le verre de Schnapps dans l'autre. Le temps passé n'est plus, comme dit le proverbe de Salomon. C'était un grand prince, le roi Salomon ; un joli homme pour son temps.

— Entrons, dit le forestier, pour toute réponse au verbiage de M. Julius.

Ils se trouvaient en face de l'auberge de La Patrie.

La chambre à boire étant au rez-de-chaussée, les deux hommes n'eurent qu'une cuisine à traverser pour y arriver. En passant, Carell demanda à l'hôtesse une

bouteille de vin de Luins, comme le dernier qu'elle lui
avait servi.

— Parfaitement bien choisi, ajouta incontinent Julius.
Le vin de Luins est peut-être, non pas le plus fort du
vignoble de la Côte, mais le plus sucré, surtout celui
qu'on récolte *Sous l'église*[3]. Il est stomachique et non
capiteux comme celui de Mont, qui, pour être mis en
bouteille, est le roi de la contrée. M. le docteur Jalabert
n'usait que du vin de Luins pour sa boisson ordinaire, et
c'était un homme robuste autant que quatre cuirassiers.

Les deux arrivants s'assirent à table, en face l'un de
l'autre. Un seul homme était dans la salle, un montagnard, qui buvait une chopine.

— À votre santé, M. Julius, dit Carell : — votre serviteur, Thomas, ajouta-t-il en se tournant du côté de
l'autre. Que dit-on de bon par là-haut ?

— Haulah ! rien du tout, répondit le solitaire. Il a gelée
blanche la nuit dernière ; on dirait que le temps va
changer.

Puis il tira de sa poche une pipe en bois et se mit à la
bourrer de tabac, qu'il broyait préalablement avec le
pouce droit, dans le creux de sa main gauche.

— Oui, cela pourrait bien être, reprit Julius. On entendait souffler le vent du sud dans la gorge noire, vers les
dix heures du matin. Tirant sa montre et considérant le
cadran de la haute pendule placée dans un coin de la
chambre ; il dit à demi-voix : « Vingt-cinq minutes de
retard, c'est un peu fort, cette pendule est mal réglée.
Combien il y a de différence entre les diverses montres
et pendules ! » Quelle heure avez-vous, M. Carell ?

— Quatre heures moins un quart.

— Juste comme moi, sauf deux minutes en avance.

— Et vous, Thomas ?

— Je n'ai pas de montre.

— Ah ! c'est dommage ; on aurait pu comparer entre
nous trois. — De tout mon cœur, M. Carell ; voilà du vin

---

3 - Clos particulier, au-dessous du temple de Luins.

excellent, foncé en couleur, doux, moelleux, et... qui ne manque pas de corps, dit-il en en faisant claquer une petite gorgée contre son palais : oui, vin parfait, goût de raisin : 36 sera une bonne année.

— Êtes-vous allé au bois aujourd'hui, Thomas ? demanda le forestier d'un air machinal, comme quelqu'un qui n'attache aucune importance à la réponse, et qui d'ailleurs est fatigué, car il fit un grand bâillement à la suite de sa question.

— Non, mon cheval a besoin de repos.

— Pourquoi donc ? C'était hier dimanche ; il n'a pas travaillé.

— C'est vrai, mais il est fatigué de vieille date.

— Ah oui ! c'est possible ; vous n'avez pas l'habitude de le laisser dormir toute la nuit. — Vous avez changé de pipe, si je ne me trompe, dit-il en s'approchant de Thomas.

— Non, c'est bien toujours la même ; je n'ai que celle-ci depuis deux ans.

— Voyons si c'est bien la même, dit Julius : je dois la connaître, car j'ai arrangé l'anneau de la chaînette il y a quelque temps. Oui, c'est bien la même vieille pipe, mais pourquoi le couvercle n'y est-il plus ?

— Pourquoi ? parbleu ! Ce n'est pas bien difficile à comprendre, M. Julius : parce que vous l'avez mal ajustée à la chaînette. Je l'ai perdu, et je le regrette, car c'était un bon couvercle blanc, qui allait juste à la pipe.

— Peut-être se retrouvera-t-il, dit Carell.

— Oui ! retrouver ! courez après : ce qui est perdu dans les forêts est bien perdu.

— Y a-t-il déjà quelques jours de cela ?

— Non, depuis hier au soir seulement.

— Et que faisiez-vous hier au soir dans les bois ?

— Je revenais de la Dunanche.

— Vous ne dites pas la vérité, Thomas : puis, sortant de sa poche un couvercle de pipe et l'ajustant sur celle de Thomas, Carell dit à Julius :

— Vous voyez bien que c'est le couvercle qu'il a perdu, et vous avez entendu ce qu'il vient d'avouer.

— Thomas, je vous accuse d'avoir coupé dans la nuit dernière, à la Forêt verte, deux jeunes plantes de sapin, de cinquante-cinq pieds de longueur. Les troncs, de huit pouces de diamètre, ont été recouverts de mousse. Je ferai mon rapport contre vous demain matin et remettrai ce couvercle au juge de paix comme pièce à conviction. Cela vous servira de leçon ; il y a longtemps que vous me faites du chagrin.

— Je vous trouve bien singulier et bien hardi, M. Carell, répondit Thomas, de m'accuser de ce délit. Ne dirait-on pas que c'est moi qui ai fait le coup dont vous parlez, parce que ce morceau de fer blanc est dans votre poche ? Sais-je où vous l'avez trouvé ? Vous l'ai-je vu ramasser quelque part ? Je pense qu'il y a bien d'autres gens au village qui en ont de tout pareils et ne se gêneraient pas de couper une misérable plante de sapin quand ils en ont besoin. M'avez-vous vu dans le bois ? Où sont les arbres abattus ? Courez après. Quand vous m'aurez pris sur le fait, à la bonne heure. Jusque-là, je dirai que vous en avez menti, et, je le répète, je vous trouve bien singulier et bien hardi dans votre accusation. Je m'en vais dire aussi que vous avez volé à Albert Dumont le lièvre qui se trouve dans votre sac : vous l'avez tiré peut-être devant son chien.

— Oui, c'est vrai, je l'ai tiré devant son chien et vous pouvez venir avec moi jusque chez lui, où je vais le remettre en montant le village. La chose est entendue entre Albert et moi, depuis qu'il est mon collègue. Nous tirons toujours le gibier qui passe à notre portée, mais nous le donnons au propriétaire du chien qui le chassait. Vous, Thomas, vous avez fait une mauvaise action, dont vous êtes responsable devant la loi. La vérité sera connue, comptez-y seulement. Vous répondrez au juge.

— C'est ce qu'on verra, M. Carell, répondit effronté-ment l'accusé. Je ne vous crains pas, lors même que vous êtes riche. Il y a longtemps que vous auriez renoncé à votre place de forestier, si vous n'étiez pas un ambitieux, un arabe du diable, qui ne pense qu'à accumuler son argent. Un homme qu'on ne voit jamais à l'église ! qui vit comme un païen ! et encore qui n'est pas de cette commune ! Un *pégan*[4] des bords du lac ! Heureusement qu'il n'a point de fils, car il vaudrait encore moins que son père et ne serait bon que pour nous tourmenter dans nos propres bois. Il faudra bien qu'il donne sa noiraude à quelque taré de la plaine, car pas un honnête garçon du Chenalet ne la voudrait malgré ses écus.

— Hélas oui ! mon pauvre Thomas, dit Carell avec un calme admirable : hélas oui ! c'est bien dommage et cela me fait beaucoup de chagrin. Mais votre colère ne prouve qu'une chose : c'est que vous êtes bien le délinquant.

Ayant prononcé ces derniers mots, le forestier reprit son fusil et son sac, paya la bouteille bue, puis sortit de l'auberge avec Julius. Ce dernier le quitta devant chez lui, non sans le remercier encore une fois de sa politesse.

— Je dirai où l'on voudra, M. Carell, que le couvercle exhibé est celui dont j'ai raccommodé la chaînette il y a peu de jours, mais vous comprenez que, n'ayant rien vu du fait dont vous accusez Thomas Quichet, je ne puis rien affirmer de plus. Tout à votre service, M. Carell, si je puis vous être bon à quelque chose, soit pour la déposition, soit pour les petits soins de mon office. — Voici, je pense, quatre heures qui sonnent à l'horloge : une, deux, *troiss*, quatre : c'est bien cela. J'avance de quatorze minutes, et ma pendule retarde de sept. Quel dommage que la cloche n'ait pas un timbre plus fort et plus résonnant ! On entendrait répéter les coups à l'écho des roches et cela ferait un carillon presque aussi joli

---

4 - Sobriquet donné par les montagnards aux habitants de la plaine.

que celui de Saint-Pierre[5] à Genève, lequel faisait mes délices quand je l'entendais. Ce Thomas est un franc malhonnête, M. Carell. Il vous a dit des choses d'une grande inconvenance, dont j'ai été choqué pour vous et pour mademoiselle votre fille, que je respecte à l'égal de mon ancien chef de bataillon. Mais vous connaissez sûrement le proverbe : Faites bien, laissez dire. Il n'en est pas moins vrai que tout autre, à votre place, eût appliqué à Thomas un soufflet qui lui eût fait faire un changement de front en arrière, ou tout au moins un bon quart de conversion. Au revoir, M. Carell.

---

5 - [NdÉ] C'est-à-dire la cathédrale Saint-Pierre de Genève où a prêché Jean Calvin.

CHAPITRE IV

A la suite d'un chagrin de cœur, M. Julius Bagal, s'était enrôlé, à trente ans, dans un des régiments suisses au service de la France. Il y demeura jusqu'à l'époque du licenciement définitif de cette troupe, qui eut lieu peu après la révolution de juillet. Parvenu au grade d'adjudant-sous-officier, ayant dix-sept ans de service, il reçut une assez jolie somme en remplacement de la pension à laquelle il aurait eu droit plus tard. Cet argent fut placé avec ce qu'il possédait déjà d'un autre côté, après quoi l'adjudant épousa par amitié une cousine un peu plus âgée que lui et qui était propriétaire d'une maisonnette au Chenalet. Là, pour passer le temps, il raccommodait les pipes des montagnards, les rouets des fileuses et en général les petits objets de ménage cassés ou endommagés. Sa profession première avait été celle de ferblantier. Il n'exigeait pas de paiement; on lui donnait ce qu'on voulait; le plus souvent on se contentait de le remercier de sa complaisance. Il démontait fort bien une platine de fusil et la nettoyait d'une manière distinguée, cirait une giberne de façon à la rendre polie comme un miroir, mais sa science n'allait pas jusqu'à remettre en place les diverses pièces d'une pendule ordinaire. En revanche, ainsi qu'on l'a vu, il se tenait au courant de l'heure exacte. Les horloges jouaient un grand rôle dans sa vie. On peut bien lui pardonner ce petit travers d'esprit, cette sorte d'innocente fantaisie. Tant de gens ne savent jamais au juste l'heure qu'il est et agissent à l'égard du temps comme s'il était sans valeur et sans mesure !

Lorsque Louis Carell entra, en passant, chez la veuve Dumont, il la trouva dans sa petite boutique, tricotant des chaussettes de laine pour son fils aîné.

— Bonjour, mère Dumont, dit-il. Albert est-il revenu ?

— Bonjour, M. Carell. Oui, Albert est rentré, assez fatigué d'une grande course. Mais à peine a-t-il eu avalé son café qu'il est ressorti, disant qu'il allait chez vous.

— Je le trouverai donc là-haut. Voici un assez bon levraut qui lui appartient. Vous lui direz que je l'ai tué vers midi, à la Forêt verte, devant Bataille, qui l'aurait sans doute forcé et pris plus tard.

À ce nom de *Bataille*, un bâillement prolongé se fit entendre au fond du magasin, et bientôt le chien d'Albert arriva près du forestier, flaira le lièvre mort, lécha un peu de sang qui sortait d'une épaule, puis retourna s'étendre en demi-cercle sur sa natte de paille, comme s'il eût voulu dire : « Oui, c'est bien mon lièvre qu'on apporte au maître. » — Bataille était de grande race ; les oreilles fauves, le corps presque noir, la queue très longue et pointue. En tout c'était l'opposé de son collègue Blondeau, qui du reste se faisait vieux et souffrait de rhumatismes. Le premier se distinguait par un ordre parfait, une poursuite ardente et sans relâche, une voix que tous les échos des environs se renvoyaient les uns aux autres ; — le second, au contraire, ne disait mot avant d'avoir lancé le gibier, mais, une fois sur pied devant lui, les lièvres étaient perdus, tant Blondeau en savait long en fait de ruses de toutes espèces.

— Merci M. Carell, répondit la veuve Dumont ; cependant, comme nous n'avons pas besoin de ce levraut, gardez-le, s'il vous fait plaisir.

— Non, non ; il est à Albert. Rien de plus juste que de le lui remettre. Vous le vendrez, d'ailleurs il vaut bien vingt-cinq batz, car il pèse cinq livres. — Albert, du reste, n'en fait pas d'autre avec moi lorsqu'il tire devant Blondeau.

— Je le sais, M. Carell. Albert ne voudrait pas vous causer la plus petite peine.

— Il est donc monté chez moi ?

— Oui, je suppose qu'il a quelque chose de pressant à vous dire.

— Votre serviteur, mère Dumont.

— Au revoir, M. Carell, merci.

Le forestier vint rejoindre le sentier conduisant à sa maison. — Lorsqu'il avait rencontré l'adjudant Julius dans le village, il savait que Thomas Quichet devait être à l'auberge de La Patrie, et il cherchait l'occasion d'y entrer aussi, accompagné d'un homme qui, au besoin, pût servir de témoin. Celle de Julius, se présentant naturellement, lui parut excellente ; il s'empressa de la mettre à profit. — En parcourant la Forêt verte dans la journée, il avait trouvé le dégât commis pendant la nuit et ramassé le couvercle de pipe parmi les débris laissés sur la place. Ce petit objet insignifiant pouvait le mettre sur la trace du voleur, mais encore fallait-il prouver un rapport exact entre le morceau de métal blanc et le corps principal où il s'adaptait. On a vu que la coïncidence s'était faite d'elle-même, c'est-à-dire que Dieu avait permis que le coupable fît de son propre chef tout ce qui était nécessaire pour s'accuser. Toutefois, le plus difficile restait à découvrir : le corps du délit. « Courez après ! » disait Thomas. En effet, celui-ci paraissait trop sûr de son fait pour s'inquiéter de ce que pourrait avancer contre lui le forestier de la Maison des bois.

Aux yeux du garde qui se considère à juste titre comme le représentant de la loi et du droit, tout délit forestier est une chose très grave. Il y a d'abord, outrage à la morale publique ; ensuite, perte occasionnée encore plus 'à la forêt qu'au propriétaire ; enfin il y a surtout la pensée que le forestier s'est montré timide, lâche peut-être, négligent dans l'accomplissement de ses devoirs. Le lecteur ne sera donc étonné, ni de l'importance donnée au fait que nous racontons, ni de ce que Louis Carell en était si préoccupé.

Ce dernier continuait à réfléchir sur ce sujet, en gravissant les pentes rapides, les escaliers de pierre et les contours sinueux par lesquels on arrivait au couronnement du petit mont qui portait sa demeure.

Albert l'attendait ici depuis un moment déjà. En y arrivant, il y rencontra Hermance, revenant du plantage avec un panier au bras, rempli de pommes de terre superbes qu'elle apportait à la maison.

— Bonjour Hermance, lui dit-il. Donnez-moi vite ce panier ; je vais aussi chez vous. Pourquoi vous charger autant ? C'est beaucoup trop pesant pour vous. Et cela va bien, j'espère ?

— Très bien, je vous remercie, mais je puis porter ce panier Albert ; je suis forte, allez seulement dit-elle, en ne lâchant l'anse arrondie que lorsque jeune homme en eut détaché doucement sa main.

— Je sais bien que vous êtes forte, reprit ce dernier, plus forte que moi, en tout cas.

— Vous pensez, fit la jeune fille avec un sourire malicieux. Mais vous, qui êtes fatigué Albert, vous pourriez vous reposer sous le grand sapin en attendant l'arrivée de mon père, car je suppose que vous venez pour lui ? Vous pouvez donc vous asseoir ici, à moins que vous n'ayez besoin d'un verre de vin, que je vous offrirai à la maison si vous le préférez.

— Non, merci beaucoup ; j'ai à parler à votre père d'une affaire de bois et je l'attendrai ici, où je vais revenir aussitôt que j'aurai déposé votre panier devant la porte.

— Eh bien, allez, je vous attends sur ce banc.

Albert ne se fit pas répéter l'ordre ; il porta le panier en courant et revint encore plus vite.

— Ah ! vous êtes faible à ce point ! J'en suis vraiment

bien fâchée, lui dit-elle au retour. Comme vous êtes essoufflé! Dépêchez-vous de vous asseoir. Je crois vraiment que je vais aller vous chercher de l'eau sucrée; oui, j'y vais, vous serez plus tranquille tout seul et mon père aura le temps d'arriver.

Albert la regarda d'un air si doux et si triste à la fois, qu'elle ne voulut pas pousser plus loin la raillerie.

— Hermance, lui dit-il, de vous, et pour l'amour de vous, je puis tout supporter, vous le savez bien. Si vous me faites l'amitié de rester un moment ici avec moi, je vous en garderai une vive reconnaissance; si vous me laissez seul, je ne vous en aimerai pas moins toujours, comme je le fais depuis longtemps.

— Voyons, M. le forestier, ceci est un langage inutile, mais, au nom de l'amitié qui nous lie depuis les thèmes et l'arithmétique du régent, je vais rester avec vous quelques instants pour admirer la nature et parler un peu raison. Cependant, je pense qu'il est urgent d'aller voir s'il y a du feu sous la marmite, la Léonor est occupée ailleurs. Je reviens dans trois minutes.

Ayant dit cela, Hermance partit en courant du côté de la maison, d'un pied pour le moins aussi rapide et aussi léger que celui d'Albert. Resté seul, celui-ci poussa un grand soupir en se disant: «Toujours plus belle, toujours plus charmante, et le cœur toujours plus froid, mais c'est égal: Hermance, ou point, c'est la loi de ma vie.» Un instant après, il ajouta mentalement en levant les yeux vers le ciel: «Pardonne, ô Dieu! je ne veux pas être un idolâtre: non, je serai ton enfant soumis avant tout. Ne m'abandonne pas. Protège-moi, toi qui es le maître des cœurs comme de tout ce qui existe.»

Le lieu où se trouvait Albert était remarquable, soit par sa position naturelle, soit par la présence de trois sapins maintenant dans toute leur beauté. Le plus grand passait déjà pour un arbre de forte taille, lorsque Simon Carell, soixante ans plus tôt, vint enlever les cailloux dont le sol était rempli à la surface et engraisser le terrain tout autour. Depuis lors, le sapin avait doublé de grosseur. Il était de cette espèce à branches d'abord assez inclinées, et qui, se redressant à leur extrémité, présentent deux couleurs vertes, l'une claire et l'autre foncée, dont les reflets donnent à l'arbre tout entier l'apparence d'une immense tenture de velours. Le sommet des sapins blancs du Jura, surtout lorsque l'individu est isolé, n'a pas la forme pyramidale du sapin rouge ; c'est un dôme légèrement arrondi, mais toujours ferme et solide, comme ce qui fait partie de la charpente générale de cet arbre distingué. — Celui qu'on voyait de loin dans le pré de Louis Carell, même de la plaine à plusieurs lieues de distance, avait bien 115 pieds de hauteur. Deux hommes auraient eu de la peine à se toucher le bout des doigts en embrassant le tronc, garni plus haut de branches épaisses et serrées, d'où pendaient de longues barbes blanches jusque sur le gazon.

Les deux autres sapins étaient presque aussi élevés que leur vieux robuste voisin, mais jeunes, sveltes, dans toute la force de la vie ; ils pliaient sans se rompre sous l'effort des vents. Leurs tiges brunes, à écorce disposée en écailles arrondies, montraient qu'ils appartenaient à l'espèce du sapin rouge, la plus renommée dans le pays, pour la blancheur et la beauté du bois. Tous trois croissaient dans le gazon, mais le premier seul avait un banc, adossé à ses hautes racines. C'était l'endroit favori d'Hermance en été. Elle y apportait une petite table avec son ouvrage et passait là de longues heures à vivre seule, à travailler de ses doigts, à penser, à lire, tout en surveillant les deux chèvres et les moutons qui gambadaient dans la prairie. Le village à ses pieds, la vue des gorges supérieures et latérales, au loin la plaine brillante et le lac d'un bout à l'autre, tout concourait à faire de ce lieu un petit paradis sauvage pour la belle et libre enfant. — Cependant, qu'il le veuille ou non, ce sont des pensées sérieuses qui montent parfois au cœur de l'homme, même chez celui qui passe pour le plus heureux par les choses d'ici-bas. La liberté, l'éternelle et souveraine liberté de l'âme n'a pas, comme les sapins, ses racines dans les rochers terrestres ; il lui faut pour base une pierre plus solide, inébranlable ; il lui faut l'angle divin dont Dieu lui-même est l'architecte et le fondateur.

Hermance ne tarda pas à être de retour, avec une bouteille de vin à la main et deux verres sur une assiette. En même temps qu'elle, son père arrivait par le côté opposé. — Albert se leva du banc pour aller au devant de Louis Carell et le saluer.

— Bonjour, mon père, dit Hermance. Voici justement un verre de vin que je voulais offrir à Albert Dumont.

— Bien, ma fille : remplis les verres, après quoi tu nous laisseras un moment. Tiens, emporte mon fusil et mon sac à la maison. Donne à Blondeau sa soupe, afin qu'il aille reposer sa jambe boiteuse sur la paille.

— À ta santé, Albert. J'ai posé chez ta mère un levraut que j'ai tiré devant ton chien à la Forêt verte.

Hermance prit le fusil. Un ramier passait en ce moment à sa portée, franchissant l'espace avec rapidité du côté de la plaine, ainsi qu'ils le font souvent le soir en cette saison. La jeune fille le coucha en joue, suivit l'oiseau dans son vol avec le bout des canons, et, comme elle ne tirait pas, son père lui dit tout à coup :

— Trop loin, Hermance ; trop tard, il fallait tirer quand il a passé entre les deux arbres.

— Oh ! répondit-elle, c'était seulement pour voir et juger de la difficulté du tir. Je n'aurais pas voulu tuer un pigeon, Dieu m'en préserve ! Mais un renard qui viendrait ici pour enlever ma poule blanche, je ne le manquerais pas, je vous en réponds. Tenez, supposons que le renard passe vers ce pieu de sapin, là-bas au coin du pré...

Ajustant le morceau de bois indiqué, Hermance lâcha successivement les deux coups, l'un à ras le gazon, l'autre à mi-hauteur du pieu. Albert courut au but, qu'il trouva criblé de plomb aux deux places visées.

— C'est mieux tiré que je ne l'eusse fait moi-même, dit-il en arrivant. Le renard n'aurait pas senti sa mort.

— Oui, dit Carell, mais à quoi bon cela ! Ce sont deux charges de poudre et de plomb perdues.

— Ah bah ! mon père, vous laverez votre fusil ; il en a besoin, car il repousse et pourrait devenir dangereux pour vous.

Albert s'approcha d'Hermance et lui demanda si réellement le recul de l'arme lui avait fait mal.

— Non, non, répondit-elle ; je l'ai senti un peu fortement, voilà tout, et vous savez que j'ai le bras solide. Vous ne retiendrez pas longtemps mon père, Albert, car il est fatigué.

— Va seulement à la maison, reprit Carell ; nous aurons plus vite terminé nos affaires.

— Adieu, Hermance !

— *Bonjour* dit-elle, d'un air gai et amical. Portant le sac de chasse d'une main, de l'autre le fusil, la jeune fille ne tarda pas à disparaître dans la maison.

— À nous deux, maintenant, dit le père. Puis il raconta sa découverte de la journée et ce qui s'était passé à l'auberge de la Patrie. — Les arbres ont été coupés sur *mes terres*, au bord de la limite des Grandes Joux. En tombant, ils se sont abattus *sur toi*. Là ils ont été dépouillés et chargés (sauf les queues, laissées avec les branches). Par conséquent, tu es aussi intéressé que moi à découvrir ce que ces deux plantes sont devenues.

Le jeune forestier répondit :

— M. Carell, plus j'avance dans la vie, plus je vois que rien n'est caché aux yeux de Dieu. Pendant la nuit dernière, sur le matin, je ne dormais pas. J'entendis sonner trois heures. Impossible de me rendormir. Éprouvant une inquiétude secrète dont je ne pouvais ni me débarrasser ni me rendre compte, je me levai. La lune était superbe, dans un ciel pur et brillant. Je pris mon fusil et partis avec Bataille pour le bois du fond des Laisines, où je n'étais pas allé depuis longtemps. En revenant de ce côté-ci, vers les huit heures, je passai par la Forêt verte ; où je constatai le délit que vous avez reconnu après moi. Je fis un tour dans le bois ; mon chien y lança le levraut que vous avez tiré, mais je ne tardai pas à découvrir la trace du char qui emportait les deux plantes coupées. Je la suivis jusqu'aux Praz-rôtis, où elle quittait le gazon pour entrer dans le grand chemin. La secousse donnée au char par le passage du fossé à traverser, avait fait tomber une branchette à demi coupée et qui tenait encore au tronc. Cela m'indiqua la direction prise. Dès lors, je n'hésitai plus : suivre la route jusqu'à la plaine et prendre là des informations, qui m'ont conduit à côté des deux pièces de bois. Je les ai fait séquestrer par un assesseur, après quoi j'ai été faire mon rapport au juge de paix. — Tout est en règle. Chaque plante mesurant 21 pouces de circonférence, j'ai taxé la valeur du bois vingt francs, soit le minimum. — Thomas Quichet ne tardera pas à recevoir une citation. Vous voyez que Dieu nous a conduits, vous et moi, pour débrouiller toute cette affaire, qui m'est très pénible. Les plantes étaient superbes et feront un vide longtemps dans le bois. Il paraît que l'acheteur, dont la demeure est dans un lieu écarté, voulait en faire des chéneaux pour le toit de sa maison.

— Oui, reprit Carell, c'est bien singulier, comme tu le dis, Albert, mais moi je ne puis croire que l'Être suprême se mêle de choses pareilles. Il a bien assez à faire à mener le monde et tout l'univers, sans s'occuper de nos voleurs de bois.

— Pourquoi pas, M. Carell ? Dieu est présent partout, il *hait le mal*, comme dit la Bible.

— Allons, c'est bon, laisse la Bible en paix. Nous n'avons rien à faire avec elle pour nos bois. C'est le code forestier qui est notre règle. Veux-tu boire encore un verre de vin ?

— Non, merci.

— Eh bien, va te reposer, tu dois en avoir besoin. Je te remercie d'être venu. Tiens, prends ce couvercle de pipe. — De quel côté vas-tu demain ?

— Où vous voudrez.

— Va par la Dunanche ; moi, j'irai dans le bois des Albéris.

CHAPITRE V

a nuit commençait à descendre des bois et des pentes rocheuses, lorsqu'Albert Dumont arriva chez lui. La plaine du Léman se couvrait de vapeurs automnales, tandis que les grands versants méridionaux du Jura recevaient encore une demi-lumière bleuâtre qui ne tarda pas non plus à s'évanouir. C'est l'heure où, dans toutes les maisons, les lampes s'allument. Le paysan des bords du lac se sert d'huile de noix ou de colza, qu'il a récoltée lui-même ; le citadin emploie la chandelle de suif, le riche se sert de stéarine. Le gaz répand sa blanche clarté dans les magasins et dans les rues. Dans les salons brille la vive lumière de l'huile épurée ou celle maintenant plus à la mode du pétrole américain.

Pour le montagnard bûcheron, le temps est passé où la clarté vacillante d'une torche de résine éclairait tant bien que mal sa demeure enfumée. Lui aussi participe aux largesses de la civilisation. Il a, tout aussi bien que les habitants des autres parties du pays, de bonnes provisions dans sa cave, le sac de farine dans la chambre à *resserrer*, les jambons suspendus à la cheminée et, sur la table, autour de laquelle se réunit le soir une famille de simples paysans, nous pensons qu'un moderne *modérateur*[6] à globe de verre opaque ou à

---

6 - [NdÉ] Il s'agit d'une lampe dont la mèche trempe dans un réservoir d'huile et qui peut être montée ou descendue grâce à

capuchon de couleur répand son agréable lumière.

À l'époque où vient se placer notre récit, un tel confort était sans doute une exception assez rare au Chenalet. La veuve Dumont, par exemple, se servait d'une petite lampe jaune à branche de laiton et encore, c'était son fils Henri qui la lui avait donnée. Lorsqu'il fallait se rendre de nuit au magasin, quand elle n'y veillait pas, elle prenait une chandelle plus facile à transporter.

Ce soir-là, peu après le retour d'Albert, un pas lourd se fit entendre dans le chemin montant du Quart-d'en-haut. Bientôt la porte s'ouvrit.

— Bonsoir! dit Thomas Quichet d'une voix rêche et dure. Peut-on entrer à la boutique?

— Oui, sans doute, entrez, Thomas, répondit Mme Dumont. Quoi de bon à votre service?

— Hauh! pas grand-chose, une affaire de rien. — Ah! bonsoir, Albert, je ne te voyais pas là! Que dis-tu de neuf?

— Pas grand-chose de bon non plus, Thomas; je suis fatigué.

— Tu as sans doute couru les bois toute la journée comme un *chevreu*. J'ai entendu ton chien du côté des Bornalis, vers les cinq heures du matin.

— C'est possible, fit Albert avec gravité.

— Mère Dumont, reprit Thomas en patois: *Dzé perdu le quevècllie dé ma pipà: en arriàve par hasà on villie à mé bailli, au bin, on nûvo, que de vo pièri*[7]?

— J'ai celui-ci à vous remettre de la part de M. Carell, dit Albert, en le prenant dans la poche de son gilet, vous le connaissez, je pense?

— Ah! c'est pardine le mien, qu'il a trouvé. Voilà une bonne affaire. Quand tu verras Louis Carell, remercie-le de ma part. Oui, c'est bien en effet le mien.

---

une manivelle, donnant plus ou moins de lumière.

7 - J'ai perdu le couvercle de ma pipe; en auriez-vous par hasard un vieux à me donner, ou bien un neuf que je vous paierais?

— Mais je ne veux pas vous avoir dérangé pour rien, donnez-moi un paquet de la régie.

Mme Dumont alla chercher le tabac demandé, pendant ce temps Albert dit à Thomas :

— Écoutez-moi, et ne vous fâchez pas. Vous avez fait une bien vilaine et mauvaise action la nuit dernière ; j'en suis extrêmement affligé pour vous, Thomas. Pour moi-même, j'en ai plus de chagrin que vous ne pouvez le croire, car vous m'avez compromis comme forestier, et M. Carell aussi. Mais Dieu ne permet pas que de telles actions restent cachées ou impunies. Si j'ai un conseil à vous donner, c'est d'aller dès demain payer l'amende entre les mains du juge, et la valeur du bois, puis, de vous recommander à sa clémence en témoignant du regret de ce qui s'est passé.

— Qu'est-ce que tu dis ? Tu viendras aussi m'accuser ! Tu ne vaux donc pas mieux que ton collègue ? Quoi, de quoi s'agit-il ?

— Tout simplement de deux plantes coupées à la Forêt verte, chargées sur les Grandes Joux, conduites par vous, sur votre char, à **, d'où je viens et où je les fais séquestrer, avant de remettre mon rapport au juge de paix. Vous voyez que je connais l'affaire aussi bien que vous, mon pauvre Thomas. Mais suivez un conseil d'ami : renoncez, une fois pour toutes, au triste métier que vous faites encore de temps en temps, lorsque la tentation d'un gain illicite vous prend. Si vous croyiez que Dieu voit tout et qu'il faudra lui rendre compte un jour, jamais vous n'auriez mis la hache au pied d'une plante non marquée.

Se voyant complètement démasqué, le voleur de bois n'essaya plus de nier, mais au lieu de reconnaître sa faute avec humilité, il répondit à Albert avec un cynisme révoltant :

— Tu vaux encore moins que ton collègue de là-haut, puisque tu m'as joué un tour pareil. Au reste, tu n'es qu'un fou de momier, avec tes idées. Eh ! ne dirait-on pas, à vous entendre, que c'est un crime de couper un sapin dans des bois qui en sont tout pleins et où ils croissent comme le chanvre ! Ces bois ne sont-ils pas un peu à tout le monde ? Autrefois, on n'y regardait pas de si près. La belle affaire qu'une ou deux plantes de moins parmi des milliers ! On payera l'amende, c'est clair ! Le diable emporte seulement les lois sur les forêts et ceux qui les ont faites ! Il faudra aussi payer le bois, mais tout ça se retrouvera plus tard. Je ne donnerais pas mon droit des bois de ** pour vingt-cinq louis, entends-tu ? Va seulement le redire à ton Crésus de là-haut. Je m'inquiète autant de lui que de la pantoufle du pape de Rome.

— Vous aggravez votre faute en parlant comme vous le faites, Thomas. Souvenez-vous que, pour une récidive, l'amende est doublée, triplée s'il y a eu menaces, voies de fait, ou simplement si le délit a eu lieu en temps extraordinaire. Il vaudrait mieux, croyez-moi, vous décider tout de suite à payer l'amende et la valeur du bois.

— Combien as-tu taxé ?

— Vingt francs, c'est le minimum.

— Minimum du diable ! vingt et vingt font quarante.

— Quarante, comme vous dites, et des excuses.

Thomas se mit à bourrer sa pipe, replaça le couvercle, dont il présenta les trous à une allumette enflammée ; après quoi, se calmant peu à peu, à mesure que d'épais nuages sortaient de sa bouche, il finit par dire à Albert :

— Donne-moi un mot de billet pour le juge de paix, et que ça finisse, j'irai demain. Mais si tu me rejoues un tour de cette espèce, tu auras affaire à moi. Il faut pourtant avoir un peu de conscience et ne pas tuer les gens à mort comme tu l'as fait.

— Il faut, Thomas, remplir son devoir devant Dieu et devant les hommes.

Albert écrivit les lignes suivantes sur une feuille portant l'estampille de garde-forestier :

« Au Chenalet, ce 30 septembre 1837.

À monsieur le juge de paix du cercle de **

Monsieur le juge,

Thomas Quichet se reconnaît coupable du délit forestier mentionné dans mon rapport de ce jour. Il se rend auprès de vous pour payer l'amende encourue et restituer la valeur du bois enlevé. Je vous prie de le recevoir avec indulgence et d'écouter les excuses qu'il vous fera.

Agréez, monsieur le juge, l'assurance de ma respectueuse considération. »

A. Dumont,

» garde-forestier. »

Thomas lut la lettre, la mit tristement dans son almanach de poche, et, soupirant une ou deux grosses fois, il s'en alla en disant :

— Allons, j'ai donc fait une mauvaise journée ; il faudra se rattraper en hiver.

Albert raconta à sa mère sa visite à la Maison des bois. Mme Dumont l'écouta avec une attention scrupuleuse aux moindres détails, après quoi elle dit :

— Mon cher Albert, tu sais depuis longtemps ce que je pense de tout cela. S'il était en mon pouvoir d'ôter de ton cœur le sentiment qui l'agite et le domine parfois si fortement, je crois que je le ferais, car je sens combien tu dois souffrir. Mais il vaut mieux, sans doute, que je n'aie pas une telle puissance. Si ce que tu éprouves pour Hermance vient de Dieu, il faut l'accepter et avoir confiance. Hermance a de l'amitié pour toi, c'est déjà beaucoup, dès qu'elle l'avoue. Tout se débrouillera, s'éclaircira quelque jour, sois-en persuadé ; et Dieu veuille que ce ne soit pas après beaucoup de souffrances pour la jeune fille ! Que n'est-elle pauvre comme toi, mon cher enfant ! Et surtout, que ne partage-t-elle en plein tes convictions religieuses ! — Voilà ce qui m'inquiète, Albert, pour elle et pour toi. Je ne crois pas qu'elle soit incrédule, non, mais d'après ce que j'ai pu voir moi-même en causant avec Hermance, ou elle n'a pas de besoins religieux, ou elle garde par devers elle des doutes profonds dont elle préfère ne pas parler. — Il faut savoir aussi se mettre à sa place : dans la maison, elle est heureuse ; son père la laisse agir à sa guise, elle est riche, très jeune encore, puisqu'elle a eu seulement vingt-deux ans au mois de juin dernier. Elle a des moyens, beaucoup d'esprit naturel, plus d'instruction et d'éducation qu'aucune fille du village. Rien donc de plus simple qu'elle veuille être bien sûre, avant de se décider, de l'affection qu'on lui témoigne. Finalement, ni son cousin Normant, qui est, dit-on, un bon garçon dans une belle position de fortune, ni Constant Vedel ne sont plus avancés que toi. Chacun sait ici qu'ils cherchent à lui faire la cour. J'ignore ce qu'elle pense de son cousin, mais quant à Constant, certes, elle ne se gêne guère. — Prends donc courage, mon cher Albert, et Dieu soit avec toi. Pour cela, ne te fais d'idole d'aucune espèce. Et quant à Hermance, puisse son cœur se tourner vers les biens éternels !

— Oui, ma mère, vous avez raison. Faisons notre culte et j'irai me reposer, car je suis rendu de fatigue. Cette course à la poursuite de Thomas m'a complète- ment énervé.

— Heureux es-tu encore, Albert, que l'affaire ait si bien fini ; en écoutant les menaces de cet homme, j'étais toute tremblante. Pendant qu'il te parlait, j'essayais de prier pour lui, et je pensais à cette parole de l'Écriture : *La parole douce brise les os.*

Mme Dumont lut un des beaux psaumes de David ; elle fit elle-même la prière à haute voix, et bientôt le jeune homme s'endormit.

À la Maison des bois, M. Carell et sa fille causaient aussi dans la cuisine, pendant que la Léonor était au village chez une parente malade. Cette robuste fille serait allée seule, de nuit, dans tous les bois des envi- rons et même jusqu'au sommet d'une montagne. C'était une précieuse garde pour Hermance, durant les longues absences du chef de famille ; dans ces cas-là jamais Léonor ne quittait le voisinage de la demeure isolée. M. Carell étant rentré de bonne heure, elle en avait profité pour descendre au Chenalet.

Après avoir raconté à sa fille les événements de la journée, Carell dit tout à coup :

— Il faut avouer qu'Albert Dumont a été plus habile que moi. Grâce à son activité et à sa prudence, il a découvert tout de suite le pot au noir de ce coquin de Thomas Quichet. C'eût été une mauvaise affaire pour moi comme forestier, si elle n'avait pu se tirer au clair tout de suite. On n'aurait pas manqué de dire que je n'avais pas fait mon devoir. Quel dommage que ce garçon-là n'ait pas une vingtaine de mille francs à lui ! seulement dix mille ! — Peut-être les aura-t-il quelque jour, — dans trente ans, — mais ce sera trop tard. — Je t'en parle ainsi sans détour Hermance, parce que tu m'as assuré il y a deux ans, que tu ne l'accepterais pas pour ton mari, sans cela je ne t'en dirais rien et surtout pas de cette manière, car tu sais ce que je pense.

— Dans ce moment, mon père, je n'accepterais personne en cette qualité. Je ne veux pas me marier à présent. Que me manque-t-il ici ? Ne suis-je pas heureuse avec vous et dans la vie que je puis avoir, selon mes goûts de jeune fille ? — Mais ne croyez pas Albert Dumont sans fortune : il est plus riche que nous certainement, dans un certain sens.

Louis Carell, à ces derniers mots, regarda sa fille, dont le visage, ordinairement si gai, avait pris une expression de haute et sérieuse pensée. Au bout d'un moment, il lui dit avec une certaine vivacité amicale :

— Plus riche ! allons donc ; tais-toi, folle ! Je sais très bien à quoi tu fais allusion. Les croyances tirées de la Bible sont, comme tout le reste, inventées par les hommes. Personne n'est revenu de l'autre monde pour nous apprendre ce qui s'y passe, et quant à moi, j'en suis bien fâché pour les idées d'Albert, mais je crois qu'il ne s'y passe rien du tout.

— Alors, si cela est vrai, mon père, la vie est bien triste, et il ne vaut vraiment la peine, ni d'être riche ni de se marier.

— Il viendra un moment où tu verras les choses d'une autre manière. Pour le quart d'heure, ce qui presse le plus, c'est de manger notre soupe et d'aller dormir. Demain, je veux partir de bon matin. Blondeau a-t-il eu à manger?

— Oui, il dort dans sa niche.

— Et Jean Ramuz, a-t-il payé son intérêt comme il l'avait promis?

— Oui, quatre louis en écus de Brabant. Je les ai les reçus pour 40 batz et les ai mis dans le sac vert. Voici la clef de votre bureau.

— Garde-la seulement. Il vaut mieux qu'elle soit dans ta poche que de courir les bois avec moi; ta pauvre mère me la soignait toujours. Tu as noté les 64 francs dans le livre des recettes?

— Oui.

— Eh bien, viens que je t'embrasse, Hermance, et dors seulement tranquille. Ah! Voici la Léonor qui reparaît.

Lorsque les trois habitants de la Maison des bois eurent pris leur frugal repas du soir, le père et sa fille se retirèrent dans leurs chambres; pendant que la servante mettait en ordre les assiettes et tournait la clef de la porte en-dedans. Hermance resta quelques moments encore à veiller chez elle. Debout, près de la fenêtre ouverte, elle considérait la voûte céleste qui scintillait à ses yeux.

— C'est-ce donc que tous ces milliards d'étoiles? pensait-elle. Qui leur commande dans les espaces infinis? Et nous-mêmes ici-bas, que sommes-nous? Moi, que suis-je et où vais-je? Et mon père, si bon, si confiant avec moi, si droit et si juste dans tous ses rapports avec les hommes, il ne croit à rien! Et pourtant il faut mourir. N'y aurait-il donc plus rien après cette vie ? Alors que penser de Jésus et de tous ceux qui ont donné leur vie pour une espérance future ? Ô mystère, mystère de l'existence ! Et Dieu, mystère infini.

Elle revint à sa table, ouvrit la Bible de sa mère et lut : « Il faut que vous naissiez de nouveau. Le vent souffle où il veut et tu en entends le bruit, mais tu ne sais d'où il vient et où il va. Il en est de même de tout homme qui est né de l'esprit. »

— Voila, se dit-elle, une doctrine terrible et obscure : il faut naître de nouveau, comment bien saisir cela ? Et cet esprit qui souffle où il veut, sans qu'on sache comment, dépend-il de nous qu'il se fasse sentir ? Non, il va *où il veut...*

Telles étaient quelques-unes des pensées secrètes qui venaient parfois agiter le cœur de la jeune fille. Elle n'en parlait ni avec son père, parce qu'il s'en serait moqué, ni avec Albert Dumont, de peur de donner à ce dernier sur elle un ascendant, une autorité, que son esprit libre et fier ne pouvait accepter.

CHAPITRE VI

édéon Normant, beau-frère de Louis Carell, habitait avec sa famille un village de la plaine situé à une lieue des premières pentes du Jura. Ce n'était par conséquent ni dans le vignoble, ni dans une de ces localités dont le sol ne produit que des céréales et des prairies. À Loisy, pourvu que la situation fût convenable, les terres fournissaient de bonnes récoltes de tout ce que l'agriculture de notre pays donne au cultivateur. Les froments, le seigle, l'avoine, les plantes sarclées et le trèfle, le sainfoin, les diverses *fenasses* comme les gazons naturels, tout cela prospérait à merveille sur de vastes espaces tantôt plats, tantôt légèrement inclinés. Dans les terrains en pente plus accentuée, les propriétaires avaient établi des vignes qui, en général, réussissaient bien. Non que le vin y fût de qualité distinguée, tant s'en faut, dans les mauvaises années surtout, mais dans les saisons favorables, le raisin y était bon, pouvant rivaliser avec celui de plus d'une localité qui se vante d'appartenir à la Côte. Presque toutes ces plantations, ces *cépages*, comme disent nos voisins de France, étaient isolés. Aucune réunion de vignes ne pouvait aspirer à la dénomination de *Clos*. On disait la vigne des *Surcost*, celle de *Vers-chez-Planod*, celle de *Sous-le-four*, etc.

Toutes les maisons du village de Loisy étaient réunies en un seul faisceau, dans un endroit presque plat. Aux

environs se trouvaient trois ou quatre campagnes
appartenant à des propriétaires étrangers qui les habitaient pendant la belle saison. Un petit ruisseau, le Nant
du Bornet, parcourait le territoire de la commune et
venait se promener jusque dans le village, qu'il rafraî-
chissait durant les ardeurs de l'été. On le traversait ici,
non sur un pont, mais en sautant sur de grosses pierres
jetées dans le courant, à une distance de quelques pieds
les unes des autres. Il eût été facile d'encaisser le ruisseau dans un canal étroit, recouvert de dalles brutes ou
simplement de plateaux en bois, mais non, le Nant
courait à sa fantaisie, tantôt dans le chemin, tantôt fort
près des maisons. Ce n'était pas de bonne économie,
mais on avait toujours fait ainsi à Loisy ; et il faut reconnaître que cette onde libre avait bien son charme et
donnait un caractère tout particulier à la commune. Le
bétail y venait boire trois fois par jour et s'y rafraîchir les
pieds. Cela faisait du bien de voir les bêtes aspirer à
longs traits cette eau courante, pendant que leurs
sabots brûlants de poussière ou saturés d'ammoniaque
trempaient dans le bord.

La maison du syndic Normant avait l'avantage d'être
placée à proximité du Nant. De sa longue galerie à
planches disjointes et à barrière vermoulue, on avait le
spectacle des abreuvements, et l'on voyait aussi passer
les gens sur la route communiquant avec les villages
voisins. Mais c'était là toute la vue. De lac, point ; de
forêts et de montagnes, aucune. À Loisy, on devait
vivre beaucoup pour soi et son très petit entourage
comme en Hollande, par exemple, comme dans certains
villages du Pays de Gex, comme au Chenalet, et même
aussi comme chez nous tous, Vaudois de la plaine ou
des montagnes. Le monde est toujours assez grand
pour qui se contente d'un horizon borné et n'aspire à
aucune conquête. À Loisy, beaucoup de personnes
pensaient fermement que leur village était le plus beau
de l'univers, et que nulle part la terre n'était aussi

bonne. En un certain sens, elles avaient parfaitement raison. Les Parisiens sont bien persuadés que leur ville n'a pas sa pareille au monde ; le moindre gamin des rues se croit un grand génie à côté d'un enfant des champs, lorsqu'il ne sait pas même distinguer une alouette libre, du *moiniau* qui cherche sa vie dans les balayures des pavés.

Le 9 octobre, soit dix jours après les événements que nous avons racontés, Luc Normant sortait de la maison paternelle, à cinq heures du matin. Un léger brouillard, que les rayons du soleil ne tarderaient pas à dissiper dans la matinée, couvrait de gouttelettes les brins d'herbe et les branches des haies, le long des chemins. Les paysans joignaient leurs bœufs devant les portes des étables, pour se rendre de bonne heure au labourage. Il faut expédier les derniers semis de froment, dans les champs où l'on a récolté la pomme de terre. Depuis la Saint Denys, fête du patron de ce jour, toute semaille est censée tardive. Et puis, la vendange commencera prochainement ; pendant qu'on est aux vignes et aux pressoirs, la charrue dort sous le hangar, ou bien on l'a laissée avec les herses à la garde de la foi publique, sous quelque noyer en rase campagne.

Luc Normant est un fort garçon de 28 ans, aux cheveux bruns, épais et en brosse ; les épaules larges, le visage anguleux. L'habitude de gesticuler, de faire diverses grimaces pour aider à la compréhension ou donner un sens mystérieux à ses paroles, lui fait dévier légèrement un coin de la bouche, et il cligne de l'œil sans s'en apercevoir. Avec ça, bon enfant et bel homme au demeurant. Il a enfilé une blouse bleue sur sa veste, puis s'est chargé d'un grand panier de raisin recouvert d'un linge éclatant de blancheur. Ce panier est suspendu à deux échalas qui, se croisant sous l'anse, passent de là sur chaque épaule, et sont tenus en respect à l'autre bout par les larges mains du vigoureux compagnon. Pour le dire en passant, c'est la seule bonne manière de porter un fardeau pareil sans se fatiguer trop et surtout sans pressurer les grappes. Les patriciens bernois, qui certes s'entendaient à beaucoup de choses pratiques et autres, se faisaient apporter ainsi à dos d'homme, sur une hotte et jusqu'à Berne, de superbes corbeilles de raisin cueilli dans les vignes des Mandements d'Aigle. Ils payaient volontiers à chaque porteur un louis pour le voyage, et ce n'était pas trop. Mais quel plaisir aussi pour les vieux Ours de croquer en maîtres le doux fruit des coteaux d'Yvorne et autres vignobles de premier choix.

Notre garçon du village de Loisy laissera son panier chez la belle cousine de la Maison des bois ; de là, après une courte visite, il ira chercher les vaches de son père au chalet Grizoud, une lieue plus haut, et les ramènera à la plaine. Un grand nombre de jeunes gens s'en vont comme lui dans le Jura, mais Luc est parti seul, plus tôt que tous les autres, afin d'avoir un moment de repos chez ses parents du Chenalet. Luc trouve Hermance fort à son goût ; il pense que ce serait une chose assez naturelle qu'elle rentrât dans la famille de sa mère, puisqu'elle n'a ni frère ni sœur et que d'ailleurs on sait bien que l'oncle Carell possède quelques bons petits carrés de timbre gradué. Quand cette dernière perspective se présente à son esprit, Luc ferme l'œil droit aux deux tiers, et le bout du nez se tourne de côté, en même temps que le coin de la bouche s'entrouvre légèrement. Mais il ne s'en suit, ni de ces divers petits mouvements sympathiques ou nerveux, ni de la pensée qui les a fait naître, que Luc Normant soit avare. Non, c'est tout simplement que, voulant se marier, il serait charmé d'avoir pour femme une personne belle, aimable et riche ; et il lui semble qu'il ne peut rencontrer de bien grands obstacles en un tel chemin. On a toujours dit qu'Hermance Carell n'a pas d'inclination, depuis qu'elle est jeune fille à marier ; pourquoi la jolie cousine ne viendrait-elle pas reprendre la place de sa mère à Loisy, sur la vieille galerie, d'où l'on voit boire les bœufs dans le Nant et passer les gens sur la route ? Le père Normant, sa femme et sa fille Olympe en seraient tout heureux ; quant à Luc, avec son caractère bon enfant, un peu léger et sensiblement vaniteux, ses clignements d'yeux et la télégraphie perpétuelle de ses muscles, il ferait sans doute le bonheur d'Hermance Carell. — S'il n'était pas encouragé dans ses projets, ma foi ! Luc Normant trouverait le panier de raisin un peu lourd ; car la route est longue déjà jusqu'au bas de la montagne, et d'ici en haut il faut grimper une heure et demie durant.

Lorsqu'il arriva au Chenalet, il laissa le village à droite pour suivre le chemin qui lui rendait l'habitation plus facilement accessible que s'il eut pris par le petit sentier. D'ailleurs, il était bien aise qu'on ne le vit pas, avec sa charge, passer devant toutes les maisons des divers quartiers. Comme il gravissait la dernière montée, il rencontra son oncle, qui partait pour sa tournée habituelle.

— Eh ! mon cher neveu Luc, lui dit-il, je crois que tu nous apportes du fruit de la plaine dans ce gros panier. Tu es vraiment trop bon.

— Oh ! que nenni, mon oncle, mais la route, de chez nous ici, s'est allongée d'un bon tiers depuis ma dernière visite. Ce n'est pas l'embarras que ce panier..., vous comprenez. Le plaisir de l'apporter à ma cousine Hermance m'a donné bon courage tout du long.

— Si je n'étais pas déjà un peu en retard, je t'en débarrasserais tout de suite et je retournerais avec toi à la maison, mais je dois faire une assez grande course aujourd'hui et ramener aussi mes vaches. Tu trouveras ta cousine et la Léonor. Et puis, je suppose que tu n'as pas l'intention de t'arrêter longtemps ici ce matin ?

— Un tout petit quart d'heure seulement.

— En ce cas, va vite, — on est bien chez vous ?

— Parfaitement, on se dispose à cueillir le jus de la treille, et j'apporte une lettre de ma sœur à la cousine.

Nous l'invitons à venir nous aider, parce que..., vous comprenez,... on sera bien aise de lui montrer les grappes et de lui faire boire du vin doux. Vous lui permettrez, mon oncle ?

— C'est comme elle décidera.

— Au revoir.

Luc Normant retrouva bien vite des forces et fût en peu de minutes à la porte de la maison. Il y trouva Hermance, qui, un couteau de cuisine à la main, allait cueillir du légume.

— Bonjour, ma cousine, dit-il ; je vous apporte mille amitiés de la maison, une lettre et du raisin dans ce panier. Comment allez-vous, depuis si longtemps que je n'ai eu le plaisir de vous voir ?

— Très bien, mon cousin ; je vous remercie. Comme c'est aimable à vous de nous apporter ces belles grappes ! et cette lettre d'Olympe. Merci beaucoup. Vous êtes tous en bonne santé, j'espère ? Entrez, cousin. Que puis-je vous offrir : du café, nous en ferons vite, du thé, si vous préférez du vin ?

— Un verre de vin, cousine, de votre main ne se refuse jamais... (ici, le coin de l'oeil fit son devoir),... vous comprenez,... j'ai trop de plaisir de le boire à votre santé. Et comme ce panier m'a tenu au chaud les épaules, le vin me tiendra le cœur joyeux. Là, c'est bien assez dans ce grand verre, je vous remercie. À tout ce qui peut vous être agréable dans ce triste monde, ma chère cousine et, en particulier, à votre heureuse arrivée à Loisy pour nous aider à la vigne. Il nous faut absolument..., vous comprenez, ... une vendangeuse qui soit au milieu de nous comme une toute belle et bonne souveraine. Ayez la bonté de lire la lettre de ma sœur, afin que vous puissiez me donner une réponse. J'espère qu'Olympe aura su *motiver* comme il faut la demande de mes parents, car... c'est une fille qui..., vous comprenez,... en sait long quand elle manie la plume.

Pendant que Luc débitait ce petit discours et faisait

ses contorsions habituelles, Hermance tenait toujours à la main la lettre cachetée ; ces mots de *demande de mes parents* l'effrayaient comme si ce fût une demande véritable qu'elle allait lire. Elle l'ouvrit pourtant.

— Dame ! reprit Luc pendant qu'elle lisait, vous avez joliment grandi,... c'est-à-dire... embelli depuis l'an dernier, cousine !

— Moi, mon cher cousin ? vous faites erreur, je vous assure : je suis exactement la même depuis trois ans.

— Possible, cousine..., mais je vous assure que c'est..., vous comprenez... ce que je veux dire, ma chère cousine.

Hermance avait achevé la lecture de la lettre.

— Est-ce que vous passez près d'ici avec vos vaches, en redescendant ?

— Oui, dans le chemin où j'ai rencontré *le papa* ; ce sera vers midi, je pense.

— Je m'y trouverai et vous remettrai un billet pour votre sœur.

— Délicieux de vous revoir, cousine Hermance. Mais vous direz oui à tout, n'est-ce pas ?

— Avec plaisir, si mon père consent à me laisser passer quelques jours chez ma tante.

— Vous déciderez vous-même, a-t-il dit. Oh ! Que ce sera joli de vous conduire à la vigne et de dîner sur l'herbette :

> « *À l'herbette,*
> *Joliette,*
> *Celui-là,*
> *Qui en aura,*
> *Le sera.* »

Comme dit la chanson. À midi, donc, ma cousine. Les magnifiques sapins que vous avez là, dans le pré.

— Oui, ils sont, en effet, bien beaux.

— Le plus gros ferait de bons *tablards* à fromages ; les autres donneraient chacun huit toises de planches, il y aurait de quoi remettre à neuf presque une maison.

— Ah! mais, nous ne voulons ni les vendre ni les couper.

— Bac, je le suppose de reste; c'est seulement, vous comprenez,... une idée qui m'a passé dans le cervelet. Au revoir! On se touche dans la main, quand on est cousins?

— Eh! je crois bien! mais, écoutez, cousin Luc, il ne faut pas serrer trop fort! Nous autres montagnards, nous sommes sans malice.

— Ah! que oui! sans malice! Et ce couteau, avec lequel vous vouliez me percer le cœur! Je m'en défie, allez seulement.

— Vous avez raison, la chicorée que je vais cueillir, payera à votre place.

Nous donnons ici la lettre d'Olympe Normant:

« Ma chère cousine,
Mon frère allant à la montagne, de vos côtés, je profite de son occasion pour vous envoyer quelques grappes de raisin et pour vous demander, de la part de mes parents comme de la mienne, de nous faire le grand plaisir de venir nous aider à vendanger. On commence lundi prochain. Nous en avons pour trois jours. Venez donc samedi, Hermance. Je m'en réjouis de vous voir et de faire connaissance intime avec vous. »
Votre affectionnée cousine
Olympe N.

Hermance répondit:

« Ma chère Olympe,
Mille remerciements pour les excellents raisins, dont nous allons nous régaler. J'accepterai avec reconnaissance votre invitation, si mon père m'y autorise. Depuis longtemps, je désire vous faire une visite un peu longue, mais à la condition que vous veniez aussi me voir une

fois. Ainsi, à samedi au soir ou dimanche, si le temps n'était pas beau samedi. Ne venez pas à ma rencontre. Notre domestique m'accompagnera. Je vous embrasse, ma chère Olympe. Mes vives amitiés à mon oncle et à ma tante. »

Votre bien affectionnée
HERMANCE CARELL

Un peu avant l'heure fixée, Hermance se rendit sur une éminence dominant le chemin à char dans lequel Luc devait passer. Les vaches des divers alpages de la contrée descendaient presque toutes en cet endroit. C'était un fort joli spectacle. Elles marchaient, en général, d'un pas allongé, faisant tinter fortement les grosses sonnailles et portant haut la tête, surtout celles qui l'avaient surmontée de la chaise au pied en l'air, figurant une troisième corne. Les mères-vaches distinguées jouissaient de cet honneur. Les vieilles, hélas ! n'avaient que de maigres clochettes et marchaient d'un air pensif. — Les génisses gambadaient à droite et à gauche de la route, broutant quelque touffe encore verte ; les veaux suivaient timidement les matrones, tandis que le taureau noir au front frisé, à la corne peu visible, montrait fièrement son œil louche et sauvage, cerclé de blanc.

Les bergers joyeux, excités par de nombreuses libations au chalet, poussaient de temps en temps une forte *youlée*, ou bien disaient un bout de chanson entremêlé de ha-i ! ha-i ! — Pendant cela, leur pipe s'éteignait. Il fallait alors battre briquet ou emprunter du feu à quelque compagnon de route et faire ensuite de grandes enjambées pour rejoindre le bétail. À la montagne, les bergers portent toujours des sabots. Cette lourde chaussure et la courroie de la chaise dont ils se servent pour traire les vaches, les forcent à marcher les jambes écartées. Lorsqu'ils reprennent leurs souliers pour descendre à la plaine, ils conservent l'habitude de mettre beaucoup d'espace d'un pied à l'autre et cela donne à leur démarche un balancement très drôle, dont nous ne prétendons point nous moquer, mais qui existe et distingue tout de suite un vacher montagnard dans la foule des autres humains.

Hermance donna le panier et la lettre à son cousin, lorsqu'il passa dans le chemin, avec une demi-douzaine de vaches et de génisses dont il paraissait assez fier, bien que les pauvres bêtes eussent pu être mieux portantes.

CHAPITRE VII

e samedi suivant, comme le temps était beau, Hermance et la Léonor se mirent en route, à pied, pour le village de Loisy. Elles quittèrent la Maison des bois peu après midi, afin que la vieille domestique eût le temps de revenir de jour à la montagne. Louis Carell n'étant pas encore de retour, elles mirent la clef dans une cachette convenue, et descendirent bientôt les forêts par des sentiers connus, sans avoir passé par le village. Lorsque la trace du passage cessait d'être visible par le fait de l'avancement graduel des branches voisines, la montagnarde coupait au droit, sûre de la retrouver plus bas. En fort peu de temps elles arrivèrent à la plaine. Ici, ce fut Hermance qui, s'aidant de ses souvenirs, prit le gouvernail et conduisit sa compagne. Trois fois seulement, durant les 53 années de sa vie, la Léonor était descendue à la foire de **, sur les bords du lac. Aussi la plaine, qu'elle voyait à chaque jour de la haute demeure du forestier, lui était-elle parfaitement inconnue de près. Chaussée de gros souliers ferrés, un mouchoir rouge sur la tête et attaché sous le menton, la jupe relevée, elle excitait la curiosité des habitants de deux villages qu'il fallait traverser avant d'arriver à Loisy. Mise fort simplement, mais avec ce bon goût inné que possèdent les jeunes personnes, Hermance faisait l'admiration des gens qui rencontraient les deux voyageuses.

— Coquin de sort, la belle fille! disait quelques fils de riches paysans; savez-vous qui elle est?

— Non, répondit-on. Elles ont l'air de venir de la montagne. Ah! trebleu! si celle-ci ne marche bien sans se crotter le bas des jambes! Pour la vieille qui porte le panier, ça lui est égal de mettre le pied au beau milieu du *pacot*; c'est une rude gaillarde.

De son côté la Léonor disait:

— Ouaih! le vilain pays que cette plaine! On ne voit que des haies le long des chemins et de la boue devant les maisons, je ne voudrais pas demeurer là. Ça doit être bien triste. Ah ça! Hermance, tu ne te laisseras pas enjôler par ton cousin, entends-tu? Je ne voudrais pas te sentir ici en bas toute ta vie. Que deviendrions-nous sans toi là-haut? Ce grand Lucas, qui est venu chez nous le jour de la Saint-Denys, je ne sais pas, mais il me semble que tu n'es guère faite pour lui. Pourquoi ferme-t-il ainsi le coin de l'œil droit quand il veut dire une gentillesse? Ça lui donne l'air un peu drôlichon. Il me semble qu'on aurait dût l'empêcher, dès son enfance, de prendre cette mauvaise habitude. Ne trouves-tu pas?

— Oui, je suis bien de cet avis.

— Le père et la mère, comment sont-ils?

— Je les connais très peu encore.

— Et l'Olympe?

— Ma cousine est très aimable, à ce qu'on dit.

— Ils sont riches?

— Je ne sais pas.

— Ah, bac! tu ne sais pas; bien entendu, qu'ils sont riches! Fais seulement attention de ne pas rester ici en bas. Il se trouvera assez de bons partis pour toi là-haut. Qu'est-ce que c'est que ce village? Certes, si toutes les maisons, comme celle-ci, ont de l'eau qui gargouille contre les murs, elles doivent être bien sèches!

— C'est Loisy.

— Ça, c'est le village où demeure ton oncle?

— Oui.

— Ouaih! le vilain endroit pour un! Il paraît que c'est une bien pauvre commune, puisqu'elle n'a pas le moyen de faire un pont sur cette eau.

Ainsi causant, elles arrivèrent chez les parents. Olympe, qui les guettait de la galerie, descendit bien vite l'escalier et vint en courant recevoir sa cousine, à quelques pas de la maison.

Olympe Normant était une aimable fille, d'une expression sereine et douce. Parfaitement simple dans son langage et dans ses manières, elle ne ressemblait point à son frère Luc. Un peu moins grande qu'Hermance, les cheveux d'un blond foncé, les traits fins sans être réguliers, c'était une personne dont la voix sympathique et l'accueil cordial attiraient tout de suite. Elle embrassa trois ou quatre fois sa cousine, lui dit comme elle était gentille d'être venue, combien elle se réjouissait de faire plus intime connaissance avec elle, etc. Ensuite, elle alla serrer la main à Léonor, la remercia d'avoir accompagné sa maîtresse, et lui demanda si elle n'avait pas trouvé le chemin bien long.

— Long! allons donc, ma chère demoiselle Olympe, vous vous moquez! c'est un petit bout de rien. Nous n'avons mis que deux heures, mais en descendant, il est vrai, par les sentiers.

— Venez vite vous reposer, venez. Mon père et mon frère sont à la cave ou au pressoir, pour les préparatifs de vendange. Ma mère est à la maison.

Elles entrèrent. Mme Normant faisait le café; elle reçut sa nièce avec amitié, mais sans se déranger beaucoup de son travail. C'était une personne bonne au fond, quoique son premier abord fût singulièrement froid et examinateur, procédant même par des reproches, surtout quand elle aimait les gens.

— Ah! vous avez pourtant pu vous décider à venir une fois, dit-elle à Hermance. C'en était bien temps. Je croyais que vous vouliez tout de bon nous renier. Votre mère est née dans cette maison, ma nièce; — et votre père, comment se porte-t-il ?

— Très bien, ma tante. Il m'a chargée de beaucoup d'amitiés pour toute la famille.

— Merci. — Il court toujours par les montagnes ; n'est-il pas rassasié de faire ce métier ? Mais voilà, ça lui plaît.
— C'est votre domestique, cette fille. Bonjour ! dit-elle à Léonor en la regardant d'assez près. Comment trouvez-vous ce coin de pays ?

La Léonor, que l'accueil d'Olympe avait charmée, répondit à la mère d'autant mieux sans se gêner que les deux cousines venaient de la laisser seule avec elle.

— Ma foi, Mme Normant, je ne le trouve pas beau. C'est bien loin d'être aussi agréable que chez nous, avec toutes ses haies le long des chemins et cette eau qui court dans votre village.

— Ah ! vous trouvez ! chacun son goût ! Mais ce n'est certes pas moi qui voudrais vivre dans un endroit perdu, où il ne croit que des sapins et des foyards. Je n'ai été qu'une fois chez mon beau-frère à l'abbaye du Chenalet, en dix-huit cent dix-huit. Depuis lors, l'envie d'y remonter ne m'est pas revenue. Ici, tout est plat, et nous avons au moins de l'eau courante pour notre bétail. Tout peut mûrir chez nous, le raisin, les poires, les noix, les cerises.

— Oui, votre pays est plus riche que le nôtre, Mme Normant, mais nous avons aussi des fruits à la montagne et vos vaches sont bien aises d'y passer l'été. Nous avons les morilles, les fraises, les framboises, les noisettes...

Mme Normant fit un bon éclat de rire en entendant parler de noisettes comme d'un fruit de quelque valeur.

— Pardine, vous me faites rire avec vos noisettes, ma pauvre fille ! Alors, il paraît que vous en avez fait une bonne récolte ? Combien de cornets ? Ah ! ah ! ah ! des noisettes ! si l'on peut parler d'une récolte de noisettes !

— Plus que vous ne pensez, Mme Normant, et si vous voulez le savoir, je vous dirai qu'il y en a cinq quarterons

dans un sac, vendu à un parfumeur de Genève. Et nous
en gardons aussi un peu pour nous. On fait de bonne
salade avec l'huile de noisette.

— Et où avez-vous ramassé tout cela? Mais vous
m'en contez d'une, la fille? cinq quarterons? ah!
pardine oui!

— Nous les trouvons dans les buissons, sur les
rocailles, comme on trouve les morilles sous les sapins.

— Les morilles sont assez bonnes; je les aime avec la
daube[8] et dans les ragoûts, c'est bon.

— Je suis bien aise que vous les aimiez; en voici une
petite chaîne que je vous apporte.

La montagnarde prit un sac de papier dans le panier
d'où Hermance venait d'ôter sa robe du dimanche, et
l'offrit à Mme Normant. Celle-ci, avant de remercier,
ouvrit le cornet, rempli de morilles sèches, enfilées par
une ficelle très mince. On pouvait y reconnaître la
morille noire, la brune, et celle presque blonde qu'on
nomme bonnet d'évêque.

— Vous remercierez mon beau-frère, dit la paysanne
en refermant le cornet. Elles ont une bonne odeur et
sont bien conservées.

— M. Carell ne sait pas que je vous les apporte, mais
cela ne fait rien. Celles-ci sont à moi. Voici de même
quelques noisettes pour Mlle Olympe, et une tomme[9] de
chèvre pour M. Normant. Elle est sèche: voyez,
madame; nous savons les faire encore assez belles.

En disant cela, Léonor déplia une grande feuille de
papier blanc, montra deux petits fromages d'un demi-
pied de largeur chacun et épais d'un pouce. Ils étaient
secs, mais on voyait qu'ils avaient l'intérieur tendre,
gras et appétissant. La croûte grise, légèrement ridée,
était d'une exquise propreté.

— Est-ce vous qui les avez faites? demanda l'habitante de la plaine.

---

8 - Bœuf rôti entouré de sauce.

9 - [NdÉ] Petite meule de fromage à pâte molle.

— Oui, c'est moi. Hermance les fait aussi très bien, mais je ne veux pas lui donner cette peine.

— Merci bien pour mon mari ; hauh ! bien sûr, que ma nièce n'a pas besoin de faire des tommes. Est-ce qu'elle ne s'ennuie pas beaucoup là-haut ? il me semble qu'on doit tant s'y ennuyer.

— Oh, bien ! vous vous trompez. Nous ne nous ennuyons jamais. Mais c'est ici qu'on doit trouver les journées longues ! On me donnerait douze louis par an, que je ne voudrais pas y demeurer. Je crois qu'Hermance s'y ennuierait beaucoup. Il n'y a point de vue, point de bois, point de grands troupeaux comme chez nous.

— Point de vue ! Vous êtes bonne ; on peut voir passer les chars sur la route. Les jours de foire et de marché à la ville, ça ne *décesse* du matin au soir.

En continuant sur ce ton, les deux femmes auraient peut-être fini par se quereller tout de bon sur les mérites respectifs de leurs habitations, mais les cousines reparurent et la Léonor se tut. Le café étant prêt, on appela les hommes.

Luc arriva le premier, en costume de cave, c'est-à-dire, les mains sales et une vieille blouse sur les épaules.

— Il est sûr, dit-il en entrant, que je suis dans un bel état pour me présenter devant ma cousine Hermance, mais c'est la faute..., vous comprenez,... de trois *bosses*[10] qu'il a fallu rincer, laver, brosser et le reste. Vilain commerce que celui de tonnelier, ma chère cousine ! Et comment cela va-t-il depuis le jour où vous aviez un grand couteau à la main ? Enchanté de vous voir dans l'hôtel du patron. Ah ! voici mon père.

M. Normant salua d'abord Léonor, puis sa nièce, qu'il embrassa sur les deux joues et dont il garda la main assez longtemps dans la sienne, pendant qu'il débitait un compliment à la jeune fille sur ce qu'il faisait bon la voir, qu'elle était grande et avait eu bien du courage de

_____

10 - Vases de cave.

faire toute la route à pied. Assez gros, de taille moyenne, les yeux petits, mais vifs et malicieux, le père Normant avait toute la mine d'un paysan qui n'a pas de dettes, assez d'argent dans son bureau, l'appétit excellent, et laisse volontiers la parole à sa femme.

On se mit à table. Le café noir bondissait dans les tasses de faïence bleue, après quoi du lait superbe d'écume vint tempérer l'amertume un peu forte de la première liqueur. Madame Normant tira d'une armoire voisine une galette au beurre si parfaitement bonne que la Léonor, en la trempant en longues bribes dans cet excellent café, se déclara intérieurement vaincue sur ce point particulier. Mais elle acquit en même temps la conviction que c'était l'œuvre de la fille, et c'est pour-quoi elle dit:

— Quel bon *châchau*, Mme Normant! c'est vous, sans doute, qui l'avez fait. Je vous serai bien obligé de me dire comment vous en préparez la pâte. Notre maître doit aimer cela, et je serais bien aise de lui en mettre quelque jour un morceau dans son sac de chasse.

— Il vous faut demander à l'Olympe, répondit la paysanne; car c'est elle qui a fait le *coucon*.

La Léonor sourit en voyant qu'elle avait deviné juste et pria Olympe de lui enseigner sa science.

— C'est très facile, dit celle-ci; j'expliquerai à Hermance.

— Eh bien! mère, dit Luc à son tour, ne nous montre-rez-vous pas l'autre objet? Cette question fut suivie d'un long clignement dirigé sur Léonor.

— Prends-le, répondit-elle en montrant la porte basse d'un réduit pratiqué sous l'escalier.

Luc ouvrit cette porte, se mit presque à genoux et sortit de là un immense gâteau encore sur sa feuille de fer battu. Il était rond, à bord mince, relevé et festonné. La moitié du gâteau se composait de prunes de Ste Catherine, qui sont blondes; l'autre moitié de *pruneaux* très noirs. Le tout avait une façon irréprochable et un parfum exquis.

— Voici, dit Luc, une pleine lune en deux couleurs. C'est aussi ma sœur qui crée ces sortes d'astres, ma chère amie, dit-il en s'adressant à Léonor, mais c'est moi qui ai cueilli les fruits et chauffé le four. — Olympe, taille voir ça de façon à ce que la cousine ait le premier morceau des deux teintes; après quoi je veux servir moi-même la chère Léonor.

— Un très petit morceau, Olympe, s'il vous plait, dit Hermance.

— Ah! mais, reprit le père Normant, il faut pourtant se nourrir.

Lorsque Hermance fut servie, Luc en coupa cinquante pouces carrés, qu'il offrit à Léonor.

— Es-tu fou, Luc, es-tu donc fou? disait sa mère. Que veux-tu que cette fille fasse d'un pareil *placard*?

— Avec votre permission, je le porterai à M. Carell, de votre part, ou, si vous le préférez, de la part de Mlle Olympe. Là-dessus la brave fille se leva, cherchant des yeux la feuille de papier qui enveloppait ses tommes.

— Attendez, Léonor, dit Olympe: nous trouverons ce qu'il faut; j'arrangerai cela dans votre panier.

— Ah, que! ajouta Luc, je savais bien ce qu'elle en ferait.

— Merci pour mon père, mon cousin.

Celui-ci leva les épaules, fit deux ou trois gestes de la main gauche, enfourna une énorme bouchée qu'il ne fit que tordre et avaler, et dit que, finalement, c'était bien juste que l'oncle Carell eût sa part du gâteau.

Quand on eut assez mangé, Léonor dit qu'il fallait songer à partir, afin d'arriver assez tôt pour porter le lait à la fromagerie, de six à sept heures. Mme Normant lui demanda si, avant de se remettre en route, elle ne voulait pas donner un petit coup d'œil au jardin?

— Hauh! tout de même; oui, cela me fera plaisir, mais allons vite.

Mme Normant l'y conduisit. Bien que la saison fût avancée, il s'y trouvait encore de beaux légumes : des chicorées escaroles et frisées superbes, des épinards à feuille ronde, qu'on pouvait déjà tondre et qui passeraient l'hiver, des salades chicots très tendres ; des bettes allemandes aux larges côtes blanches. — Un carré de hautes plantes d'un vert pâle attira l'attention de la montagnarde :

— Qu'est-ce que c'est que ça ? dit-elle en touchant une feuille avec la main. Puis au même instant elle poussa un petit cri. Aïe ! une bête m'a piquée... La paysanne riait.

— Oh ! que non ! ce n'est rien, n'ayez pas peur : ce n'est qu'une épine de cardon. Ah ! vous ne connaissiez pas les cardons ? C'est une plante qu'on mange l'hiver, quand elle est blanchie, et qui est excellente. Il me semblait bien que ce légume fin ne pouvait croître là-haut.

— Heureusement, car si j'en apercevais le moindre rejeton dans notre plantage, je le jetterais bien vite au fumier. C'est pire que les piquants du houx. Je m'en suis planté une demi-douzaine, de ces maudites épines. Et ça, qu'est-ce que c'est ?

— Des asperges : ça se mange au printemps, avec une sauce au beurre frais.

— On mange ces grands bottons verts ! autant cuire un fagot de foyard.

— On mange les asperges, ma chère, quand elles sortent de terre et c'est un légume excellent, surtout quand on arrive sur l'âge. Voilà aussi des *z'haricots* d'une très bonne espèce : elles sont *nines*, comme vous voyez. Si vous en voulez pour un carreau, je pourrai vous en donner de la graine, car *elles* sont mûres et c'est le moment de les cueillir. *Elles* sont sans fil.

— Oh ! merci, ça ne convient pas à notre pays.

— C'est plutôt le pays qui ne convient pas aux *z'haricots*.

— Peut-être. Mais si vous voulez me faire plaisir, vous me donnerez une branchette de ce laurier que vous avez là.

— Pardieune, c'est bien facile !

Mme Normant tira un vieux couteau de sa poche et coupa un bon paquet de brindilles de laurier.

— Assez, assez ; je vous remercie *inféniment* ; le laurier va très bien dans les pommes de terre au bouillon, ne trouvez-vous pas ?

— Oui. Vous prendrez bien aussi quelques poires dans votre panier. Nous avons des beurré-blanc et des rouges qui sont délicieuses. Comme ça, une de temps en temps dans le sac de mon beau-frère lui fera plaisir.

Le panier fut bientôt arrangé ; après quoi, la Léonor reprit le chemin de la montagne. Elle pria Hermance de faire quelques pas avec elle.

— Vois-tu, ma chère Hermance, lui dit-elle, je t'en supplie, tiens-toi ferme avec ces gens. Ne leur cède sur rien. N'écoute pas les fleurettes de ce grand garçon, tant bon enfant soit-il. Tu n'es pas faite pour vivre à la plaine, près de ce margouillis d'eau. — J'aime beaucoup Mlle Olympe ; tu le lui diras. À elle seule, elle vaut plus que tous les autres, qui sont pourtant tes parents. Mais ne te fâche pas si je t'en parle ainsi, tu sais combien je t'aime. Cette demoiselle Olympe, comme elle me plaît ! J'en veux dire deux mots à Albert Dumont, qui doit être assez triste là-haut. Adieu, Hermance ; je reviendrai donc mercredi à deux heures, s'il fait beau.

— Oui, je serai prête : salue Albert Dumont de ma part, mais il est inutile de lui parler de ma cousine Olympe.

— Pourquoi donc ? elle est si gentille !

— *Parce que*, c'est inutile, comme je te dis.

CHAPITRE VIII

L a maison du syndic Normant était grande, profonde comme le sont, en général, les vieilles habitations des bons paysans, mais mal construite et mal distribuée. On y retrouvait même les traces d'anciens propriétaires qui avaient dû être des messieurs de village, en un temps où les gens riches se contentaient de fort peu de chose en fait d'agréments locaux, pourvu que la santé fût bonne, la cuisine abondante et soignée. Ainsi, chez les Normant, on voyait encore un tournebroche séculaire. La cave possédait un *bouteiller* assez vaste (chose très rare à Loisy) ; et les portes des chambres, au lieu de se fermer par un loquet, avaient toutes une poignée *à olive*, dans une serrure à bec de canne. Dans la principale pièce du rez-de-chaussée, une boiserie en panneaux à hauteur d'appui préservait les meubles de l'humidité naturelle aux murs. La galerie elle-même avait due être imaginée par quelque avocat de l'époque déjà bien reculée où Racine mettait en scène les *Plaideurs*. L'homme de loi, en s'y promenant, pouvait y réciter ses demandes et ses répliques, pendant que les bœufs de Perrin Dandin buvaient l'eau claire du ruisseau.

Aujourd'hui, l'ancienne étude de l'avocat est transformée en une chambre de jeune fille ; la vaste cuisine où se rôtissaient lentement le gigot de mouton et l'aloyau de bœuf, est un réceptacle étrange de toutes sortes d'objets plus ou moins inutiles, mais dont plusieurs sont indispensables à la famille.

Ici est une grande arche en sapin, contenant du froment; là, un assez gros tas d'avoine par terre. Voici des tonneaux dressés sur le fond: ils seront pleins de noix lorsque ce fruit, qui sèche au grenier, pourra être recueilli sans risquer de moisir. Dans un coin, gisent de vieilles ferrailles. Au plafond sont suspendus les paquets de filasse et d'étoupes de chanvre. Ailleurs, dans l'ombre, les lards et tout le produit de deux grands porcs salés, fumés convenablement. Plus loin, un antique bahut ciselé, dont les tiroirs renferment les graines du jardin de Mme Normant, à la place des dossiers de justice. Nous trouverions encore une quantité d'autres objets tout dissemblables, si nous voulions dresser l'inventaire exact de ce musée rustique.

Vers les huit heures du soir, les deux cousines passèrent dans ce lieu, appelé le *Réduit*, pour se rendre à la chambre d'Olympe; Hermance était un peu fatiguée, soit de la route faite à pied, soit de la causerie assez insignifiante qu'on avait en bas, en présence des domestiques. La chambre d'Olympe était dans un ordre parfait. Il y avait une cheminée, des rayons garnis d'une cinquantaine de volumes reliés, une commode, un lit assez grand pour deux personnes, enfin les autres meubles nécessaires. C'était un petit sanctuaire pour la jeune fille, dont les goûts ne ressemblent ni à ceux de ses parents, ni à ceux des autres personnes du village. Avec un caractère charmant, une intelligence éveillée, Olympe avait reçu de Dieu une piété simple et pratique. Elle était heureuse, par le sentiment d'une conscience droite et d'une vie bien remplie. Ses convictions dataient déjà de loin, de son enfance; l'instruction religieuse les avait muries et développées. Acceptant la vie jour après jour comme le Seigneur la donne, Olympe ne se faisait pas de soucis, bien que le milieu dans lequel elle vivait fût de nature à en donner beaucoup à une personne moins bien douée et moins croyante qu'elle. À vingt-cinq ans, cette jeune chrétienne aurait pu en remontrer à plus d'une prêcheuse d'âge avancé, soit sur le renoncement volontaire, soit sur la douceur dans les rapports de famille. Mais aussi, Olympe Normant, disons-le sans aucun détour, n'entendait absolument rien aux *questions d'églises*, aux points déjà si controversés du baptême et de la discipline, du règne de mille ans, de la chute de la papauté, etc. Son esprit pratique se contentait de savoir qu'il y a une vie présente, toute remplie d'activités et de devoirs, — et une vie éternelle que Dieu a préparée à ceux qui l'aiment. Hors de ces deux grandes bases de la foi, qui lui paraissaient bien suffisantes, Olympe ne *discernait* rien dans les points obscurs où tant d'autres se représentent qu'ils voient si clair.

— N'est-ce pas, Hermance, dit-elle en traversant le *Réduit*, que notre maison est singulièrement arrangée ? Voyez un peu comme il serait facile de mettre de l'ordre dans tous ces fatras, et même d'en faire disparaître un. bonne partie. Mais mon père et ma mère ont leurs habitudes que je ne dois pas chercher à contrecarrer.

— Oui, c'est dommage qu'on ne vous laisse pas organiser la maison tout entière dans le goût de votre chambre, qui est si jolie, répondit Hermance en y entrant.

— Cette chambre, reprit Olympe, était autrefois, à ce qu'on dit, le cabinet d'un avocat. Quelles singulières transformations les choses de ce monde subissent !

— Eh ! ma chère Olympe, qui sait si, à votre tour, vous n'aurez pas quelque difficile cause à y plaider.

— Moi ? pourquoi donc ? J'ai déjà bien assez, je vous assure, de mon propre procès avec la vie et mauvaises pensées. Heureusement que la cause est soutenue par un avocat qui ne peut faillir. Jésus a donné sa vie pour nous libérer de toute condamnation.

— Vous parlez comme une sainte, Olympe ; je vois que je ne vous connaissais pas du tout, et... que j'avais grand besoin d'une véritable amie, dit-elle en lui passant les bras autour du cou. Voulez-vous que je vous aime aussi, moi, de tout mon cœur?

Olympe ne s'attendait pas à cette expansion de tendresse : elle regarda sa cousine avec un sourire si pur et si doux, que les yeux d'Hermance ne purent soutenir ce regard sans se troubler. Olympe la serra sur son cœur, l'embrassa plusieurs fois de suite et lui dit à l'oreille :

— Oui, Hermance, aimons-nous bien, mais non de *tout* notre cœur, ce *tout* fait partie du grand commandement donné aux hommes, et il faut, pour que nous soyons heureux, que Dieu soit le premier en nous. Après lui, il y a de quoi s'aimer d'un amour presque infini. — Je lis, reprit-elle à haute voix, chaque soir ici quelques versets de la Bible ; veux-tu (voilà un *tu* qui s'est mis là tout seul) que nous fassions cette lecture ensemble?

— Oui, sans doute.

Olympe lut la première moitié du premier chapitre de l'Évangile selon Saint-Jean. Ces paroles admirables, si pleines elles-mêmes de la divine lumière, furent prononcées avec un accent de respect et de profonde conviction, mais sans qu'Olympe appuyait mal à propos sur telle ou telle expression, comme le font un grand nombre de lecteurs. La Bible a été écrite par des hommes simples, pour les hommes simples de tous les temps de tous les lieux. Hermance, qui ne trouvait souvent qu'obscurité dans les Écritures parce qu'elle y apportait tous ses doutes et bien souvent un jugement anticipé, fut étonnée de la clarté souveraine de cette exposition de Saint-Jean. Il lui semblait qu'elle n'avait jamais remarqué une telle assurance de doctrine, une telle autorité. C'est que l'enfant des montagnes s'était faite plus humble en ce moment et qu'éprouvant un besoin religieux inaccoutumé, l'Esprit de Dieu avait soufflé dans son âme, sans qu'elle s'en doutât.

— Merci, ma chère Olympe, dit-elle. Ces paroles font

du bien ; ce soir, elles m'ont paru nouvelles.

— Veux-tu que nous priions ensemble, Hermance ?
répondit Olympe en s'agenouillant à côté du lit.

Hermance suivit l'exemple de sa cousine, qui lui dit :

— Commence ; je terminerai.

— Non, Olympe : prie, toi qui sais prier, prie pour mon
père et pour sa fille.

Après un court moment de silence, Olympe s'adressa
au Dieu Éternel qui a fait les âmes et tout ce qui
existe ; — à Celui qui est le Père des chrétiens, l'ami
des pauvres pécheurs. Les paroles venaient sans effort
sur ses lèvres, parce que, se plaçant comme en la
présence du Dieu d'amour, rien sur la terre n'était
capable de la distraire ou de l'émouvoir. Elle demanda
que cette nouvelle amitié qui venait d'être formée
entre elle et sa cousine fût sanctifiée dans une foi
commune et bénie ainsi pour toujours. Elle pria pour le
bonheur de leurs parents, de leurs amis, et pour que
tous les hommes fussent amenés à la vraie lumière de
l'Évangile de Jésus-Christ.

— Tu es bien heureuse, Olympe, dit Hermance. Tu
crois et tu peux prier.

— Et toi, ma chère, ne pries-tu pas ?

— Hélas, non ! je me borne à soupirer le plus souvent.
Avant de m'endormir, je regarde le ciel et les étoiles
sans y rien comprendre, et je me perds dans l'infini.

— Peut-être cherches-tu à comprendre avec ton
propre esprit, et à te représenter les choses telles que
tu voudrais qu'elles fussent. Chère amie, ce sont les
hauteurs des cieux, qu'y ferais-tu ? C'est une chose
plus profonde que les abîmes, qu'y connaîtras-tu ? —
Dieu a ses secrets, et il doit les avoir pour nous,
autrement il ne serait pas le Dieu infini et éternel. Si
nous pouvions le prouver par le raisonnement, l'analy-
ser, le disséquer presque, il serait un Dieu borné, non le
vrai Dieu. Ce qu'il demande de nous, ce n'est pas que
notre intelligence le comprenne, mais que notre cœur

l'aime et l'adore. Il s'est révélé à nous dans la personne divine de Jésus et dans l'œuvre du salut accomplie par le Sauveur. Je suis convaincue que cela est vrai, et c'est ce qui me rend facile d'accepter toutes choses dans la vie qui s'écoule chaque jour, et la mort quand elle devra venir. Voilà, ma bien chérie, toute ma science ; elle me suffit complètement. — Quant aux étoiles, j'aime aussi à les considérer ; elles me parlent de la sagesse, de la puissance infinie de Celui qui les a tirées du néant pour les faire briller à nos regards dans l'immensité des cieux.

— Il faudra les venir admirer de ma fenêtre, Olympe, et parler de ce grand sujet avec mon père ; tu verras ce qu'il te répondra.

— Hélas ! Hermance, je ne discute avec personne. Quand j'ai dit ce qui me paraît conforme à l'Évangile, je prie, cela vaut toujours mieux que de longs discours. Mais il nous faut dormir. Ainsi, bonne nuit.

Si quelqu'un s'étonnait d'entendre deux jeunes filles de village s'exprimer ainsi dans l'intimité, nous lui dirions qu'Olympe et Hermance n'ont jamais parlé le patois ; qu'elles ont l'habitude de lectures choisies et que leur intelligence s'est exercée sur des sujets auxquels les campagnards ordinaires ne se donnent pas la peine de réfléchir. Du reste, il n'est pas rare de rencontrer parmi nous des jeunes personnes dont l'esprit est cultivé et qui eussent très bien tenu leur place dans une conversation de cette nature.

Le lendemain, les deux cousines allèrent ensemble au culte public, qui avait lieu à dix heures, dans un village voisin. De tous côtés on voyait des paysans préparant des tonneaux, trempant des cuves, cerclant des futailles à grands coups de marteau, mettant des bras d'osier à leurs *brantes*. Tous ces divers préparatifs avaient lieu en public, le dimanche matin, comme si de tels travaux ne constituaient pas un scandale en plein village, pendant que le son des cloches avertit qu'on va commencer les

offices religieux. — Mais la vendange est à la porte, et
c'est d'elle, avant tout qu'il faut s'occuper. L'heure
employée à remercier Celui qui donne les biens de la
terre au cultivateur serait sans doute perdue !

Hermance fut frappée du petit nombre d'hommes qui
se trouvaient dans le temple : peut-être quinze en tout,
dont le tiers étaient venus de Loisy, tandis qu'on pouvait
compter au moins soixante femmes. — Olympe lui dit,
en revenant, que c'était presque toujours ainsi :

— Ces mêmes hommes que tu as vus si occupés
autour des maisons ce matin, ajouta-t-elle, qui, si on
leur demandait de venir au culte, répondraient qu'ils
ont autre chose à faire, sauront bien trouver le temps
de jouer aux boules et aux quilles durant la plus grande
partie de l'après-midi ; puis, le soir, d'aller au cabaret.
— La religion est considérée par la plupart d'entre eux
comme une affaire de femmes et d'enfants ; ils se
placent au-dessus de tout besoin religieux positif,
capable d'agir sur la vie, mais ce qui est plus singulier
encore, c'est qu'ils se placent au-dessus des propres
lois et règlements qu'ils ont eux-mêmes votés. — Telle
est l'inconséquence d'hommes qui, pourtant, se disent
chrétiens, se croient chrétiens. Le temple serait à leur
porte qu'ils n'y mettraient pas davantage les pieds,
peut-être encore moins. Je ne parle pas de la question
du dimanche comme jour du repos, bien que ce soit
une chose très importante. Mais il est certain que l'absence des hommes aux cultes publics, si cela va en
continuant, ne fera qu'augmenter et sera la cause d'une
profonde décadence de l'église. Quand je dis cela chez
nous et ailleurs, ou bien l'on me rit au nez, ou bien l'on
me répète que de tout temps les choses ont été ainsi et
qu'on n'y peut rien changer. — Ce qui est peut-être le
plus malheureux dans cet état de choses, c'est que
ceux qui ne demanderaient pas mieux que d'entendre
une prédication, n'osent pas aller au temple trop
souvent, de peur de s'attirer les moqueries de gens qui

n'y vont presque jamais. Au point de vue religieux, les hommes de nos villages sont, en général, non seulement sans besoins, mais sans trace de courage moral. Dans la montagne, remplissent-ils mieux leurs devoirs à cet égard ?

— Au Chenalet, oui, c'est l'usage : on se rend au culte au moins un dimanche sur trois. Toutefois, je ne vois pas que les hommes soient pour cela ni meilleurs ni plus religieux. Ce sont les gens à fortes convictions opposées, comme mon père, qui donnent peut-être le meilleur exemple dans leur conduite privée et publique. Il y a quelques exceptions en faveur d'un christianisme vivant, mais elles sont bien rares. Je ne connais guère que deux ou trois familles dans lesquelles on ait une piété véritable.

— Et parmi les jeunes hommes ? — Ici, ils suivent encore le culte, de temps en temps, par convenance autant que comme affaire de souvenir.

— Chez nous, la famille Dumont est, je crois, la seule dont les fils soient restés vraiment fidèles aux convictions du jeune âge. Leur mère, qui est veuve, est aussi, comme toi, Olympe, une sainte.

— Écoute, ma chère Hermance, ne me donne plus jamais ce nom-là dans l'acception où tu le prends. — Quand j'irai passer quelques jours chez vous, tu me conduiras chez cette mère dont tu as une si haute opinion ; j'aurais sans doute beaucoup à apprendre d'elle. N'est-ce pas, tu me feras faire sa connaissance ?

— Ah ! tu demandes là une chose difficile, mon enfant, une chose très difficile à t'accorder.

— Pourquoi donc ?

— Parce que cette mère a un grand fils qui est un dangereux personnage.

— Ah ! ça !, tout à l'heure, tu me disais que les enfants de cette veuve se conduisent en chrétiens.

— C'est justement pour cela qu'ils sont dangereux.

— Hermance, tu parles en énigmes, et je ne les

comprends pas. Je suis simple, vois-tu. Explique-moi les choses clairement. Tu m'as parlé d'un fils Dumont : comment se nomme-t-il ?

— Albert, et il est forestier, collègue de mon père.

— Quel âge a-t-il ?

— Vingt-huit ans au moins.

— Est-il beau garçon ?

— Mais oui, assez. Il est grand, blond comme toi, les cheveux bouclés et les yeux bleus.

— Après ?

— Après quoi ?

— Vient-il souvent chez vous ?

— Chaque fois qu'il a à parler avec mon père pour leurs affaires de bois.

— Et à toi, n'a-t-il rien à dire ?

— Je crois qu'il dirait assez, si on le lui permettait.

— Pourquoi le lui défend-on ? Est-il pauvre, peut-être ?

— Aux yeux de mon père, oui, il est même très pauvre. Pour moi, cela me serait bien égal, mais c'est un ami d'enfance et d'école, rien de plus... Du reste, reprit-elle après un instant de silence, Albert Dumont est un garçon distingué, qui a des moyens, de l'instruction et plus de culture d'esprit que nos jeunes montagnards ; puis, je te l'ai dit, Olympe, il possède les mêmes convictions religieuses que toi.

— Ainsi, il est très riche dans un sens et très pauvre dans un autre ?

— C'est cela, exactement.

— Je le plains, s'il t'aime, comme cela est plus que probable. Dans une position pareille, il a bien des luttes à attendre, et mon frère peut avoir en lui un redoutable rival.

— Ton frère, Olympe ! que me dis-tu ? Est-ce que Luc penserait sérieusement à moi ?

— Oui, il me l'a dit plus d'une fois.

— Alors, je t'en prie, dis-lui bien vite qu'il n'y pense

plus du tout. Ce serait parfaitement inutile : je ne veux ni ne puis me marier. Il faut qu'il s'adresse ailleurs ; malgré l'immense bonheur de t'avoir pour ma sœur, je le refuserais net.

— Chère Hermance, que de choses tu m'apprends dans cette promenade ! Et de quoi venons-nous de parler ? Nos pensées ont pris une direction bien singulière en sortant du temple. En ce moment, nous n'avons plus le droit de condamner les gens qui n'assistent pas au culte public, car nous venons d'avoir une conversation toute mondaine. — Puisque tu le désires, je dirai à Luc de se tenir pour averti malgré le grand chagrin qu'il en aura, il faut qu'il le sache le plus tôt possible.

Les deux amies venaient d'arriver près du ruisseau. Elles sautèrent de pierre en pierre et ne tardèrent pas à se mettre à table avec les autres membres de la famille qui s'étaient *rechangés* pendant leur absence.

Le père Gédéon, habillé de drap gris-marengo des pieds à la tête ; Mme Normant en bonnet blanc, robe d'indienne[11] brune avec des ronds noirs ; Luc, rasé tout frais et bien endimanché, se carrait dans une redingote en drap olive, gilet de satin noir et pantalon souris. Il fumait son cigare d'un air sérieux et réfléchi, car sa sœur lui avait tout de suite conseillé de n'adresser à Hermance aucun propos plus aimable que de coutume, vu que, « mon cher frère, lui avait-elle dit, je sais que ce serait parfaitement inutile. »

Au milieu d'octobre, les journées sont déjà bien courtes. Ce dimanche-là fut vite passé, et le lendemain matin, chacun devait être prêt de bonne heure pour aller aux vignes.

---

11 - [NdÉ] Étoffe de coton peinte fait aux Indes.

CHAPITRE IX

Les vendanges, dans les petits vignobles de la plaine vaudoise, ne ressemblent guère à ce qui se pratique sur les grands coteaux étagés au-dessus de la route de l'Entraz, entre Aubonne et Begnins, et encore moins à la manière dont se fait la récolte du raisin sur les pentes rapides de Lavaux. Ici, vu la difficulté du transport, les grappes quittent leurs chaudes expositions sans être foulées dans la brante ; c'est aux pressoirs seulement qu'elles passent entre les cylindres à cannelures ou que le rustique *semoutoir* les broie dans la cuve. À Lavaux, les vendanges durent plusieurs semaines ; tout se fait avec soin, propreté, sans agitation fébrile. Le vigneron garde le sentiment de sa dignité d'homme, en présence de la victoire qu'il remporte sur le sol ; et le riche propriétaire enregistre chaque jour le nombre souvent extraordinaire des mesures de moût qui sont entrées dans sa cave. Le temps devient-il pluvieux ? On s'arrête ; rien ne presse, le soleil reviendra.

À la Côte, on va plus vite : le raisin est pilé sur place, à moins que les vignes ne soient très rapprochées de la maison, et qu'ici ne se trouvent de grandes cuves au-dessus desquelles deux ouvriers tournent la manivelle d'une petite machine à broyer les grappes. Mais, en général, cette opération se fait à la vigne, d'où la brante rase est emportée par un vigoureux compagnon, jusqu'au char qui stationne à quelque distance, sur l'antique voie romaine. Quand la futaille est pleine, le cheval ou une paire de bœufs l'emmène à la maison. Son contenu passe sous les étreintes du pressoir ; après quoi le liquide s'encave dans les vases du maître, ou prend le chemin des grands entrepôts. Mais encore à la Côte, va-t-on chaque jour sans trop s'inquiéter si la vendange n'est pas terminée à la fin d'une semaine.

Dans les localités qui ressemblent par leur situation topographique et agricole à celle que nous avons esquissée pour le village de Loisy, la récolte du raisin se fait avec une presse, une agitation parfois excessive. Moins il y a à recueillir, plus on a hâte d'en avoir fini, comme si tout allait être perdu par quelques jours de retard. La pluie froide, la bise, d'épais brouillards ou des vents furieux, rien n'arrête le cultivateur impatient. Le raisin est-il mouillé ? Tant mieux il y aura augmentation de liquide. La terre s'attache aux sabots ; on enfonce dans le sol, peu importe les ouvriers auront de bons bras au printemps, quand il faudra *rompre* la vigne[12]. — On a froid aux mains, les doigts vous *débattent* ; les habits des pauvres ouvrières sont trempés d'eau : allez toujours ! tout ça se réchauffera, se sèchera à la maison. Nous ne voulons pas revenir ici demain : qu'on se dépêche !

Plus d'une fois et en plus d'un endroit, nous avons vu cela, et c'était une manière fort triste de se livrer à une occupation qui doit appeler la reconnaissance, la gaîté, même le charme de la poésie. Au lieu d'attendre patiemment que Dieu lui donne un temps favorable, le vigneron du bas pays se courrouce à la vue de nuages menaçants ; un grand débat s'élève dans son cœur endurci, entre sa volonté et celle du Maître des cieux et de la terre.

En cette année 1837, le temps fut doux, très sec à

---

12 - [NdÉ] Labourer (ou *fossoyer*) le vignoble après une nouvelle plantation.

Loisy, pendant les vendanges. Ce fut heureux pour tous, mais particulièrement pour les ouvriers et les invités du dehors.

Le lundi matin au point du jour, le café bouillant était sur la table ; les deux chars du père Normant prêts à partir. Hermance et Olympe, la taille et les épaules entourées d'un bon châle, s'assirent sur une grosse botte de foin placée derrière la futaille et firent ainsi, en char à bœufs, le voyage de la maison à la vigne. On employa une demi-heure pour le trajet, qui, à pied, ne demandait que quinze minutes. En quelques endroits, le chemin enfermé entre deux grandes haies était si étroit, que les branches venaient battre contre les roues du char et presque fouetter le visage des jeunes filles. Celles-ci s'amusèrent beaucoup d'un tel voisinage sur leur gros paquet de foin.

La vigne qu'on allait dépouiller était située dans un endroit tout à fait à part de la contrée. Elle faisait partie d'un mas de terre appartenant en entier à Gédéon Normant, qui l'avait plantée lui-même, aux deux tiers de la hauteur du fonds. À une distance de quinze pieds du bord supérieur, un alignement de pruniers taillés en demi-tiges se touchant presque tous, garantissaient les ceps des vents froids de la montagne et même un peu des coups de joran qui cassent souvent les plus beaux bourgeons à la fin de mai. Une prairie naturelle, avec de jeunes arbres fruitiers, s'étendait en pente douce au bas de la vigne et aussi du côté du nord. Un bosquet d'aunes et de frênes faisait comme une demi-ceinture au clos dans cette dernière direction, en même temps que ces arbres cachaient sous leurs branches l'onde silencieuse du Bornet. Ici le rossignol, arrivant d'Égypte, s'établit aux premiers beaux jours du printemps. Lorsque la nuit enveloppe les campagnes dans son ombre, la voix du chantre ailé s'échappe seule de ces feuillages touffus. Elle remplit la contrée de plaintes mélodieuses, d'accents passionnés. Et dès l'aube, le petit oiseau, déjà debout, invite joyeusement au travail les ouvriers qui se rendent à la vigne. Ici encore, la sarcelle fait ses haltes périodiques en automne ; à la suite de grandes pluies, on la trouve se balançant avec grâce sur les petites nappes où l'eau s'arrête, et d'où l'oiseau part bruyamment en sifflant de l'aile, dès que le chasseur introduit son tube noir entre les branches, pour l'ajuster plus sûrement. S'il revenait, le temps des idylles, et avec lui la jeunesse qui n'est plus, voilà où j'aurais voulu établir ma tente. Là, avec femme et enfants heureux, nous eussions cultivé la terre et vécu des produits du sol. Là, nul bruit de vie mondaine, nul train de guerre avec les hommes. Là, le doux sommeil après les travaux paisibles du jour. Là, le recueillement, la méditation, la prière. Là, dès le matin, le soleil à sa porte et le regard tourné vers les cieux. Eh ! oui, c'était un rêve : qui ne l'a fait en sa vie, au moins une fois ! Ô toi, qui portes le nom d'homme, ne te souviens-tu pas de ce jardin d'Éden que nous avons tous habité ? Et si nous y fîmes tellement heureux qu'un faible souvenir fasse encore aujourd'hui palpiter notre cœur, pourquoi donc éprouvons-nous si peu de joie à la pensée de l'Éden céleste qui nous attend ? C'est que, hélas ! la terre est notre mère, le péché notre père, et le ciel si haut pour nos esprits déchus, que nous n'osons pas même aspirer à sa possession.

Mais pardon, cher lecteur, j'oubliais mon récit en suivant le cours de mes pensées. Peu à peu je vous eusse volontiers conduit sur les coteaux de Canaan pour y cueillir la grappe fabuleuse ; contentons-nous de celles qu'on récolte en notre bon pays.

Les vendangeurs, hommes, femmes, enfants, sont en ligne ; les chars tournés du côté de la sortie du pré. Les bœufs, qui n'ont pas faim, ruminent, attachés à un arbre par une corde passée dans la grande boucle du joug. Encore fleurées de rosée matinale, les grappes sont détachées une à une du sarment, d'où elles tombent

dans le seau en bois de chaque ouvrière. C'est le père
Normant qui conduira les chars au pressoir. Luc s'est
adjugé les fonctions de *collecteur*. Une grande *seille* aux
bras, il va demander le raisin à chaque ouvrière, à
mesure que le baquet de celle-ci est plein. En même
temps, il surveille l'ouvrage et si, par aventure, quelque
jeune fille oublie une grappe dans les feuilles d'un cep,
Luc, s'il la découvre, aura le droit d'embrasser la négli-
gente ou l'inattentive qui est coupable de ce grand délit.
Hermance est avertie de cette loi terrible par Olympe,
sa voisine, mais celle-ci fera tout pour qu'un si grand
malheur ne vienne pas affliger son amie. — Luc est
triste, et il a bien de quoi, le pauvre garçon ; car sa sœur
lui a tout dit hier au soir : Hermance ne peut ni ne veut
se marier. Et lui qui avait cru que les choses iraient
toutes seules ! C'est à peine s'il goûte un grain de raisin
de temps en temps, et seulement lorsqu'il oublie sa
cousine. Hermance, au contraire, en mange avec plaisir.

— Vous les trouvez bons, à ce qu'il paraît, cousine
Hermance, dit-il ; j'en suis charmé... Mais vous comprenez que... moi aussi je ne demanderais pas mieux que
de m'en régaler, si je n'avais pas... un peu trop soupé
hier au soir. Et je suis encore... Ah ! belle cousine, voici
la seconde grappe trouvée derrière vous ; je vous ai
pardonné à la première, celle-ci payera pour deux.

— Que faut-il faire ? demande Hermance à Olympe.

— Laisse-le t'embrasser.

— Voyons, mon cousin, où est-elle cette grappe que
j'ai laissée ?

— Ici, venez la voir.

— C'est juste, répondit Hermance quand elle fut à
côté du cep.

— Eh bien donc, j'use de mon droit ?

— Comme il vous plaira, cousin.

Et, sans se faire prier davantage, sans se cacher la
figure dans les mains comme le font de grandes
nigaudes, peut-être afin qu'on les leur ôte, Hermance

tendit sa joue à Luc, dont les lèvres en effleurèrent deux fois le satin velouté, aux grands éclats de rire de la bande joyeuse. Après quoi, sans être le moins du monde chiffonnée ou honteuse, la jeune montagnarde vint reprendre sa place auprès d'Olympe. Pendant un assez long moment elle ne dit rien ; sa pensée errait dans les bois et sur les hautes croupes vertes, il lui semblait voir Albert, dont le regard doux et profond la suivait. — Un peu plus tard, lorsqu'elle se redressa pour donner à Luc le raisin qu'elle venait de cueillir, celui-ci baissa les yeux sans oser la regarder. Deux larmes, qu'il ne put ni retenir ni cacher (car il avait le cœur gros et les mains aux anses de sa seille), deux larmes descendirent lentement sur ses joues anguleuses, et de là se mêlèrent aux grappes à demi foulées. — Mais bientôt le grand garçon reprit son apparente gaîté. Peut-être était-il honteux d'avoir montré cette faiblesse, bien qu'il fût loin de regretter d'en avoir donné le spectacle à Hermance Carell.

Vers midi, le père Normant apporta le dîner dans une corbeille placée sur une hotte. Olympe et Hermance étendirent une nappe sur le gazon ; on la parsema d'assiettes, de morceaux de pain frais, de couteaux et de fourchettes. Les verres étaient rares ; trois seulement. Olympe en mit un à part pour Hermance et pour elle, pendant que son père à genoux sur l'herbe, taillait de superbes tranches dans un jambon encore fumant. Chacun s'assit à la ronde. Un grand plat creux contenait des choux bien garnis de châtaignes déjà mûres ; et les verres se remplissaient par les soins de Luc, qui avait la charge du baril. On se servait comme on voulait. Tous avaient l'appétit aiguisé par le jambon chaud et le goût vraiment agréable et fin du chou marbré de Bourgogne. Après cela, on sortit d'un linge roux tout neuf un quartier de fromage gras, un peu salé, dans lequel il y avait tout plaisir à mordre. Et ainsi on fit sur l'herbe un excellent dîner. — Les bœufs prenaient maintenant aussi le leur, à grandes tirées de mufle, dans la botte de foin remise à leur discrétion. Les vaches, revenues de la montagne, paissaient gravement dans la prairie ou se reposaient debout, silencieuses et immobiles, la tête tournée du côté des vendangeurs attablés. Un doux soleil d'automne éclairait cette scène champêtre, à laquelle nous avons maintes fois assisté et qui se renouvelle tous les ans dans ces mêmes lieux, lorsque le temps le permet.

À quatre heures du soir, la petite vigne était dépouillée. Elle avait donné à son maître, en échange de beaucoup de soins et de travaux, une récolte abondante. Maintenant elle allait dormir durant tout l'hiver. Avant la nuit noire, les vendangeuses des Normant étaient de retour au village. Elles soupèrent et s'en allèrent chez elles, pour revenir le lendemain matin. Luc et les domestiques devaient passer une grande partie de la nuit au pressoir, afin que celui-ci fût libre le lendemain.

Qu'avait fait Albert Dumont pendant la journée ? En sortant de chez lui, comme à l'ordinaire, il vint passer à la Maison des bois. Louis Carell était déjà parti avec Blondeau pour la chasse, il ne trouva que Léonor, qui tricotait en gardant les deux vaches dans le pré. Il la salua d'un air amical et continuait son chemin sans s'arrêter, lorsque la vieille domestique l'appela.

— De quel côté allez-vous, M. Albert ? lui dit-elle. Si par hasard notre maître le demandait, je pourrais le lui expliquer.

— J'ai l'intention de monter sur la Grillette, où je ne suis pas allé depuis quelque temps déjà.

— Haha ! par là où ils mettent les trappes.

— Oui, précisément.

— Je me souviens d'y avoir passé une fois, dans le temps de ce mauvais rôdeur de Piache. Figurez-vous, mon pauvre Albert, qu'il avait tendu des lacets pour les grives à toutes les branches des buissons, le long de la crête. Une grande volée de ces oiseaux ayant passé sur le matin pour traverser la montagne, et ces pauvres bêtes voyant partout des graines de thymier, s'abattirent dessus en quantité. Elles s'y étranglèrent. Ma foi, comme ce genre de chasse n'est guère permis, et que d'ailleurs les lacets n'ont pas la marque de leurs maîtres, je pris bel et bien les grives[13], partout où j'en trouvai sur mon passage. J'en remplis mon tablier, car j'en rapportai soixante-sept. Et vous pouvez penser combien il en resta encore aux trappes que je ne sus pas découvrir. J'espère que vous ne vous amusez pas à tendre des lacets, Albert ça n'a pas bonne façon pour un chasseur qui se respecte. M. Carell n'en met jamais.

— Ni moi non plus, ma bonne Léonor. Où est Hermance, si on peut le savoir ?

— Elle est allée passer quelques jours chez son oncle Normant, pour manger du raisin et aider sa cousine à vendanger. Je l'ai accompagnée samedi à Loisy ; et s'il faut tout vous dire, elle m'a chargée, si je vous voyais, de vous bien saluer.

— Je vous remercie beaucoup de me dire cela, Léonor. La reverrez-vous avant son retour ?

— Nous sommes d'accord que j'irai la chercher

---

13 - Lorsque les grives quittent les montagnes où elles ont niché pendant l'été, elles traversent, par troupes considérables, les plus hauts points du Jura pour se rendre dans les vignes. Les braconniers, qui connaissent la route de ces oiseaux, se pourvoient de graines de thymier et en placent une grappe au bas d'un triangle fait avec une branche tordue qu'ils suspendent au premier arbre venu. Au milieu de ce triangle est un lacet de crin fixé par le bout à l'un des côtés du piège. L'oiseau arrive, se pose sur la base du triangle passe la tête et le cou dans le lacet pour saisir la graine rouge, et, en la retirant à lui, fait serrer le fil de crin. En se débattant il perd l'équilibre et demeure suspendu par le cou. Un chasseur à ces sortes de gibets mobiles rapporta en une seule fois cent grives prises d'une matinée. Maintenant, ces pièges sont défendus par la loi sur la chasse, qui prononce des peines sévères pour les contrevenants.

après-demain.

— Vous lui direz donc que je suis bien reconnaissant de son souvenir et que je pense constamment à elle.

— Comment voulez-vous, mon pauvre Albert, que je lui fasse une pareille commission ?

— C'est égal, dites-le-lui toujours, je désire qu'elle le sache.

— Ça me tourmente parfois, Albert, quand je vous vois perdre ainsi votre temps à soupirer : Hermance dit sans se gêner qu'elle ne veut pas se marier.

— Eh bien, si elle ne se marie pas, je resterai vieux garçon.

— Ah ! que ! fit la vieille fille en branlant la tête.

— Que voulez-vous dire, Léonor ?

— Je me disais à moi-même qu'Olympe Normant, la cousine d'Hermance, est une charmante personne, qui n'est peut-être pas décidée à rester vieille fille comme moi, oui, je me disais cela, Albert.

— Je comprends très bien que vous vous le disiez et je voudrais savoir devant qui le répéter, mais, ma chère Léonor, pour ce qui me concerne, c'est parfaitement inutile.

Léonor sourit :

— Que ce soit donc, reprit-elle, comme si je n'avais rien dit. — Eh ! eh ! la Biolette ! Où vas-tu ? Ah ! je te ferai manger mes choux pendant que je cause, attends seulement ! Au revoir, Albert, il faut que j'aille tourner la Biolette.

Albert salua la brave gardeuse et fut bientôt caché dans les grands bois. En quelques heures, il gravit des roches escarpées, traversa différents cols et finit par atteindre au couronnement d'une montagne assez élevée, d'où la plaine vaudoise apparaissait comme un immense jardin. L'alpage où il se trouvait contenait plus de pierres polies que de gazon vert, car celui-ci n'existait qu'entre les interstices du calcaire blanchâtre, qui semblait avoir été entassé et accumulé sur cette croupe par quelque titan capricieux. Il y avait pourtant un chalet, désert maintenant, comme tous ceux de ces altitudes. Le tichodrome échelette à poitrine pourpre et le merle de roche sont presque les seuls oiseaux qui se plaisent dans ces parages, mais Albert n'était pas empailleur ; il se bornait à admirer les belles couleurs de ces petits êtres, sans avoir jamais la pensée de les tuer avec son fusil.

D'ici, son regard distingua bientôt le Nant du Bornet avec ses bordures encore feuillées. Prenant une excellente lunette qu'il portait toujours avec lui dans son sac, il la dirigea du côté des campagnes de Loisy, principalement sur les vignes écartées. Dans un pré vert, un objet blanc attira son attention : c'était la nappe qu'Olympe et Hermance étendaient en ce moment sur l'herbe. Albert vit les deux cousines, mais sans pouvoir distinguer leurs traits à cause de la rapidité des mouvements. Pourtant le visage d'Hermance passa une fois en plein devant l'oculaire et Albert put le reconnaître pour celui de sa bien-aimée. Il valait mieux pour lui qu'il la vit occupée à mettre le couvert, que, dans la matinée, tendant sa joue rose à Luc Normant.

Dans son retour au Chenalet, il eut la bonne chance de faire lever un grand coq de bruyère qui, frappé au dos par le plomb du chasseur, tomba lourdement sur le sol et fut rapporté en triomphe. Cet oiseau superbe du Jura valait bien vingt-cinq francs au jeune forestier, outre les plumes vertes à reflets qu'il tira de la poitrine et passa sous le ruban de son petit chapeau noir.

Pour lui aussi, bien qu'il n'eût pas vendangé, la journée avait été belle et bonne.

CHAPITRE X

e jour suivant, le nombre des vendangeurs s'augmenta d'une demi-douzaine de personnes du village, qui vinrent offrir leurs services au père Normant. Les uns avaient terminé leur vendange, les autres demandaient, en retour de leur travail, la permission d'amener leur récolte au pressoir de la maison. Comme les vignes étaient rapprochées, il y eut moins de temps perdu ; on alla plus tôt, on revint plus tard, et ainsi, le mardi au soir, il ne restait plus que le *gros rouge* à cueillir. C'était peu de chose. Les Normant feraient cela en famille, dans quelques jours seulement.

Le mercredi matin, il n'y avait donc plus d'ouvrage pressant pour les deux cousines et, comme Hermance devait repartir dans l'après-midi, elles décidèrent d'aller passer une partie de la matinée à faire des emplettes dans une petite ville située à vingt ou trente minutes de Loisy, selon qu'on marche plus ou moins.

— Pour mettre le lecteur plus à son aise, et l'auteur aussi, nous dirons que cette ville se nomme Nyon. — La cité équestre a subi bien des transformations depuis l'époque où Jules César ordonna qu'elle fût bâtie sur les collines qui descendent rapidement jusqu'au lac Léman, et sur le plateau coupé en arrière, de deux côtés, par des ravins qui subsistent encore aujourd'hui. — Ce fut sans doute un beau jour pour les chevaliers romains,

comme pour toute la population d'une ville déjà considérable, que celui où les eaux si fraîches de Divonne, et
peut-être celles encore plus remarquables de Genollier,
vinrent jaillir sur les places de Novidunum et fournir en
abondance à tous les besoins publics ou particuliers.
Les aqueducs ont disparu ; les canaux souterrains gisent
obstrués dans le sol ; et les rivières, dont les sources
sont toujours les mêmes au pied du Jura, ont, depuis
quinze siècles peut-être, repris leur cours naturel
jusqu'au Léman. Les œuvres de Dieu subsistent ; celles
de l'homme, si grandes soient-elles, sont appelées à se
transformer incessamment et à disparaître, à mesure
que passent les générations.

Les époques des croisades et toute la barbarie du
Moyen Âge pesèrent aussi sur ce petit coin de pays ; la
cité romaine fut détruite ; elle fit place à une ville
restreinte, mais qui eut son importance sous les ducs de
Savoie et pendant toute la période de la domination
bernoise. Son château, solidement assis au bord orien-
tal du plateau, est encore un des plus remarquables
entre ceux du canton de Vaud, bien qu'on l'ait singulièrement gâté en comblant les fossés du côté de la ville
haute. Ces fossés, larges et profonds, ainsi que le pont-
levis qui en gardait l'entrée, donnaient à l'édifice un
caractère de force et de grandeur sauvage en rapport
avec celui de son époque.

Aujourd'hui, Nyon est une petite ville de 3000 âmes,
ayant sa station de chemin de fer, son bureau du télé-
graphe, son port, sa belle place d'armes et celle, tout
aussi remarquable, du marché au bétail. De magnifiques promenades en terrasses contournent sa partie
élevée, de l'est à l'ouest. Le vieux temple sans clocher
est toujours debout et durera plus longtemps que nous
tous. De jolies campagnes se montrent dans les environs. Le commerce n'y est point en décadence. Elle
aura l'éclairage au gaz. Un journal s'y publie deux fois
par semaine. Enfin, la vie politique, intellectuelle et

religieuse y est en honneur.

De 1820 à 1830, un homme de taille moyenne sortait chaque matin de la cour du collège de cette ville ; en été, à sept heures ; en hiver, à huit. Dans cette dernière saison, il portait sur son vêtement de drap gris un manteau gris ; sur sa tête un chapeau gris. Cet homme avait les cheveux gris, la barbe grise, bien qu'il eût à peine quarante ans, à la première des dates que nous mentionnons. Les bras croisés jusqu'aux épaules, le dos voûté, le regard profond et singulièrement méditatif, l'allure vive, on le voyait descendre la petite rue du Temple, dépasser la fontaine, l'horloge et enfiler la ruelle qui conduit à la rue solitaire du Vieux Marché. Arrivé ici, il prenait ce chemin étroit, toujours sablé, qui va rejoindre la terrasse du château. Cette place était alors moins grande qu'aujourd'hui, mais suffisante pour que deux cents enfants pussent y courir à l'aise, y jouer, y faire beaucoup de bruit jusqu'au moment où la figure grise et le blanc des yeux du maître d'école apparaissaient au bout du petit chemin. À cette vue, le silence le plus complet succédait aux cris joyeux et toute la troupe des gamins s'empressait de monter l'escalier conduisant à la vaste salle d'enseignement. Avec ce maître vraiment populaire, il fallait obéir. Il n'enseignait, ni la chimie, ni la physique, ni la sphère, ni ce qu'on appelle le civisme à ses deux cents élèves. Il leur enseignait le français, qu'il possédait mieux que personne ; le respect envers les parents, le respect aux lois et l'amour de la patrie. Il leur parlait de Dieu, le Père Céleste ; de Jésus, le seul Sauveur. Dans cette école, on apprenait à lire, à écrire, à compter, à chanter. On apprenait surtout le premier de tous les devoirs de l'enfant : l'obéissance.

— Pour moi, je dois beaucoup à cet homme distingué, dont je reçus les soins pendant trois ans. Il m'apprit à tailler une plume d'oie et à m'en servir. Les compositeurs de l'imprimerie Bridel peuvent affirmer, encore aujourd'hui, que les leçons du maître n'étaient pas mauvaises. Mais je lui dois surtout de la reconnaissance pour m'avoir souvent tiré les oreilles et donné de nombreux soufflets bien mérités. Jean-Daniel Sonnay n'y allait pas de main morte, et il faisait bien : c'était un maître sévère, mais juste et bon. Un ami passionné de son pays, un Vaudois pur sang, un vrai Suisse. Honneur et respect à la mémoire du vénérable instituteur ! Sa science était petite ; son œuvre fut grande et porta de bons fruits chez de nombreux écoliers.

De Loisy à Nyon (voyez la carte !) la distance est si courte, que je n'ai pu résister à l'envie d'y conduire le lecteur avant d'y accompagner les deux cousines Olympe et Hermance. J'avais d'ailleurs une dette à payer ; l'occasion étant bonne, j'ai voulu en profiter.

Maintenant, voyons nos demoiselles sont en route. Vêtues comme des filles de bonne maison à cette époque, dans leurs habits du dimanche, elles portaient un bonnet blanc, garni de dentelles au fuseau, une robe de thibet, un châle tartan, des souliers dont le cuir solide et la forme n'avaient pas de rapport avec l'élégante chaussure inventée depuis peu d'années. Cependant, si simple que fût cette toilette, Hermance Carell ne laissa pas d'attirer l'attention dans les rues, tant sa beauté était frappante. Personne d'ailleurs, ou presque personne à Nyon, ne connaissait la jeune montagnarde du Chenalet. Quant à Olympe, chacun l'appelait par son nom dans les magasins où elle entrait.

— Mademoiselle Olympe a demandé deux livres de café et deux de *cassonade* blonde, n'est-ce pas, Mlle Normant ?

— Oui, et un peu de cannelle en bâtons. Aussi, une livre de chocolat de sept batz.

— Très bien, mademoiselle, on va vous servir à l'instant. Et le frère, M. Luc, est en bonne santé ? le papa ? la *mama* ? on a fait de belles vendanges à Loisy ?

— Merci, monsieur ; nous sommes tous bien à la maison.

— Dites-moi, Mlle Olympe (cette question faite à voix basse, à l'autre bout du magasin), quelle est cette personne qui vous accompagne ?

— Une de mes cousines.

— Qui se nomme ?

— Hermance.

— Joli nom et charmante personne, en vérité. Elle n'est pas de ce pays, pas, du moins, de nos environs ?

— Non, répond Olympe, pour couper court aux questions du curieux personnage.

— Ah ! il me semblait bien, ajoute celui-ci en dirigeant de nouveau son regard sur l'étrangère, qui sort de ce lieu sans avoir ouvert la bouche. — Mesdemoiselles, votre serviteur. Merci, M. Normant. C'est donc tout ce qu'il vous faut aujourd'hui ?

— Oui.

— Je vous salue, mesdames.

Plus loin, elles entrèrent dans un magasin qui n'existe plus, mais où l'on vendait alors cent articles divers, qui tous ont leur utilité dans la vie et donnent, chose essentielle, un bénéfice net au marchand. En 1837, vous y auriez trouvé tout au monde, depuis le *picot* de verre noir à un crutz, jusqu'aux derniers objets de mode, aux fournitures de bureau et même aux productions littéraires les plus en vogue. Les libraires sont bien marchands de vin, pourquoi les commerçants de bric-à-brac ne vendraient-ils pas aussi des livres ?

Dans ce magasin, Hermance acheta un charmant nécessaire à ouvrage, qu'elle pria Olympe d'accepter. Elle fit aussi d'autres emplettes : du papier à lettre (on ne se servait pas encore d'enveloppes dites *à cachet adhérent*), un paquet de cigares pour Luc, qui en avait la passion, deux oranges pour sa tante, etc. ; enfin, trouvant un objet en laiton, de la forme et de la grosseur d'une montre, lequel servait à placer les amorces aux fusils de chasse, elle en acheta deux.

Pendant qu'elle payait la note de ses divers petits

achats, un grand jeune homme entra au magasin, salua
Olympe sans faire attention à l'autre personne qui lui
tournait le dos, et s'adressant au marchand :

— Monsieur, lui dit-il, auriez-vous une très grande
feuille de fort papier d'emballage, ou, mieux encore,
une boîte légère, d'environ trois pieds de longueur ?

Au son de cette voix, Hermance se retourna vivement : Albert, car c'était lui, perdit presque contenance.

— Eh ! Hermance : bonjour ! comment !... vous êtes
ici ?

— Avec ma cousine, dit-elle en désignant cette
dernière ; — Olympe, c'est Albert Dumont.

Albert salua de nouveau, avec sa bonne grâce accou-
tumée ; après quoi Hermance lui demanda ce que
lui-même faisait à Nyon.

— J'ai tué hier un superbe coq de bruyère, répondit-il,
et je l'expédie à mon frère Henri, pour le musée de
Genève. — Il me faudrait donc, monsieur, l'un ou l'autre
des objets que je vous ai demandés.

— Ah ! comme ça, reprit Hermance, vous avez été
heureux à la chasse ?

— Oui, je vous raconterai au Chenalet les détails de
ma journée.

— Dis-moi, Olympe, tu serais peut-être bien aise de
voir un de nos grands oiseaux des bois ?

— Oui, cela me ferait plaisir.

— En ce cas, dit Albert, je vais l'apporter ici dans un
instant — si vous le permettez, monsieur, ajouta-t-il en
s'adressant au maître de céans.

— Certainement, ces dames voudront bien s'asseoir
en attendant.

Pendant qu'Albert allait chercher son oiseau, Olympe
acheta un tout petit livre contenant un seul passage de
la Bible pour chaque jour, sans aucune adjonction de
poésies. — L'exemplaire était unique, bien relié. Olympe
l'offrit à sa cousine comme souvenir de leur amitié ;
Hermance le reçut avec joie.

— Voici le pauvre habitant de la Joux-Noire, dit Albert, qui rentrait : et il déposa son oiseau sur une table.

On l'examina, on l'admira beaucoup ; et les belles couleurs foncées sur le dos, sur les flancs ; cette gorge chatoyante aux plumes effilées ; ces grands sourcils rouges ; et le poids vraiment énorme du tétras.

— Je vous remercie de votre complaisance, monsieur, dit Olympe. — C'est un fort bel oiseau, qui m'était inconnu. Il a eu bien tort de vous rencontrer avant-hier, mais puisqu'il est *tombé en terre*, c'est que son heure était venue.

— Les oiseaux comme tout le reste de la création ont été donnés à l'homme, répondit Albert. Celui-ci fait en quelque sorte partie de ma basse-cour, qui est assez grande et où les animaux sauvages jouissent de beaucoup de liberté, puisqu'elle comprend une dizaine de lieues carrées. — Le devoir, pour nous, consiste à les faire souffrir le moins possible, quand on en a besoin et qu'on les prend. — Hermance, si vous avez une commission pour votre père je m'en chargerai avec plaisir.

— Non, merci ; je monte à la maison aujourd'hui.

Albert s'inclina, paya son papier d'emballage et emporta son oiseau.

Les deux cousines quittèrent aussi le magasin. Hermance acheta encore un tablier pour Léonor, dans un autre endroit, et bientôt elles reprirent le chemin de Loisy.

— Quelle singulière rencontre nous avons faite ! dit Hermance, quand elles eurent quitté la ville. Je ne m'attendais certes pas à voir Albert Dumont dans le magasin. Que penses-tu de lui, Olympe ?

— Hélas ! ma chère, j'en pense beaucoup de bien et je comprends tout son avantage sur mon pauvre frère.

— Fais attention à toi, Olympe ; je t'ai dit que les fils de Mme Dumont sont des personnages très dangereux.

— Non, non, ma chère Hermance : il ne s'agit ni de

moi, ni de propos pareils. Luc, tout bon et honnête garçon qu'il est, ne peut lutter avec l'autre. C'est impossible, absolument impossible. Je l'ai vu tout de suite et ne crois pas me tromper en l'affirmant. — Que Dieu te dirige, ma chère ; oui, qu'il te montre bien ton chemin.

— Écoute-moi, Olympe. Ici, personne ne nous entend. Je te dirai une chose, mais pour toi seulement. Je ne peux pas songer à m'attacher sérieusement à quelqu'un ; je ne peux pas me marier, tu ne connais pas mon père ; — et moi, je suis trop fière, trop indépendante, j'aime trop ma liberté pour me donner un maître : comprends-tu ?

— Ah ! chère enfant, puisse la volonté de Dieu devenir la tienne, librement ! C'est le vœu que je forme pour toi. Mais nous voici presqu'au village, ne causons plus.

Hermance donna les oranges à sa tante, qui les trouva « pardine ! » encore assez belles et pesantes.

— Ma foi, ajouta la paysanne, je vous remercie : elles sentent bon. Vous n'avez par hasard rien apportée à Luc, Olympe ? Je ne sais pas ce qu'il a depuis trois jours, mais il est tout triste : il ne siffle plus comme à l'ordinaire et mange moins. Je croirais presque, ma nièce, que vous lui avez fait des chagrins.

— Moi, ma tante, bien au contraire ; je lui ai acheté ce paquet de cigares, voyez.

— Ah ! bah ! des cigares ! ce ne sont pas des cigares qui lui redonneront la gaîté. Au moins, je ne le pense pas. Le cigare n'est, au fond, que de la fumée et Luc avait espéré autre chose de vous, ma nièce. Ma foi, oui ! autre chose.

La bonne Mme Normant, sans s'en douter, avait pris l'habitude de dire quelques gros mots dans la conversation.

— Mais, ma chère tante, reprit Hermance, les cigares ne se donnent qu'entre amis.

— La belle amitié ! à la place de Luc, je m'en moquerais pas mal de cette amitié, si elle ne doit amener rien

de plus. Il y a amis et amis. Mais ne croyez pas que je
sois fâchée contre vous. Oh! non, c'est seulement que
je suis franche et un peu vive, mais, pour fâchée, je ne
le suis pas.

— À la bonne heure, ma tante, car autrement vous
m'auriez fait de la peine.

— Vous m'en faites bien, vous!

— Eh bien, laissez-moi vous embrasser, ma chère
tante, et vous en demander pardon.

Vaincue par l'expression affectueuse de sa nièce,
Mme Normant se ramadoua peu à peu et finit par lui dire
d'un air amical:

— Vous trouvez donc que ce n'est pas joli par ici?

— Mais oui, je trouve votre village agréable dans son
genre.

— Pourtant! agréable! c'est un genre que l'on aime
encore assez, croyez seulement; et où tout prospère: le
chanvre, le froment, le vin. — On vous aurait fait une
jolie chambre, en prenant sur le *réduit*, à côté de celle
d'Olympe; vous auriez eu la maîtrise, après moi. —
Votre oncle est très bon, quand même il cause peu; et
Luc est un brave garçon. Quant à ma fille, elle vous vaut
bien, sans vous faire aucun tort. Il n'y a pas beaucoup
de demoiselles dans tout Nyon qui aient un aussi joli
caractère qu'elle.

— Je vous assure, ma tante, que je voudrais de tout
mon cœur lui ressembler. Je ne puis vous dire combien
je suis heureuse d'avoir fait sa connaissance d'une
manière intime; et j'espère que vous lui permettrez de
venir passer quelques semaines chez nous l'été prochain.

— Hoho! des semaines? oui, on vous en donnera de
ces semaines! Je crois que vous ne travaillez pas tant
vous autres montagnards; vous regardez plus souvent
le soleil que la terre, excepté quand vous cherchez les
morilles, ah! ah! ah! — Pour quelques jours, voilà je ne
dis pas non, mais des semaines! ça nous mettrait joliment en retard ici. Enfin, l'été prochain, on verra.

Après la tante, ce fut le tour du cousin ; Luc était occupé ; il avait peu de temps. Pour ne pas le déranger, Hermance alla le saluer au pressoir, où elle le trouva seul, assis sur une marche du petit escalier terreux qui servait à monter sur le bassin. Luc songeait ; il était naturellement dans le costume assez grotesque d'un vigneron aux prises avec le moût et le marc de raisin.

— Adieu, mon cousin, lui dit-elle. Je vais partir dans un moment ; avant de vous quitter, je voulais vous remercier de votre amitié et vous offrir la mienne avec ce paquet de cigares, que vous fumerez en pensant à la cousine du Chenalet. Soyons donc bons amis ; pourquoi pas, cousin Luc ? Je ne puis être autre chose pour personne.

— Allons, allons, c'est bon. Merci pourtant, ajouta-t-il en prenant les cigares et la main qui les offrait, mais, cousine, voyez-vous... c'est plus fort que moi. Jamais je ne pourrai vous oublier.

— Que si, cousin ; que si, vous verrez. Adieu donc. L'été prochain, vous nous amènerez Olympe, n'est-ce pas ?

— Quand on montera les vaches, au commencement de juin, si elle veut venir avec moi.

— Eh bien, c'est entendu ; au revoir !

Léonor était arrivée. On prit le café, cette fois-ci sans galette et sans gâteau, mais avec de bon pain, du reste bien suffisant. La vieille fille donna un coup d'œil au pressoir, sans goûter le moût, toute montagnarde qu'elle était. — Olympe et Hermance causèrent un bon moment sur la galerie et se promirent de s'aimer tendrement, de s'écrire aussi quelquefois ; — enfin, on se dit adieu.

— Une fois en route, lorsque Léonor vit le village de Loisy assez loin pour n'être entendue de personne, elle s'arrêta subitement, et, se tournant vers Hermance :

— Je n'aurais pas goûté du vin nouveau pour un empire, dit-elle. Le pressoir était sale comme un chenil. Ouaih ! que c'est dégoûtant leur vendange !

CHAPITRE XI

orsque Hermance et Léonor arrivèrent en vue de la Maison des bois, la lune en son plein brillait sur le lac, sur la plaine et jusque dans l'intérieur des forêts. Une soirée pareille est admirable dans les contrées qui dominent de vastes espaces, surtout si la nature est silencieuse. Nul souffle de vent ne se faisait sentir, ce soir-là, pendant que la jeune fille et sa compagne suivaient le grand chemin à char, plus facile de nuit et moins montueux que les sentiers pris en descendant à la plaine. Mais cette route était plus longue d'une grande heure de marche, en sorte que sept coups frappaient à l'horloge du Chenalet, lorsqu'elles passèrent près du village. Il serait donc trop tard pour porter le lait des deux vaches à la fromagerie, à moins que le forestier ne fût rentré de bonne heure et n'eût fait lui-même le nécessaire. Mais cela était peu probable. Carell, ayant abandonné depuis longtemps le soin de son étable à Léonor, laissait faire celle-ci comme elle l'entendait et ne se souciait même plus beaucoup de traire le bétail. C'est là une occupation dont un homme perd vite l'habitude, et qui lui répugne, lorsqu'il doit la reprendre sans y être préparé ; Léonor donc, s'attendait à être grondée par son maître, dès qu'elle aurait mis le pied au logis. Hermance l'engagea à en prendre son parti dès à présent et surtout à ne rien répondre à son père.

Contre leur attente, elles trouvèrent la maison fermée, la clef encore à la même place que Léonor l'avait mise en partant. Les chèvres et les moutons bêlaient de faim au fond de l'écurie ; plus passives dans leur attente, les vaches ne disaient rien. Debout devant le râtelier vide, que leurs regards n'abandonnaient pas un instant, elles s'attendaient toujours à voir le foin poussé par la fourche de Léonor contre les barreaux de la mangeoire. Ce bienheureux moment venu, la Biolette et la Fremy tirèrent avec acharnement les premières bouchées de leur tardif repas. En moins de rien, la forte fille eut fait jaillir le lait écumeux dans le seau pointu, mais elle renonça tout de bon à descendre au village, avec le bidon de fer blanc qu'elle y portait soir et matin. Elle versa le lait dans un baquet, pour le laisser reposer pendant la nuit et ôter ensuite la crème qui s'y serait formée.

Durant tout ce tracas, Hermance faisait chauffer le coquemar, préparait du café en guise de soupe, pour l'arrivée très attendue de son père. Mais celui-ci ne paraissait pas. On attendit encore plus d'une heure, avant que Blondeau vînt gratter à la porte, haletant et fort empressé d'avaler sa soupe, laissée le matin à côté de la niche. M. Carell n'étant pas avec le chien, Hermance devint fort inquiète de cette absence inaccoutumée. La pensée qu'un accident était arrivé à son père au milieu de quelque bois éloigné, ou qu'un mauvais coup avait pu lui être fait par un braconnier étranger, lui donna une grande angoisse. « Ô mon Dieu ! se dit-elle : si j'allais perdre mon père ! Que devenir sans lui ? Seigneur mon Dieu, ayez pitié de nous ! »

La pauvre enfant eût bien voulu avoir Olympe avec elle ; la confiance et la foi de sa cousine l'auraient fortifiée, car elle comprenait qu'il y avait chez son amie une puissance qui lui manquait en ce moment. Pourquoi était-elle ainsi agitée ? Son père faisait souvent des courses de nuit, mais non le soir, c'était plutôt de grand matin que le forestier quittait sa demeure, pour y rentrer vers le déclin du jour. Si au moins Albert était là, elle l'enverrait à la découverte. L'envoyer! où? de quel côté? Les montagnes sont vastes et Carell n'en suivait pas les chemins battus. Léonor avait beau lui dire de ne pas se tourmenter, que son père reviendrait sain et sauf, l'agitation ne faisait qu'augmenter dans le cœur de la jeune fille.

Enfin, vers minuit, le pas bien connu du maître retentit dans le voisinage de la maison. Hermance courut au devant de son père et l'embrassa en pleurant de joie.

— Mais, mais, Hermance: qu'as-tu donc pour te tourmenter ainsi? Je suis très bien, fatigué seulement, car je suis allé en France depuis midi, à la poursuite d'un fripon qui nous a volé des bois assez loin d'ici. Malgré toute la peine que je me suis donnée, et toutes mes démarches auprès des autorités, je n'ai pu retrouver la trace de trois billons enlevés. C'est là ce qui m'a retenu si tard.

— Dieu soit béni, mon père, que vous n'ayez rien eu de plus fâcheux!

Carell regarda sa fille de l'air demi grave et silencieux qu'il prenait chaque fois qu'une parole religieuse sortait de sa bouche; puis, au bout d'un moment, il lui dit avec amitié la phrase favorite qui coupait court à toute discussion:

— Allons, tais-toi, folle! Que pouvait-il m'arriver de pire? N'est-ce pas assez d'avoir découvert un délit sans pouvoir attraper le coquin?

— Et si vous ne m'aviez plus retrouvée en arrivant ici? dit Hermance en reprenant peu à peu sa gaîté naturelle. Oui, si quelqu'un m'avait enlevée?

— Je te dis que tu es folle. Celui qui te prendrait serait bien embarrassé de savoir que faire de toi. Mais donne-moi du café.

— Tenez, mon père. Ah! vous croyez qu'on ne saurait pas que faire de moi? Ne vous y fiez pas. Je connais quelqu'un qui ne demanderait pas mieux que de m'emmener d'ici.

— T'emmener d'ici ! ce quelqu'un-là se trompe. Quand je serai mort, à la bonne heure. Pendant qu'il est debout, Louis Carell ne se sépare pas de sa fille dis-lui cela de ma part à ce monsieur. Qui est-ce ?

— Le cousin Luc, ne comprenez-vous pas ?

— Luc, Luc, — donne-moi un verre de vin, — Luc est un bon garçon, mais il a un tic ennuyeux ; en outre, il n'entend rien aux affaires des montagnes. Enfin, il ne consentirait pas à quitter son père pour venir ici ; s'il le faisait, ce serait mal de sa part.

— Aussi ai-je refusé toutes ses avances et celles de ma tante.

— Eh bien, tant mieux : je préfère qu'il en soit ainsi. Sais-tu qu'Albert Dumont a tué un *faisan*[14] avant-hier ?

— Oui, nous l'avons vu à Nyon avec ma cousine Olympe : un superbe mâle, qu'il a vendu au musée de Genève.

Carell regarda de nouveau sa fille d'un air interrogateur :

— À Nyon ? reprit-il, chez qui ?

— Dans un magasin où il venait acheter du papier pour envelopper son oiseau et où nous nous trouvions en ce moment-là.

— Il a bien fait de le vendre : c'est toujours autant de trouvé. Ce garçon a de la chance. Moi j'ai manqué aujourd'hui un ourson, déjà passablement gros, et j'ai fini par le perdre dans les hautes roches. Si Albert avait été avec moi, nous l'aurions eu. C'est mauvais signe, quand on manque un ours : du reste, je ne le voyais plus quand j'ai tiré et avec du plomb de lièvre !... Je pense pourtant que vous ne vous êtes pas promenées dans les rues de Nyon avec Albert ? dit-il encore au bout d'un moment de silence.

— Non, non mon père. Olympe et moi nous sommes

---

14 - Les montagnards du Jura donnent le nom de faisan au grand coq de bruyère.

sages, croyez-le seulement.

— À la bonne heure, mais va dormir ; tu dois être fatiguée. La Léonor ronfle déjà.

— Nous avons apporté du raisin ; en voudriez-vous une grappe ? Il est excellent.

— Oui, volontiers. Je l'emporterai dans ma chambre, car, après ma longue course d'aujourd'hui, j'aurai soif pendant la nuit. Adieu, mon enfant, dors seulement bien tranquille et ne te lève pas trop tôt demain ; je ne veux pas sortir.

Avant d'éteindre sa lampe, Hermance ouvrit le petit livre donné par Olympe. Elle y trouva le passage suivant indiqué pour le jour qui venait de finir.

«Autant que les cieux sont élevés par-dessus la terre, autant sa bonté est grande envers ceux qui le craignent.»

Elle réfléchit un moment à cette pensée, puis se mettant à genoux, elle murmura ces paroles :

«Ô Dieu éternel, je te bénis de ce que j'ai retrouvé mon père. Fais-moi comprendre de la vérité ce qu'il m'est nécessaire d'en connaître. Révèle-toi au cœur de mon père, qui aime et pratique la droiture. Ô Dieu ! donne-nous de te craindre, comme tu veux être craint, afin que ta bonté continue à nous être favorable.»

C'est ainsi que la jeune fille termina la journée. En faisant cette prière si simple, elle restait dans la mesure de sa foi religieuse. Le Seigneur exauce de telles prières. Il bénit une situation d'âme qui ne sort pas de l'exacte vérité. Il aime la droiture, même lorsque l'obscurité du doute se promène encore dans les pensées de ceux qu'il s'est choisis de toute éternité. Ayant perdu sa mère depuis longtemps, élevée seule dès lors par un père rempli de tendresse, mais incapable de conduire son enfant aux sources de la vérité, vivant d'une vie libre, à part des humains, sur un sommet de montagne où règne l'abondance et où se déroule à ses pieds une nature magnifique, il n'est pas étonnant qu'Hermance Carell ressemble si peu à ses compagnes qui habitent les villages, entourées de leur famille et de tous les soins d'une mère. Il faut même qu'elle soit remarquablement douée du côté de l'esprit et du cœur, pour n'avoir pas pris, en un milieu si à part de toute vie sociale, des allures bien autrement altières, bien autrement bizarres. Peu de jeunes personnes dans sa position eussent pu, aussi bien qu'elle le faisait, rester aimables, simples, bonnes, vives, enjouées. Pour un peu de malice, il en fallait nécessairement ; la Léonor en était bourrée, et d'ailleurs la nature des montagnes a aussi ses teintes capricieuses sur les rochers, comme ses surprises dans les bois.

Complètement rassurée, Hermance dormit si bien que le soleil était au-dessus des Alpes lorsqu'elle se réveilla. Le père aussi dormait encore. La Léonor, depuis longtemps debout, avait gouverné le bétail et porté le lait au village. Là, on lui parla du séjour que sa jeune maîtresse venait de faire à Loisy, car, bien qu'elle n'en eut rien dit, on le savait déjà. Tout se transmet en peu d'heures dans une commune isolée, lorsqu'il s'agit d'une chose qui intéresse quelques-uns de ses habitants. Constant de La Patrie ne manqua pas de lui adresser plusieurs questions sur le vin, d'abord ; sur Luc, et ensuite sur les autres membres de la famille Normant. — M. Julius, qu'elle rencontra, lui demanda si elle avait rapporté l'heure exacte de la plaine, à quoi elle répondit que l'heure était la même là-bas qu'ici en haut, mais qu'elle s'en embarrassait fort peu.

— Quand nous partîmes, ajouta-t-elle, quatre heures sonnaient à l'horloge de Loisy et six à celle de Clopet, lorsque nous arrivâmes vers la fontaine du Creux Sarrazin. C'est tout ce que je puis vous dire, mon pauvre monsieur Julius.

— Fort bien, Léonor : présenterez mes compliments à M. Carell et à Mlle Hermance. Il y a bien longtemps que je n'ai pu admirer l'alignement de ses beaux yeux et la colonne serrée de sa chevelure. Quelle jolie maîtresse vous gardez là-haut, Léonorl À vingt ans, ma fiste! si j'aurais voulu servir sous un autre chef de bataillon! Pour l'obtenir, j'aurais enlevé d'assaut le poste de la Maison des bois.

— Allons, vieux radoteur! c'est bien à votre âge qu'on s'occupe de pareilles choses!

— À mon âge, Mlle Léonor! À mon âge! Voulez-vous me voir faire le demi-tour à droite? — Une — deuss — troiss! — Eh bien, trouvez-moi un jouvenceau de vingt-cinq ans qui le fasse mieux: Une — deuss — troiss! hein!

— Allons, voulez-vous me laisser passer? Vous n'avez pas besoin de tout le chemin pour vos demi-tours.

En veine de gambader de bon matin, l'adjudant voulut faire une troisième exposition de sa science militaire, mais, au moment où Julius ramenait le pied droit vers la boucle du pied gauche, la rusée fille glissa son bidon entre deux, si bien que l'adjudant fut sur le point de perdre l'équilibre et risqua de faire un grand pataplouf. Léonor, qui avait prévu le cas, le retint par le bras et lui dit en riant:

— À droite! ali...ment!

Puis elle partit de là, le plus vite possible, pendant que, la menaçant du poing, Julius lui disait:

— Vous êtes une coquine, Léonor, mais puisque vous êtes sur l'âge, comme moi, je vous le pardonne. N'oubliez pas ma commission pour le Colonel. — Voyons, se dit-il ensuite à lui-même en tirant sa montre, il est huit heures: je pense que ma bonne vieille a pourtant fait le déjeuner.

En arrivant à la maison, Léonor trouva ses maîtres qui prenaient le leur. Hermance avait donné à son père la petite boîte à capsules, qui lui parut être une admirable invention de quelque prince allemand. Tout en causant de choses et d'autres, Hermance dit qu'elle voulait aller au village, acheter de la laine dont elle avait besoin, et porter à la mère Dumont une assiette de raisin, puisqu'ils en étaient si largement pourvus.

— Tu feras très bien, répondit le père ; car certes, s'il y a une brave femme au village, c'est la veuve Dumont. Sauf leurs idées religieuses, il n'y a pas de gens plus honorables que les membres de cette famille, Ils n'ont que ce défaut et celui d'être pauvres.

— Beau défaut, mon père, quand on se conduit comme ils le font.

— C'est vrai ; aussi, je ne les blâme pas, je les plains.

— Mais ils ne sont point malheureux, ni les uns ni les autres.

— Tant mieux pour eux ! Si Albert est là, dis-lui que j'irai lui parler ce soir et sois prudente : tu sais ce que je veux dire ?

— Oui, soyez tranquille.

Hermance arrangea dans un petit panier une douzaine des plus belles grappes apportées la veille et les couvrit d'un léger mouchoir. Sur ses cheveux noirs, elle posa un foulard rouge, dont les pointes s'attachaient sous le menton. Ainsi prête, elle sortit de la maison pour prendre le sentier du Quart-d'en-haut. Le brouillard, descendu des Alpes sur le lac, couvrait aussi la plaine de ses vaporeuses ondulations. Le pays inférieur présentait toute l'apparence d'un bras de mer sur lequel auraient soufflé les ouragans du nord. Pour compléter l'illusion, des bandes d'oiseaux voyageurs passaient au-dessus de ces vagues légères, qu'ils rasaient parfois de leurs ailes, sans jamais y disparaître complètement. De loin en loin, la pointe aiguë de quelque clocher placé sur une élévation, sortait des nuages et figurait le grand mât d'un navire en détresse.

À la montagne, il ne gelait pas encore. Les sapins, chargés de rosée, répandaient dans l'air une odeur résineuse qui ferait, dit-on, revivre les poitrinaires, s'ils pouvaient respirer constamment une telle atmosphère. Il faisait beau sur toutes ces hautes collines, mais la froide saison ne tarderait pas à venir. — Hermance appela son père pour l'engager à faire quelques pas avec elle et admirer cette vue du matin. Ils allèrent ainsi jusqu'en avant de leurs trois grands sapins qui resplendissaient aux rayons du soleil.

— Comme ils sont beaux, ces arbres! dit Hermance. Comme tout est magnifique en ce moment autour de nous!

Mais Carell, quittant brusquement sa fille, courut au sapin le plus rapproché, sur la tige duquel il venait de remarquer un signe inaccoutumé. C'était une assez grande plaque blanche, à hauteur d'homme. En quelques coups de hache, on avait enlevé l'écorce, entaillé le bois; puis une main aussi hardie qu'impudente avait écrit en grosses lettres à la craie rouge: *N° 1*, à vendre. Le sapin suivant portait: *N° 2*; et le 3me *N° 3*; comme si ces arbres d'élite, ainsi marqués, allaient être misés publiquement à l'une des deux auberges du Chenalet. C'était là une infamie dont la source venait de quelque jalousie secrète, ou peut-être d'une vengeance particulière. Les arbres n'en périraient pas; non, leur vie était plus profonde que l'entaille, mais ce stigmate les rendait presque honteux et malheureux. — Au premier moment, Carell entra dans une terrible colère. Il n'avait jamais admis la possibilité d'une malveillance pareille à son égard, lui qui ne voulait que la justice pour tous. Peu à peu, cependant, il se calma.

— Va faire ta commission, Hermance, et au lieu de dire à Albert que j'irai ce soir au Quart-d'en-haut, dis-lui que je tiendrais à le voir ici le plus tôt possible.

Hermance arriva bientôt chez Mme Dumont et demanda si Albert était à la maison.

— Il est occupé à rentrer nos légumes; je vais l'appeler. Asseyez-vous, Hermance; je suis de retour dans un instant.

Mme Dumont appela son fils au plantage situé à quelque distance, et celui-ci fut bien étonné d'apprendre qui était là et le demandait. Il vint donc en toute hâte.

— Albert, lui dit Hermance, je suis toujours à vous importuner : hier déjà, je vous ai fait courir pour montrer votre capture à ma cousine, et en ce moment mon père vous prie d'aller chez lui. Vous pourrez peut-être l'aider à découvrir l'auteur d'un chagrin qu'on nous a fait hier au soir. Si vous voulez bien vous y intéresser, je vous demande, moi, d'user de toute votre influence pour engager mon père à pardonner cet affront. On a marqué, à coups de hache, nos trois grands arbres, qui portent à la craie rouge, N°1, N°2 et N°3. — Comprenez-vous qu'on soit assez méchant pour cela ?

— C'est une infamie, dirent la mère et le fils en même temps. — Je vais tout de suite, ajouta Albert ; et s'il dépend de moi de découvrir l'audacieux coquin, vous pouvez compter que je ne m'y épargnerai pas.

— Oui, mais vous vous souvenez de la condition que j'y mets ?

— Répétez-la-moi, Hermance.

— Aucune poursuite devant les tribunaux ; oubli d'abord, pardon ensuite.

— Vous serez obéie. Comme il faudra probablement que j'aille dans les bois, je vais prendre mon fusil. Mettez un morceau de pain dans mon sac, s'il vous plaît, ma mère, et je pars.

— Il n'est pas juste que je vous dérange ainsi pour rien, Albert. — Voulez-vous accepter de ma vieille amitié ce petit morceau de laiton dont j'ai découvert l'usage, hier seulement. Mon père en a un tout pareil et dit que ça va bien pour amorcer le fusil quand on a froid aux mains.

Albert prit la boîte à capsules et fut sur le point de baiser la main qui l'offrait.

— Je vais le porter comme un médaillon chéri dans la poche de mon gilet, dans celle-ci, dit-il, en mettant la main sur le cœur.

— Où vous voudrez, cela m'est égal, pourvu que la boîte vous soit utile. — À propos, vous avez vu ma cousine Olympe, comment la trouvez-vous?

— Très distinguée dans son air et dans son langage, charmante dans son expression. Si Mlle Normant n'est pas bonne et aimable, je consens à passer pour ne m'y connaître en aucune façon.

— Distinguée, charmante, bonne et aimable! très bien. Tout cela est bon à savoir, M. Albert, et je m'en souviendrai dans l'occasion.

— Que voulez-vous dire, Hermance?

— Rien de plus: voici votre mère qui revient avec le sac. Voyons un peu ce que vous donnez à votre fils pour son dîner, Mme Dumont.

Et, sans autre, elle ouvrit la filoche, qui contenait un morceau de pain roulé dans une feuille de papier.

— Comment! dit la jeune fille: rien que du pain, pour toute la journée peut-être! du pain qui, dans deux heures, sera sec! Je ne veux pas cela Albert travaille pour moi aujourd'hui; j'entends qu'il n'ait pas faim en route.

Avisant une livre de chocolat qui se trouvait sur une tablette à sa portée, elle la prit, la décacheta, plaça elle-même une des grandes plaques à côté du pain, refit le paquet et le mit au fond du sac.

— À présent, vous pouvez partir, dit-elle.

Albert s'en alla, mais non sans lui dire en partant:

— Il me faudra une explication pour l'autre chose, entendez-vous? Il me la faudra.

— Souvenez-vous de ma recommandation; cela est beaucoup plus pressant.

Quand il fut loin, Mme Dumont dit à Hermance qu'elle voudrait oser lui demander de lui faire un grand plaisir.

— Eh! si je le puis, c'est bien à votre service.

— Laissez-moi donc vous remercier, ma chère enfant, et vous embrasser. Je suis mère; mon fils Albert est si bon pour moi!

— Oh! oui, répondit la jeune fille avec son aisance naturelle: c'est un brave garçon, très distingué. Nous l'aimons tous beaucoup.

Hermance dit cela avec tant de grâce et de sûreté dans la voix, que nulle autre qu'une mère n'aurait pu deviner le sentiment profond existant sous ces simples expressions. Mais les mères sont perspicaces : elles ont bien vite lu ce qui est écrit dans le livre caché qui se nomme le cœur. C'est pourquoi, sans rien ajouter de plus, Mme Dumont baisa tendrement Hermance et la serra sur son sein maternel.

CHAPITRE XII

Mais, pensait Albert en montant l'étroit sentier pierreux, que veut-elle dire avec son « bon à savoir » et « dans l'occasion » ? Se serait-elle mis dans l'esprit quelque chose à ce sujet ? Voilà déjà Léonor qui m'a dit deux mots assez singuliers lundi matir ; je n'y comprends rien, si ce ne sont pas propos en l'air sans importance. Y aurait-il, hélas ! quelque avance en faveur de Luc Normant, que du reste je ne connais pas ? C'est bien probable et voilà pourquoi elle a été si aimable avec moi tout à l'heure. Je ne suis, pour elle, bon qu'à aider son père à découvrir l'insolent qui les a si vivement blessés. Ah ! que ne donnerais-je pas pour savoir ce qui se passe dans le fond de son cœur ! qui peut le connaître ? Personne, excepté Dieu, dont les yeux pénètrent les plus secrètes pensées. En attendant, et quoi qu'il en soit, elle a été bonne, aimable, charmante ; elle m'a demandé un service délicat : je dois être content.

Sortant de sa poche la boîte si bien polie des amorces, il fut sur le point de la baiser, comme font les amoureux sur le cachet d'une lettre de la bien-aimée.

Ce fut en de telles dispositions qu'il arriva devant le premier des trois sapins déshonorés. Il examina soigneusement la dégradation, les éclats de bois tombés à terre, et passa ensuite aux deux autres arbres pour y recueillir aussi diverses particularités. De là, il se rendit à la maison. Léonor, toute triste, le fit entrer dans la chambre de M. Carell.

Celui-ci écrivait à son bureau, sur une grande feuille de papier timbré, déjà précédemment pliée en forme de créance, c'est-à-dire en carré, long de deux fois sa largeur.

— Je suis bien aise de te voir, Albert. Tiens, voilà une chaise ; assieds-toi un moment. Tu as vu ce qu'on m'a fait à cinquante pas de la maison ?

— Oui, je me suis arrêté quelques instants sous les arbres ; j'en suis affligé presque autant que vous, M. Carell.

— Je te remercie de ta sympathie. Pour moi, cela m'a donné un tel coup, que, dans ma position isolée, je ne suis plus sûr de rien. Après s'être attaqué à mes arbres, on s'attaquera aussi à moi. C'est pourquoi je suis là occupé à ajouter deux mots à mon testament, pour le cas où il m'arriverait de laisser ma vie dans les bois. Puisqu'on n'a pas ménagé de pauvres arbres inoffensifs, pourquoi ménagerait-on davantage le propriétaire ? Non, je puis m'attendre, ayant des jaloux et des envieux, à recevoir une balle dans le dos en faisant une de mes tournées. Cependant, comme forestier, j'ai marché droit depuis bientôt quarante ans et je veux continuer. Hier, j'ai suivi pendant dix heures un coquin de Bourguignon sans avoir pu le trouver ; il a enlevé trois billons au bord du bois de la Mandine. — Si donc, mon cher Albert, il m'arrivait malheur avant que ma fille fût mariée (si elle se marie, ce que je ne sais point), tu remettrais au juge de paix mon testament. Comme tu es du même métier que moi, et la personne du Chenalet en qui j'ai le plus de confiance, bien que je ne partage pas tes idées religieuses, je veux te prier de recevoir cet acte en dépôt. Y consens-tu ?

— Oui, et je me sens très honoré par cette marque d'amitié.

— C'est donc une chose entendue. Le pli te sera remis

cacheté, avec l'adresse du magistrat chargé de l'ouvrir. Maintenant, peux-tu, veux-tu m'aider à découvrir le misérable écorcheur de mes arbres ? Veux-tu te mêler de cette affaire, qui du reste ne regarde que moi ?

— Oui, mais à une condition que vous ne me refuserez pas.

— Laquelle, voyons ? Pourvu que tu ne me demandes pas ma fille, tu peux parler.

Cette parole d'une apparence si froide et si dure, venant à la suite de l'acquiescement aux désirs du riche forestier, fit redresser l'orgueil naturel et la fierté instinctive du jeune homme.

— Monsieur Carell, dit-il, la restriction est inutile. J'aime votre fille depuis dix ans, quinze ans, vous ne pouvez l'ignorer. En l'aimant comme je le fais, je ne lui cause aucun préjudice, ni à vous non plus. Mais sachez bien une chose : je ne pense point à vous la demander, comment le pourrais-je ? Et il est malheureusement trop probable que je ne vous la demanderai jamais. Je suis pauvre, M. Carell, et comme je n'ai rien à vous offrir, que Mlle Hermance n'a sans doute pour moi qu'une simple amitié d'enfance, je dois me borner à des vœux, mais à rien de plus.

— C'est bien parlé, Albert, et je ne t'en estime que mieux. Voyons maintenant ta condition pour l'affaire des arbres.

— La voici : vous me laisserez agir seul et n'aurez pas l'air de vous préoccuper de l'affront qu'on vous a fait. Si je découvre le coupable, je prononcerai son jugement.

— Maître Albert, tu aurais fait un bel et bon avocat si tu avais étudié les lois. Ce que tu demandes me répugne ; toutefois, peut-être es-tu plus sage que moi. Tu peux agir. Que vas-tu faire ?

— C'est mon secret : je reviendrai demain.

— Mais en ce moment, où vas-tu ?

— Dans les bois, penser à votre affaire.

— As-tu du vin dans ton sac ?

— Non, à quoi bon?

— Il faut en prendre une chopine.

M. Carell referma son secrétaire et vint à la cuisine avec Albert. Il prit une bouteille d'un quart de pot, alla la remplir à sa cave et la mit lui-même dans le sac de son jeune collègue.

— Bon voyage! lui dit-il. Et vous, Léonor, souvenez-vous de ne pas prononcer un seul mot au village sur ce qu'on nous a fait hier au soir, pendant que vous reveniez de Loisy et que la maison était abandonnée.

Tout préoccupé de ce qu'il venait d'entendre et de dire lui-même, Albert se dirigea par monts et vaux, bois et pâturages, du côté d'une forêt très éloignée, dans laquelle une commune de la plaine avait fait vendre plusieurs centaines de sapins. La plus grande partie de ces arbres étaient abattus et gisaient encore sur le sol. Pour arriver à ces parages éloignés, presque déserts, le jeune homme prit la ligne la plus courte, sans le moindre risque de s'égarer. Si c'eût été de nuit, il eut pu tomber dans des espèces de puits secs, très profonds, qui se trouvent sous les pas du marcheur solitaire. Il existe de ces puits, nommés *laisines* dans le pays, au milieu de pâturages verts; il y en a de si caverneux, qu'on en ignore même la profondeur. À l'extérieur, ce n'est souvent qu'une simple crevasse qu'on peut enjamber sans peine. Dans les bois où le roc délité abonde, on peut aussi disparaître au fond de quelque trou noir, s'y rompre le cou, ou tout au moins s'y casser une jambe. Enfin, dans certains enfoncements, quelquefois même sur un plateau, il est facile de mettre le pied dans une sorte de marais caché, vase noirâtre, et d'y entrer jusqu'à la ceinture. — Mais pour Albert Dumont, aucun de ces dangers n'existe de jour. S'il revient de nuit, il suivra les sentiers connus.

Au sortir d'un bois longeant un chemin à char, il se trouva face à face avec Thomas Quichet; ce dernier marchait seul, sans outil de bûcheron.

— Eh! dit l'ancien voleur de bois, voilà notre ami Albert. Ma foi, je suis bien aise de te dire que, grâce à ta lettre, mon affaire a été traitée en douceur. Je n'ai pas eu besoin d'aller en tribunal. Tout a été réglé sans frais de justice, en sorte que je t'ai encore bien de l'obligation, malgré le mauvais tour que tu m'as joué.

— Quand avez-vous payé?

— Hier, après-midi.

— Et combien?

— Quarante francs: douze écus de cinq francs de France, sur lesquels on m'a rendu quatorze batz. C'est pourtant..., sauf le respect, ami Albert.

— Oui, c'est triste. Mais aussi pourquoi commettre un délit si grave? Mettez-vous à la place des forestiers, Thomas.

— Ah! bah! il y a toujours moyen de s'entendre: on n'écorche plus personne tout vif comme au temps des Romains.

— Et où allez-vous comme ça, sans hache ni cheval?

— Je m'en vais au diable, tant c'est loin. À la coupe des Corniules, où j'ai laissé avant-hier douze billons non martelés. Je crains que les Bourguignons ne m'y fassent une soulevée de nuit, et je vais marquer mon bois. Cela me dérange, car nos pommes de terre pressent d'être arrachées avant le froid.

— Écoutez, Thomas, je vais aussi aux Corniules pour y marteler des billons qui doivent être chargés cette semaine. Donnez-moi votre marque et je ferai la chose pour vous, comme pour Vedel et Ramuz. Demain, je vous rendrai l'outil. Quels numéros avez-vous, dit-il, en prenant son carnet et un crayon dans sa poche.

— Les numéros 8, 9 et 10. Ma foi, tu me rends service: tiens, voici mon marteau, ajouta-t-il, en prenant la petite hachette sous sa blouse. Marque mes billons de côté, comme les autres, et aussi au bout. Si j'avais du vin avec moi, je t'offrirais un coup à boire, mais je n'ai que du pain et du fromage.

— J'en ai à votre service ; nous pouvons bien en prendre une goutte ici ; le soleil est encore chaud dans ce moment.

Albert sortit la bouteille du sac et l'offrit à Thomas, après avoir bu le premier. Thomas trouvant le vin bon, Albert l'engagea à finir seul la chopine.

— Mais tu n'en auras plus si je vais jusqu'au fond.

— C'est égal, il n'y en a plus beaucoup ; ce petit reste s'échaufferait dans mon sac.

— Eh bien, à ta santé ! voilà du crâne vin ; d'où l'as-tu tiré ?

— Je ne sais pas, c'est mon collègue Carell qui me l'a donné en passant.

— Si j'avais su cela, je ne l'aurais pas bu. Carell est un... je ne veux pas dire quoi, mais il a dit pis que pendre de moi au juge de paix, qui m'a fait un tas de reproches et débité un sermon, comme le ministre n'en prêche pas tous les dimanches. C'est une honte qu'un homme aussi riche, et qui n'a qu'une fille, soit encore forestier. Ne devrait-on pas donner cette place à quelque pauvre père de famille comme moi, ou tel autre, qui ne serait pas si terrible que ce vieux païen ?

— M. Carell remplit très bien les devoirs de sa place. Un garde-forestier doit être indépendant. Au revoir Thomas ; je veux couper ici à travers le bois, pour aller plus vite, et vous, descendez à gauche pour retourner au Chenalet.

Albert n'avait point pensé trouver le braconnier des bois sur son chemin, mais en se rendant à la forêt des Corniules, où il savait que ce dernier avait misé des sapins, son but était précisément de vérifier les diverses entailles faites avec les marques particulières des bûcherons et de tâcher d'en découvrir qui présentassent une similarité exacte avec celles des arbres de Louis Carell.

Pour ne point commettre d'erreurs dans ses recherches, il avait caché dans sa poche quelques

copeaux ramassés sur le gazon, à la Maison des bois.
Soupçonnant Quichet d'avoir fait le coup par vengeance
brutale, dans un moment de colère ou d'ivresse et
pendant l'absence des habitants, il n'hésita point à se
mettre en possession de l'instrument qui pouvait avoir
servi dans cette sotte action. Ces marques à froid
montrent, d'un côté, une surface en forme de marteau,
portant en relief aigu les initiales du propriétaire. Les
majuscules sont souvent encadrées d'un signe particulier : un ovale, un trèfle, un cœur, etc. De l'autre côté est
un petit tranchant de hache. Le tout, sauf le manche,
entre facilement dans une poche d'habit. Le méchant
fait une œuvre qui le trompe : il n'est donc pas étonnant
que Thomas se fût rencontré sur le chemin d'Albert.
Dans le monde moral, on peut reconnaître presque
toujours une direction supérieure dont les effets sont
d'amener les coupables entre les mains de la justice.
Ce jury de Dieu et de la conscience est plus puissant
que des millions d'enquêtes ou d'articles de lois. C'est
aussi le ver qui ne meurt point, le feu qui ne s'éteint
point. Et dire, après cela, que les hommes ont *inventé*
la morale ! Mais pour être parfaitement sûr de ne pas
porter une fausse accusation, Albert devrait examiner
peut-être deux cents pièces de sapin avant de prononcer son verdict. Comme il marchait, une pensée lui vint
à l'esprit. Prenant d'une main la marque de Thomas, de
l'autre un des copeaux qu'il avait dans sa poche, il mit
les deux objets en regard. Le tranchant présentait, à un
pouce de distance, deux petites brèches inclinant, l'une
à droite, l'autre à gauche, faisant ainsi rebord de
chaque côté. En frappant dans le bois, la petite hache
devait donc former deux raies distinctes, l'une en creux,
l'autre en relief, et le copeau détaché, présenter les
signes inverses de ceux restés sur la tige de l'arbre. Or,
le morceau qu'Albert avait en ce moment coïncidait
d'une manière exacte avec les deux brèches du tranchant. Il n'en fallait pas davantage pour acquérir la

conviction et la preuve que les entailles des arbres de Carell avaient été faites par la hachette de Thomas. Celui-ci s'était donc accusé et vendu lui-même, en remettant à Albert l'outil en question.

La forêt des Corniules est située en partie sur un versant nord du Jura ; elle se continue ensuite dans un fond de vallée, pour remonter de là une pente rapide, exposée au midi. La première portion, toujours fraîche, même en juillet, présente un sol rocheux recouvert presque partout de myrtilles en touffes innombrables. Dans la saison des fruits de cette plante arbustive, c'est comme un semis général de baies bleues. Il n'est besoin que d'ouvrir la main pour les cueillir. Quand il y a des ours dans les cavernes voisines, c'est ici qu'ils viennent fourrager au clair de la lune. Leur gros corps ramassé se dessine en noir entre les sapins, lorsque le blanc rayon tombe presqu'à plomb sur les mousses vertes ou sur la plante dans laquelle le sauvage animal fait ses trouées nocturnes.

L'autre versant de la forêt, plus chaud, plus rapide, est une suite d'étages rocheux, comme un vaste flanc de pyramide à degrés de hauteur inégale. Dans les interstices du calcaire, mûrissent la framboise et la fraise. La gélinotte, le petit coq de bruyère à queue fourchue, très rare dans le Jura, y élèvent leurs couvées. Les saxicolins y font leurs nids, mais aussi la redoutable vipère s'y promène silencieuse et fait miroiter au soleil les reflets verdâtres de ses anneaux.

Dans le fond du val, boisé comme tout le reste, on trouve un tapis de mousse élastique, d'où sortent en automne des champignons de toutes formes et de toutes couleurs. On peut y recueillir la *Crête-de-coq* aux nombreuses ramilles d'un blond tiède, et plusieurs autres espèces comestibles, mais la *fausse oronge* tachetée de plaques jaunes sur un parasol rouge, s'y trouve également. Malheur aux femmes ignorantes qui, trompées par la belle apparence de ce champignon vénéneux, en emportent dans leurs maisons pour les manger en famille. Un sommeil léthargique, sorte de cauchemar qui dure plusieurs jours, peut conduire le malade au tombeau, après lui avoir fait subir d'étranges hallucinations.

Le sapin rouge et le sapin blanc sont les principales essences de cette forêt. Mélangés et croissant entre deux, par-ci par-là, on y remarque aussi le hêtre qui s'élève en haute tige, le thymier aux grappes de corail, l'alisier dont les baies rouges sont de la grosseur d'une cerise ordinaire, et les différentes espèces d'érables qui laissent pendre leurs graines, disposées en grelots attachés à de minces filaments.

Lorsqu'Albert arriva dans ces lieux sauvages, le soleil avait dépassé depuis longtemps le milieu de sa course. Quelques rares bûcherons travaillaient dans le bois. De loin en loin, des arbres abattus gisaient sur le sol, tantôt de toute leur longueur et tels qu'ils avaient été coupés, tantôt dépouillés de leur écorce résineuse et montrant alors de longues lignes blanches au milieu du feuillage austère de la forêt. Ici, les pièces sciées en billes de dix pieds gardaient encore leur forme primitive, du tronc jusqu'au sommet; là, on ne les reconnaissait plus, entassées qu'elles étaient, ou serrées les unes à côté des autres. Albert resta jusqu'au soir à visiter ces pièces diverses, frappant aux deux bouts avec le marteau de la commune, et confrontant les marques des acheteurs sur le pourtour des billons. Sur aucune de ces dernières, il ne reconnut de similitude avec celle de Thomas Quichet, et il put ainsi se convaincre une fois de plus qu'il était fondé à accuser l'ancien dévastateur des jeunes sapins. À la nuit tombante, il reprit sa direction du côté du Chenalet, où il arriva, bien fatigué, vers les dix heures du soir. Le lendemain matin, dès qu'il eut déjeuné, il fit chercher Thomas, qu'il voyait de sa fenêtre, travaillant au champ de pommes de terre. En l'attendant, il écrivit quelques lignes sur une feuille de papier timbré. Quichet arriva bientôt directement à travers la campagne. Albert le fit monter dans sa chambre et s'y enferma avec lui.

— Mon pauvre Thomas, lui dit-il, j'ai de bien mauvaises nouvelles à vous apprendre, mais elles ne doivent pas vous étonner.

— Quoi donc? Qu'est-il arrivé? On ne m'a pourtant pas volé mes billons?

— Non; vos pièces de bois sont en bon état, martelées aux deux bouts et sur les côtés. Mais j'ai rencontré en chemin deux témoins qui vous ont vu, avant-hier au soir, lorsque vous avez entaillé les trois sapins de Louis Carell, et qui ont déposé entre mes mains contre vous. Il est inutile de nier : tout est connu et prouvé. Maintenant, il s'agit de savoir si vous préférez reconnaître votre faute devant moi et en demander pardon, ou bien laisser aller la chose devant la justice. Ce que vous avez fait est une chose très grave. Non seulement il y aurait des dommages-intérêts à payer, mais une peine à subir en prison pour un acte aussi coupable, aussi vil que celui que vous avez commis. C'est à vous de choisir, mais je vous répète, il ne sert de rien de nier; les dépositions des témoins sont faites et la preuve sans réplique. Je vous dirai même qu'il ne tiendrait qu'à moi de vous laisser mettre en accusation tout de suite.

Thomas Quichet était une de ces natures grossières non très mauvaises, qui font le mal sous l'impression du moment; une sorte de brute pouvant boire six bouteilles de vin et manger comme quatre, puis rester un mois sans entrer au cabaret. Ses ruses, ordinairement cousues de fil blanc, n'avaient pas ce caractère subtil et retors qu'on trouve assez souvent chez les individus dont le métier est de vivre de tromperies. Se voyant reconnu, déjoué et démasqué, accusé d'un acte commis à la hâte dans la solitude et les ténèbres, il resta muet. La parole ferme et nette d'Albert l'avait, du même coup, confondu et atterré. Cependant, après une minute de silence, il se résolut à parler.

— Tu dis, Albert, qu'il y a des témoins; ce n'est

pas possible.

— Je vous mettrai en leur présence quand vous voudrez, mais j'espère, Thomas, que, comme vous vous êtes bien trouvé d'avoir suivi mon conseil dans la précédente affaire, vous le suivrez de même dans celle-ci. Voilà une déclaration que j'ai préparée pour vous ; signez-la, et je vous donne ma parole qu'aucune recherche juridique ne sera dirigée contre vous. Je vais la lire.

« Moi soussigné, Thomas Quichet, du Chenalet, reconnais être l'auteur d'un acte de méchante et basse sauvagerie, commis dans la soirée d'avant-hier, sur les trois grands sapins existant près de la maison de M. Louis Carell et appartenant à ce dernier. Dans un moment de colère, je leur ai fait à chacun de fortes entailles et les ai marqués par N° 1, 2 et 3. J'en demande pardon au propriétaire et le prie d'oublier cet acte, que rien ne pouvait justifier. Fait au Chenalet en présence d'Albert Dumont, garde-forestier. »

Vous allez écrire là ces mots : « Approuvé la déclaration ci-dessus dans tout son contenu » et signer.

Albert tendit la plume à Thomas, qui, d'une main tremblante, souscrivit la formule, à mesure que chaque mot lui était dicté. Cela fait, Albert ajouta encore de sa main :

« Je déclare avoir vu écrire l'acceptation et la signature de Thomas Quichet. »

ALBERT DUMONT, garde-forestier

Puis, il soigna le papier dans un tiroir.

— Maintenant, dit-il, je vais vous montrer les deux témoins de votre triste action. C'est vous-même qui les avez fournis : voyez ces deux petites brèches au taillant de votre marque à bois ; ce sont elles qui prouvent que vous êtes l'auteur du fait en question ; voici les traces qu'elles font sur le bois, traces trop visibles sur les plaques blanches des sapins de M. Carell, comme sur vos billons des Corniules. Mais il y a plus, Thomas. Un troisième témoin, toujours invisible et présent partout, était à côté de vous. Pourquoi n'avoir pas écouté sa voix qui parlait à votre conscience? Voulez-vous donc mal vivre toujours, pour mal finir déjà ici-bas et comparaître ensuite devant le tribunal du Tout-Puissant? Changez, Thomas, croyez-moi donc une fois. Vivez et conduisez-vous en honnête homme. Tenez, voilà votre marque; puisse-t-elle ne plus jamais servir à aucune mauvaise action!

— Merci, Albert, répondit le misérable. Je n'ai que du malheur; tu m'as promis qu'on ne parlerait pas de cette affaire?

— Personne n'en dira mot, à moins que vous ne le provoquiez. Ainsi, tenez-vous sur vos gardes.

Lorsque Thomas fut parti, Albert, brisé par l'effort moral qu'il avait dû faire et par sa fatigue du jour précédent, se laissa presque choir sur sa chaise, où il resta un bon moment plongé dans une contemplation intérieure qui n'était pourtant pas sans douceur.

CHAPITRE XIII

lbert avait donc réussi. Il lui tardait maintenant d'aller déposer ses pouvoirs et remettre l'aveu de Thomas Quichet entre les mains du propriétaire ou, mieux encore, à Hermance elle-même. — Pourtant il causa encore un peu avec sa mère avant de monter chez les Carell. En femme prudente, Mme Dumont ne lui dit pas tout le fond de sa pensée ; elle lui donna bonne espérance et l'engagea à persévérer, soit dans ses sentiments de cœur pour Hermance, soit dans son attitude ferme et digne à l'égard du vieux forestier. Quel trésor qu'une mère pareille ! mais aussi combien il est rare dans nos campagnes ! et peut-être faudrait-il aller bien loin avant de le rencontrer.

À la Maison des bois, Louis Carell et sa fille étaient occupés, en ce moment, à une chose que nous allons raconter ici en peu de mots. M. Carell avait conservé l'habitude de cuire son pain chez lui, dans son propre four. Non seulement la demeure était trop éloignée du village pour apporter la pâte au four communal, mais, en hiver, c'eut été une chose impossible à cause de la neige et du froid. Enfin, le forestier n'aimait pas le pain dit *de boulanger*, qui, à la campagne, se sèche trop vite. Sans cela, rien ne lui eût été plus facile que d'en acheter. Il faisait donc venir un sac de belle farine ; Hermance pétrissait, et le père ou la Léonor chauffait le four placé

dans une dépendance attenante à la demeure principale. Cette opération revenait en été tous les huit jours,
en hiver de quinzaine en quinzaine ; et comme Louis
Carell n'était pas, ce vendredi-là, en train de faire une
tournée de montagne avant midi, il fut entendu qu'on
emploierait la matinée à pétrir et à cuire une demi-
douzaine de pains d'environ trois livres chacun. Dès la
veille, Hermance avait *mis le levain.*

Lorsque Albert arriva là-haut, Carell était donc dans le
bâtiment du four, occupé à brûler les derniers fagots de
la chauffée, pendant que, seule dans la cuisine,
Hermance roulait la pâte sur le couvercle renversé du
pétrin et la disposait en boules délicates au fond de
petits plats en bois, creusés sur le tour. Voyant passer
Albert, Carell l'appela.

— Eh bien, lui dit-il, notre affaire ?

— Est en règle, M. Carell. Vous en aurez la preuve
dans un instant, mais puisque vous allez mettre le pain
au four et que votre fille est probablement occupée,
permettez-moi d'aller rajuster aussi bien que possible
les entailles de vos sapins. J'ai ce qu'il faut avec moi ;
je tâcherai de retrouver les places des morceaux enlevés et je vous raconterai ensuite toute l'histoire.

— Va, répondit le père, en fourgonnant les charbons
ardents.

Albert vint donc sous le grand sapin. Avec sa sagacité
ordinaire, il ne lui fut pas trop difficile de rappliquer,
juste à leur place, les divers morceaux épars sur le sol :
il les cloua en se servant de ce que nous appelons
pointes à tête perdue. Sa mère en vendait. Quand ce fut
fait au premier arbre, il passa au second, et de celui-ci
au dernier. Comme témoins irrécusables, il garda les
deux minces copeaux soignés dans sa poche depuis
hier. Tout cela lui prit encore assez de temps, presqu'une
heure, pendant laquelle Hermance put enfourner son
pain et rajuster sa toilette. Elle vint sous le sapin comme
Albert allait terminer son singulier travail, et tint encore

de sa main une pièce ou deux, pendant que le jeune forestier les clouait. Elle profita de ces instants pour demander à Albert une explication générale, que celui-ci lui donna rapidement. Après quoi, comme ils avaient fini, et que tout paraissait aussi en ordre qu'autrefois sur ces tiges tant aimées, Hermance tendit la main à Albert et le remercia de tout ce qu'il avait fait pour son père et pour elle.

— Je vous en garde un bon souvenir, une sincère reconnaissance, et je... mais non, je vous dirai cela une autre fois, Albert.

— Dites-moi tout, Hermance : voyez, je puis supporter de vous beaucoup de choses ; disposez de moi comme il vous plaira.

— Non, non, c'était une sotte idée, fort inutile en ce moment. Vous savez que je suis assez sujette à en avoir, et je vous ferai même des excuses, si vous voulez, pour le mot que je vous ai dit hier matin chez votre mère, mais vous serez assez généreux pour ne m'en point demander. Ainsi, venez raconter vos exploits à mon père. Cette basse vengeance l'a singulièrement affecté ; il ne croyait pas à tant de malice.

Carell entendit donc toute l'histoire de Thomas Quichet. Il loua beaucoup la présence d'esprit de son jeune collègue, lui fit de chauds remerciements, et termina en lui demandant quelle était maintenant la sentence, puisqu'il s'en était rapporté à lui pour la prononcer.

— Voici la déclaration signée par Thomas, dit Albert, en la lui remettant, et quant au juge, comme personne, après vous, n'a plus de droits à l'être que Mlle Hermance, c'est à elle que je remets les pouvoirs que vous m'avez confiés. Elle en fera un bon usage, j'en suis certain : vous n'appellerez pas de son jugement. Pour moi, je n'ai plus qu'à vous dire adieu et qu'à retourner à nos légumes d'hiver, qui, vu le changement très prochain du temps, devraient être dans la cave.

— Écoute, Albert, répondit Carell, tu as employé pour

moi la journée d'hier, prends un ouvrier à mon compte pour tes affaires, je le paierai avec plaisir.

— Je vous remercie; ma mère et moi nous préférons faire cela nous-mêmes.

Et c'est ainsi qu'Albert Dumont quitta la Maison des bois. Vers le milieu du pré, il rencontra Léonor portant une hotte pleine de pommes de terre roses, d'une grosseur remarquable et encore toutes fraîches.

— Ah! mon pauvre Albert, que c'est pesant! mais c'est la dernière *lottée*, dit-elle après avoir retrouvé la respiration. Et ce coquin d'écorcheur, est-il pris?

— Demandez à votre maître, il vous le dira lui-même.

— Est-il pris, oui, ou non, M. Albert? rien qu'un mot.

— Il est connu.

— Ah! Je pense qu'on va le faire danser d'une belle manière?

— Il n'y faut plus penser, Léonor: voyez, les arbres sont raccommodés.

— On dirait vraiment qu'oui: ah! mon pauvre Albert, c'est encore vous qui avez fait cela; vous êtes un brave garçon. Pour moi, je ne m'en cache pas, je vous aime bien.

— Merci, Léonor: moi aussi je suis un de vos amis.

Grâce à la bonne influence de sa fille, et à l'habileté déployée en cette circonstance par Albert Dumont, dont au reste une heureuse rencontre avait favorisé les recherches, Louis Carell consentit à pardonner l'offense reçue. Il ne dirait rien à Thomas Quichet, à moins d'être provoqué, et ne lui parlerait pas le premier. Bien qu'il affectât de rappeler souvent devant Albert la différence de leurs opinions religieuses, il ne pouvait, en cette occasion, s'empêcher de reconnaître la supériorité de l'Évangile sur la simple morale humaine. Après s'être donné autant de peine pour découvrir le coupable, le jeune forestier demandait que tout fût oublié. Et cela seulement comme récompense de soins délicats, que tout autre se serait laissé payer largement. En y consentant, Carell était obligé de se faire violence, mais enfin, peu à peu, il revint à son état de placidité ordinaire. Il remit à Albert son testament, cacheté de noir selon l'usage, et celui-ci lui en fit un reçu en bonne règle. La dignité d'Albert à propos d'Hermance lui avait été agréable; si le jeune homme eût l'air de fléchir humblement, de demander grâce, Carell eût gardé de lui une beaucoup moins bonne opinion. Le riche forestier avait sans doute ses raisons pour adopter à l'égard d'Albert une ligne de conduite pareille, quelque étrange et dure qu'elle parût au premier abord.

Quant à Hermance elle était, semblait-il, un peu plus sérieuse que de coutume et n'allait que très peu au village. En revanche, elle écrivit plusieurs fois à sa cousine Olympe, qui lui répondit de charmantes lettres, si bien pensées, si bien écrites, qu'elles auraient certainement fait honte à plus d'une demoiselle sortant de pension pour rentrer dans sa famille. Albert eut le lot de bois de sa mère à fabriquer avant l'arrivée des neiges, il lui fallut pour cela une quinzaine de jours au moins; car il devait quitter souvent son ouvrage pour se trouver tout à coup à l'improviste en des lieux où les bûcherons ne pensaient point le rencontrer. Carell aussi, aidé d'un ouvrier, coupa sur ses propres fonds la provision ordinaire de bois de chauffage qu'il préparait toujours un an d'avance. Tout cela fit que, pour les uns et les autres, le milieu de novembre arriva lorsqu'ils eurent terminé ces occupations. Alors, les divers quartiers du Chenalet étaient remplis de tas de bois; devant chaque maison s'amoncelait le hêtre, en rondins entiers, souvent très longs. Ailleurs, on voyait des branches destinées aux fagots pour la vente; les *nœuds* de sapin qu'on garde pour le poêle au fort de l'hiver, et plus loin les grandes tiges sorties des forêts les plus rapprochées. Dans les champs et les prés, tout était mort: chaque nuit, la gelée venait serrer de nouveau ce que le soleil du jour précédent avait ramolli au contact de ses pâles rayons.

Ceux des habitants du Chenalet qui avaient des emplettes à faire à la plaine, se dépêchèrent d'y aller.
— Mme Dumont reçut, des magasins où travaillait son fils Henri, tout un chargement de marchandises qui s'écouleraient peu à peu durant l'hiver. Carell fit venir deux sacs de farine, des poires et des pommes, dont il était amateur. Julius Bagal, qui aimait les châtaignes en souvenir de ses jours dans le Périgord, en acheta deux quarterons à Givrins, où l'on en vendait de fort belles. Peut-être les paya-t-il un peu plus cher qu'à la foire de Nyon, mais on lui fit bonne mesure, ce qui compensa la différence de prix ; après quoi, M. Julius en prit encore lui-même quatre ou cinq poignées, qui seraient, dit-il, à part des deux pelotons et considérées comme des serre-files ; ou bien pour sa vieille femme si on le préférait. Ainsi chacun prévoyant l'approche d'une saison rigoureuse, faisait ses provisions et utilisait à sa manière ses petites ressources.

«Tant que dure l'arrière-automne avec ses gelées blanches du matin, son pâle soleil ou ses brouillards profonds, les bûcherons montagnards continuent chaque jour leurs travaux dans les forêts. Ouvriers avec la hache sur l'épaule ou la scie au bras, conducteurs avec leurs attelages, tous vont et viennent, animant les bois qui résonnent sous leurs coups répétés, et d'où s'échappent les sons voilés d'un grelot ou ceux de la clochette argentine attachée au collier du robuste compagnon de l'homme. Une telle saison se prolonge parfois jusque vers la fin de l'année, sans grands changements. Quelques pouces de neige seront venus, peut-être, modérer pour un jour ou deux l'activité du bûcheron, mais elle ne tarde pas à disparaître, fondue par la pluie, ou foulée aux pieds des chevaux. Qu'il en revienne encore jusqu'à mi-jambe ; elle n'arrêtera pas complètement les travaux, car c'est alors que les routes se transforment en glissoires.

Mais, voici tout à coup un vent lourd et froid qui

débouche par les gorges étroites des monts. L'atmosphère
s'épaissit; les sapins gémissent. Dans la soirée, on
entendra les aboiements rauques du renard en quête
d'un chaud terrier. L'ours noir prend décidément le
chemin de sa caverne, et la marte nomade se cherche
un gîte moelleux dans le nid abandonné d'un écureuil.
L'hiver, le rude hiver annonce son arrivée. L'homme lui-
même en frissonne, mais bientôt il pense avec joie à la
bienfaisante chaleur de son foyer. Dès le lendemain,
vous ne voyez plus que deux choses dans ces lieux
élevés: la neige et les sapins. Ces derniers abaissent
leurs branches lourdement chargées. Tout prend un
morne aspect dans ces immenses solitudes, dont les
espaces mêmes semblent agrandis.

La neige continue à tomber sèche et serrée; elle
s'accumule et finit par atteindre, en fort peu de temps,
à la hauteur d'un homme, dans les combes où elle est
comme attirée par ses propres tourbillons. Dans certains
hivers, on peut monter sur les toits des chalets sans
secours d'échelles, et quelques-uns disparaissent
complètement sous cette profonde couche de neige.
Alors tout bruit de vie a cessé dans ces parages. Le
braconnier même, qui ne craint ni les frimas ni les ouragans, renonce à parcourir les bois, soit qu'il chasse aux
bêtes fauves, soit qu'il n'en veuille qu'aux jeunes sapins
ou aux érables propres à son industrie. Repoussant la
neige de sa demeure, le Jurassien s'en fait un rempart
contre la bise; puis, si elle est friable ou compacte, il s'y
taille un étroit sentier jusqu'à celui qu'ouvre son plus
proche voisin. De maison en maison, cette tranchée
finira par trouver la grande route, aux bords de laquelle
apparaissent de loin en loin les hauts piquets rouges qui
en dessinent les contours. Les lièvres ont pris la fuite; ils
gambadent sur les versants méridionaux ou descendent
même jusqu'aux plaines et pâturent dans les semis de
blé. Si loin que la vue s'étende en plongeant dans les
vallées ou en planant au-dessus des bois, on n'aperçoit

pas trace de vie, à moins qu'un point noir mobile n'attire le regard sur les plans où le soleil fait *diamanter* la neige. Ce point noir, c'est le forestier. Muni de cercles légers sous la semelle de ses souliers, et le visage tout hâlé par la réverbération de ces vastes étendues blanches, il arpente encore, seul entre tous, son froid domaine. C'est son devoir ; il le remplira jusqu'au bout.

Deux mois, trois mois, et plus même se passeront de cette manière, pour peu que l'hiver soit rude et persistant. Enfin, les jours grandissent ; le soleil est plus haut, ses rayons sont plus directs. Le vent qui jeta la neige sur les monts en décembre, vient, dès le milieu d'avril, la dévorer à belles dents. L'eau se précipite par tous les dévaloirs, ruisselle de toutes les pentes, s'infiltre dans toutes les crevasses du sol et remplit les immenses réservoirs souterrains qui servent à l'alimentation des sources de la plaine. Bientôt l'ours regarde à la porte de sa tanière et se lèche la patte au soleil. Le loup, s'il en existe un dans la contrée, sort du liteau qui lui servit d'asile et qu'il a garni d'ossements divers. Le loir détransi se frotte les paupières au fond de son arbre creux ; il écoute... C'est un ramier qui roucoule dans son voisinage.

SECONDE PARTIE

CHAPITRE XIV

L e printemps est arrivé. De nouveau les bois sont verts, mais non de cette verdure pleine et épaisse qui n'est guère établie dans les hautes forêts avant le mois de juin. Aujourd'hui, nous sommes seulement à la fin de la seconde semaine de mai, en sorte que les bois voisins du Chenalet présentent encore une assez grande quantité d'arbres non feuillés. Les érables, par exemple, se bornent à montrer leurs gros boutons recouverts de gomme rouge ; les charmes déplissent à peine leurs petites feuilles ridées ; l'alizier au port militaire prépare ses pousses blanchâtres, mais dès longtemps les marsaules ont jeté au vent leurs flocons soyeux, les trembles agitent leurs feuilles suspendues à de longs pédoncules et les hêtres, qui jouissent d'une situation favorable ou d'une forte sève particulière, attirent les regards par la couleur si fraîche dont ils sont ornés. Les jeunes sapins se préparent à un nouvel élancement de leur sommet, tandis que les vieux pères des forêts se contenteront de pousser des aiguilles d'un vert plus délicat, sur le pourtour entier de leur vaste branchage.

La plaine est fleurie. Vue de la montagne, on dirait le jardin d'un peuple fortuné. Et c'est bien cela. Oh ! quand donc les pensées de tous s'élèveront-elles en actions de grâces vers Celui qui fit la terre si belle, et nous la donna pour en jouir sans doute, mais aussi pour que nous soyons reconnaissants ?

Au Chenalet, les derniers restes de neige avaient disparu depuis huit jours. Sur les pentes plus élevées, tournées au nord, on en voyait encore de vastes placards qui ne pourraient fondre que lentement, car la gelée de chaque nuit venait encore en durcir la croûte extérieure, mais dans les environs du village, les prés comme les champs étaient complètement dégagés de leur blanc manteau et commençaient à verdir. De tous côtés on faisait les labours nécessaires pour l'orge et l'avoine. Les meilleures places, réservées pour la pomme de terre, étaient cultivées à la main. La vie, au lieu d'être dans les bois, se transportait aux champs.

C'était un curieux spectacle que celui de toutes ces charrues, tirées par des chevaux, tantôt sur les flancs d'une rapide colline où ils avaient assez de peine à se tenir ; tantôt dans le fond tout plat d'un petit vallon, ou bien contournant à grande peine un long tas de pierres ; ou bien encore, se détachant comme un attelage aérien sur quelque croupe gazonnée. Avec la charrue et les deux chevaux (les bœufs sont inconnus au Chenalet), il y avait toujours un homme pour tenir les mancherons et une autre personne pour conduire les animaux attelés. En une semaine de beau temps, tous ces travaux prépara-toires sont achevés.

Louis Carell avait loué un attelage au Chenalet. Comme vingt autres propriétaires, il labourait quelque vieux pré pour y semer des céréales de printemps. Le tout pouvait se faire en un jour, si l'on commençait de bon matin et qu'on restât jusqu'à la nuit à l'ouvrage. C'était Carell qui tenait le fouet ; le maître des chevaux était au gouvernail. Non loin de la maison, la Léonor piochait seule dans le grand plantage tout couvert d'engrais. C'était ici qu'on mettrait les gros légumes et le chanvre. La vieille fille voulait faire cela elle-même, sans que personne l'aidât, excepté lorsque le moment de recouvrir les tubercules serait arrivé. Alors, Hermance mettrait les morceaux dans la raie. Aujourd'hui, c'est chose convenue qu'elle apportera aux laboureurs, vers les neuf heures du matin, du pain, du fromage et du vin.

Quand ce moment fut venu, Hermance prit son panier au bras, et, pour arriver plus vite, se dirigea par les ondulations boisées qui dominaient le village, du côté de l'est. Le champ de son père se trouvait dans cette partie du territoire de la commune. Ces prairies élevées sont, dès la fin d'avril, ornées de petites gentianes bleues, qui font un effet charmant sur le gazon gris. On les trouve semées, tantôt une à une, comme si quelque fée se fût amusée à en déposer la graine du bout de ses doigts ; tantôt sortant par touffes nombreuses et toutes rapprochées. La montagne est capricieuse ; elle ne fait rien à la règle ou au compas. Elle aime les surprises : les hauts, les bas, l'anguleux comme le tout uni.

En sortant du dernier bosquet qui la séparait des prairies en culture, Hermance rencontra M. Julius, qui cherchait des morilles :

> *« Où va la belle ?*
> *Où s'en va-t-elle ? »*

lui demanda-t-il dans le langage d'une jolie chanson.

— Je vais tenir la charrue M. Julius pendant que mon père et Nicolas mangeront un morceau de pain.

— Mon colonel dit Julius en lui prenant le panier des mains, — Permettez, si mon colonel veut commander la manœuvre, j'aurai soin de l'alignement général. Je vous accompagne sur la place d'armes.

Et, sans autre, M. Julius apporta le panier aux laboureurs.

En ce moment, les deux hommes et l'attelage arrivaient au bout du sillon.

— Tu as eu une bonne idée, Hermance, d'amener avec toi M. Julius, car pendant que je sèmerai l'avoine, il conduira bien les chevaux un moment.

— À vos ordres, M. le major. Je vous salue, capitaine

Nicolas; permettez-vous que je prenne le commandement de la cavalerie?

— Je veux bien; ce sera autant de fait; voici le fouet.

— Mon colonel, reprit l'adjudant, qui releva aussitôt
la visière de sa vieille casquette, le bataillon est sous
les armes.

Hermance n'hésita point, elle prit les manches de la
charrue pendant que Julius commandait:

— Tournez à gauche, marche! En avant! marche!

— Emboîtez, emboîtez! Hu! Bron! Hu! Souris! —
Marchez carrément! — Pas de déviation, là-bas! Eh!
Souris! oblique à droite! Gris! droit devant vous. Halte!

Ils étaient au bout du sillon:

— Est-ce bien marché, colonel?

— On ne peut mieux, répondit Hermance, dont les
joues étaient magnifiques de couleur, par suite de la force
qu'elle avait dû employer pour tenir la charrue droite.

— Ah! colonel, pardon de la liberté que je prends,
mais je n'ai jamais eu de si joli commandant que vous...

— Changement de front! cria-t-il de toute la force de
ses vieux poumons et en brandissant son mandrin
flexible.

Par peloton à gauche! marche! — En avant, pas accéléré! marche! Hu, le gris! — Sur le premier peloton,
déployez la colonne! (premier peloton ne bouge; —
jalonnez!) marche! Arrivez! arrivez! Entrez carrément
sur la ligne de bataille. — Guides, à vos places! — Bron,
dresse les oreilles! clic! clac! — Colonne serrée par
pelotons! sur le premier peloton, en arrière, en colonne
serrée! (Déboîtez en arrière) marche! — Halte!

Ils avaient fait un tour entier. Nicolas riait de l'air ébou-
riffé de Julius, tout en avalant d'énormes bouchées de
pain blanc et de fromage. L'adjudant s'approcha d'Hermance et, portant la main droite à la visière de sa
casquette, lui posa la question suivante:

— Colonel, peut-être est-il convenable de donner un
moment de repos à la troupe? Dix heures viennent de

sonner à l'horloge.

— Certainement, répondit-elle ; et aussitôt elle aban-
donna le gouvernail.

Pour faire la chose selon les règles, Julius recula de
dix ou quinze pas, tenant son manche de fouet à deux
mains, comme un sabre de plat, puis, quand il se crut à
la distance voulue, il commanda en chef de brigade :

— Portez vos armes !
Reposez-vous sur vos armes !
En faisceaux les armes !
Repos !

Ces quatre commandements exécutés, Julius se
rapprocha de la charrue et passa le manche de fouet
à son côté gauche, comme s'il eût rengainé une
lame, mais il le laissa tomber sur le gazon, pour
accepter gracieusement le verre de vin qu'Hermance
lui présentait.

— Mon colonel, je bois à votre belle santé et à l'accomplissement de vos vœux les plus chers. — Messieurs
de l'état-major, à la vôtre !

— Voyons, adjudant, lui dit Carell, approchez-vous du
panier.

— Je vous remercie, major, pas faim sur la minute. Je
veux fumer un cigare pendant le repos.

Là-dessus, Julius prit une pincée de tabac dans un
cornet de papier, déchira un morceau de vieux journal
et, en moins de rien, se fabriqua une grosse cigarette,
dont l'odeur forte et saine en pleine campagne se mêla
aux émanations du terrain fraîchement retourné. Celui-ci
fumait aussi à sa manière, sous l'action du soleil qui lui
soutirait ses vapeurs. Hermance alla cueillir quelques
fleurs hâtives dans le voisinage : une violette au pied
d'un mur, des crocus lilas rosé et aussi des blancs.
Lorsqu'elle revint au bout du champ, les hommes
avaient terminé leurs dix-heures et se disposaient à
reprendre le travail interrompu. Julius offrit tout de bon
de continuer à diriger les chevaux, pendant que Carell

sèmerait la partie déjà labourée; celui-ci accepta avec reconnaissance, mais Nicolas dit à l'adjudant qu'il ne s'agirait pas, avec lui pour pilote, de se servir de la vieille *théorie*, parce qu'il n'entendait pas avoir la tête cassée par tous ces commandements.

— Tu diras: *Yu! dia! ou hotto!* mais rien de plus.

— Comme vous voudrez, ça m'est bien égal, à moi. On voit bien, d'ailleurs, que vous n'avez jamais été colonel.

— Ni envie de l'être. Je suis déjà trop content d'avoir obtenu mon congé définitif de *charretier*, l'autre semaine, à l'avant-revue de Clopet. Allons, reprends voir le fouet qui traîne là par terre, et qu'on s'encourage.

Hermance mit son panier en ordre et ne tarda pas à remonter les espaces demi boisés qu'elle avait descendus en venant ici.

C'est ainsi que, pour la plupart des habitants du Chenalet, se passait une journée de printemps. Il fallait bien un Julius Bagal pour en rompre un peu la monotonie. Ces sortes de grands enfants sans malice, qui vivent de vieux souvenirs toujours présents et sont doués d'une bonhomie assez voisine de la marotte, deviennent toujours plus rares. Ils s'amusaient et amusaient les autres sans faire de mal; tandis que beaucoup de nos modernes bouffons se servent de vilaines plaisanteries, trempées dans le vin ou salies au fond des égouts. Julius Bagal buvait sa chopine, mais rien de plus; et pour tout le reste, il n'y avait pas d'homme plus rangé au Chenalet, ni — remarquez cela — plus propre sur toute sa personne.

L'hiver s'était donc passé comme à l'ordinaire, avec assez de neige et un froid sec par lequel elle dura longtemps. Peu de personnes furent malades; Mme Dumont souffrit cependant d'une fièvre catarrhale[15], en février et mars. Albert prit une garde pour soigner sa mère, et la remplaça lui-même au magasin, autant que ses fonc-

---

15 - [NdÉ] Ou gros rhume avec fièvre.

tions le lui permirent. Dans le village, on s'était peu visité de maison en maison. Malgré les avertissements d'Albert et ce qui s'était passé en automne, Thomas Quichet ne s'était point corrigé de sa funeste passion de couper du bois non marqué. Il fit ainsi quelques *soulevées* de *fourrons*[16], qu'il cacha on ne sait où et vendit aux charrons de la plaine. Ne pas retirer quelque profit injuste des bois voisins lui paraissait une chose impossible. C'était, disait-il ingénument dans ses accès de cynisme, c'était *plus fort que lui*, la grande affaire consistant à ne pas se laisser prendre et à n'être ni vu ni connu. Principe admis par les coquins, voleurs et escrocs de tous genres. Thomas aimait aussi le proverbe : la nuit, tous les chats sont gris ; autre belle théorie des filous.

Albert Dumont ne vit Hermance que très rarement, depuis l'affaire des arbres marqués. Le mot prononcé par lui devant Carell lui faisait un devoir de rester un peu en arrière. D'ailleurs, c'était chose certaine qu'Hermance voulait jouir longtemps encore de sa liberté de jeune fille. Pour lui, Albert, avec son amour dans le cœur, presque sans espoir de le voir jamais couronné de succès, il voulut, tout au moins, faire les efforts dont il se sentait capable pour améliorer plus tard sa position. Dans ce but, il entra en correspondance avec un homme fort distingué, haut forestier dans une autre partie du pays. Ce monsieur, chargé de plusieurs expertises dans les bois confiés à la garde d'Albert, avait pris en amitié le jeune homme, dont le caractère ouvert, droit et la rare intelligence lui avaient plu. Albert le pria de lui donner les directions nécessaires pour étudier ce qu'il pourrait, à lui tout seul, de la science forestière. — Monsieur ** lui écrivit donc plusieurs fois et lui envoya de gros livres qu'Albert lisait attentivement et s'assimilait autant que possible. Il essaya de rédiger ses propres idées, de

---

16 - Jeune sapin de vingt-cinq pieds de long, qu'on emploie pour les échelles des chars à foin.

donner un corps à ses observations ; ainsi il acquérait de la science en même temps qu'une sorte de facilité relative à manier la plume. — Le régent du Chenalet, homme d'âge mûr et d'un caractère très ferme, avait fait autrefois des élèves distingués. On eût pu trouver dans ce village bien des jeunes gens capables d'écrire avec clarté, sans fautes d'orthographe, le procès-verbal d'une assemblée communale. Cela ne se voit pas partout à ce point-là, même aujourd'hui où l'instruction est pourtant devenue plus générale.

Carell, qui n'était pas très fort la plume à la main et calculait presque tout de tête, trouva un jour Albert au milieu de ses livres et de ses papiers :

— Et puis, lui dit-il, qu'est-ce que tout ce fatras ? Veux-tu renoncer à notre métier pour te faire ministre ou avocat ?

— Non, M. Carell. Je veux seulement me mettre en état de postuler une place meilleure que la mienne, si l'occasion se présente.

— Hoho ! maître Albert, c'est du nouveau ; et tu me laisserais alors par là tout seul à la chasse et dans nos tournées ?

— On nommerait un autre forestier pour me remplacer. Du reste, nous n'en sommes pas encore là.

— Je pense bien. Mais comment veux-tu laisser ta mère seule ?

— Ma mère a quatre fils, M. Carell ; l'un de nous s'arrangera toujours de manière à vivre avec elle.

— À la bonne heure. Si c'est ce que tu désires, je souhaite que tu réussisses dans tes projets. Cela vaudra mieux, dans tous les cas, que de te faire ministre.

— Puisque vous ramenez la conversation sur ce sujet, M. Carell, je me permettrai de vous adresser une question : vous ne partagez pas plus mes croyances chrétiennes, que moi je ne me soucie de votre manière de voir en religion. Mais, quelle que soit votre pensée sur le point qui nous occupe, je vous mets à part, complètement à part des hommes dont vous acceptez les vues incrédules. Je vous demanderai donc, à vous qui les connaissez, ce que deviendrait le monde, au bout de trois générations seulement, si nous n'avions plus l'Évangile entre les mains et plus de pasteurs pour l'annoncer au peuple.

— Le monde, répondit Carell sans hésiter, serait évidemment beaucoup plus mauvais, beaucoup plus corrompu qu'il ne l'est aujourd'hui. Je reconnais que la morale de l'Évangile est nécessaire. Jamais homme n'a parlé comme Jésus-Christ, mais Jésus n'était qu'un simple homme, comme nous tous. Vous autres, vous en faites un Dieu, et vous croyez tout ce que l'imagination a pu ajouter à ce que nous savons de la vie de cet excellent philosophe. Ce sont là les superstitions contre lesquelles je m'élève, et c'est à cause de cela que, depuis longtemps, je ne vais plus à l'église.

— M. Carell, reprit Albert, croyez-vous qu'un homme puisse être bon, juste, saint dans tout ce que nous connaissons de sa vie ; qu'il puisse expliquer la loi de Dieu d'une manière parfaite, enseigner la morale la plus pure, et, en même temps, être injuste, menteur, être un imposteur, un fourbe qui, se trompant lui-même, trompe les autres et se joue de tout ce qu'il y a de plus sacré sur la terre, savoir de la conscience, de la vie et de l'éternité de son prochain ?

— Non, cela est impossible.

— C'est pourtant ce que vos philosophes font de Jésus-Christ. Et cela avec une légèreté, je dirais même avec une absurdité dont des hommes raisonnables devraient avoir honte pour eux-mêmes ! Que pensez-vous d'un savant qui traiterait une grave question d'économie politique en plaisantant, en faisant des bons mots sur la misère des pauvres, et qui, cependant, dirait qu'il faut s'en occuper avec intérêt ? Eh bien, vos grands auteurs font la même chose en religion. — Mais vous savez que je n'aime pas à discuter, je suis seulement convaincu d'une chose, c'est que l'Évangile est à prendre tout entier, tel que nous l'avons reçu de ceux qui en ont scellé la vérité de leur vie, ou bien à laisser aussi tout entier. Ou il est vrai d'un bout à l'autre, ou il est faux du commencement à la fin. Pour ce qui me concerne, j'ai le bonheur de croire qu'il est « la puissance même de Dieu, pour le salut de tous ceux qui le reçoivent. »

Carell ne répondit pas. Il parla d'autre chose, car il trouvait que son jeune collègue le prenait avec lui sur un ton de puissance à puissance et que, dans un combat en règle sur cette grande question, le cadet finirait peut-être par avoir l'avantage sur l'ancien.

Depuis cet entretien, le mot d'Albert lui était souvent revenu à l'esprit dans ses tournées solitaires : *à prendre*, ou *à laisser*, se disait-il : cela pourrait encore être vrai. Le laisser complètement est chose impossible. Cependant, il y aura toujours ces mystères, ces miracles, ce surnaturel qu'il m'est tout aussi impossible d'accepter.

Quand les âmes sont droites, il y a de l'espérance ; y en aurait-il pour ceux qui disent avec Pilate : « qu'est-ce que la vérité ? » et qui, tout aussitôt, se tournent vers la foule incrédule pour consentir à la flagellation de l'homme-Dieu et lui voir poser sur la tête une couronne d'épines ?

CHAPITRE XV

Lorsque les divers petits travaux dont Hermance était chargée autour de la maison et dans les prés furent terminés, le mois de mai touchait à sa fin. À la montagne, comme à la plaine, il faut nettoyer les gazons, enlever les dépôts que l'hiver et les vents y ont amenés. Ce sont des feuilles mortes qui, adhérant au sol, empêcheraient l'herbe de pousser ; ce sont des amas limoneux amenés par les ravines d'eau ; des graviers, quelquefois même de grosses pierres roulantes ; des débris de bois jetés par les ouragans ; de nombreuses taupinières à étendre ; enfin, les soins généraux de propreté qui reviennent chaque printemps. Hermance maniait fort bien le râteau ; Léonor se servait d'un trident de fer et emportait sur son dos ou sur sa hotte les diverses charges dont la présence eût nui à la récolte prochaine.

Quand donc ce fut fait, Hermance prit un jour la plume et écrivit à Olympe pour lui rappeler sa promesse de venir passer quelque temps à la Maison des bois. Le moment devait être favorable aussi pour les gens de la plaine, car l'effeuillage des vignes ne commençait guère avant le milieu de juin et les foins pas avant cette même époque. Les deux cousines auraient donc le temps de rester ensemble et de se promener dans les environs du Chenalet.

Quelques jours après, Olympe répondit :

« Ma chère Hermance,

Oui, j'irai te voir, et je m'en réjouis plus que je ne puis
l'exprimer. Mon frère va conduire nos vaches, lundi, à la
Prâlette, dont le chemin passe, dit-il, derrière votre
maison. Je profiterai de cette bonne occasion pour faire
la route avec lui. S'il plaît à Dieu, tu me verras donc
arriver entre huit et neuf heures. Nous partirons d'ici de
bon matin, pour éviter la grande chaleur. — Ce que tu
m'as écrit de M. A. Dumont m'étonne et m'afflige.
J'avais cru, je l'avoue, à tout autre chose de sa part. Tu
m'expliqueras cela, chère Hermance, mais ne va pas
croire que j'aie la moindre confidence à recevoir de lui,
moins encore que de personne. Si je vais au Chenalet,
c'est pour te voir, toi, ma chérie, et te dire combien je
t'aime, combien je désire ton plus vrai bonheur. — Nous
avons passé un hiver pénible ; mon père a souffert de
son oppression et ma mère de rhumatisme. D'un autre
côté, je suis bien contente que Luc ait fait une *connaissance*. C'est une bonne personne de nos environs,
simple et affectueuse : Fanny Gerle, ma future belle-
sœur, n'a pas beaucoup de moyens ni de vivacité dans
l'esprit, mais elle est bien suffisamment douée pour
devenir une bonne femme de paysan. Avec Luc, je crois
que cela ira très bien. — La campagne est fort belle ici
en ce moment ; la vie circule partout avec puissance.
Tout ce qui vient de Dieu est admirable et doit réjouir le
cœur. — Je me représente que vos bois doivent être
magnifiques. À lundi, chère Hermance. Bien des amitiés
à mon oncle et tous mes remerciements. Je t'embrasse
comme je t'aime. »

OLYMPE NORMANT

Hermance s'empressa d'annoncer à son père la
prochaine arrivée d'Olympe. Elle lui lut le commencement et la fin de la lettre, qu'il trouva très bien pensée
pour venir d'une jeune fille de village. La nouvelle
concernant Luc l'étonna un peu, mais il fut bien aise

d'apprendre que son neveu faisait un mariage qui paraissait convenir à toute la famille. Quant à Hermance, elle était charmée que le cousin l'eût si vite oubliée. Il n'en était pas de même en son propre cœur, à l'endroit de la froideur supposée d'Albert ; aussi risqua-t-elle une ou deux questions à ce sujet devant son père, bien que ce dernier n'aimât pas à la voir s'en occuper.

— Vous avez été chez la mère Dumont dernièrement, mon père, lui dit-elle ; savez-vous ce que devient Albert ? Voilà plus de six semaines que nous ne l'avons vu passer ici.

— Oui, répondit-il, je sais un peu ce qu'il fait. L'autre jour, je l'ai trouvé entouré de livres et de papiers, de manuscrits, comme un vrai savant. Il paraît qu'il a beaucoup étudié la science forestière pendant tout l'hiver.

— Quelle drôle d'idée ! reprit Hermance ; j'avais toujours cru qu'il en savait assez pour être garde-forestier.

— Sans doute, il en sait assez. Mais il paraît qu'il a l'intention de quitter le pays s'il peut obtenir une meilleure place à l'étranger.

— Comment ! il laisserait sa mère seule dit Hermance en devenant toute pâle ; il ne peut faire cela.

— Hauh ! ce n'est pas ce qui l'inquiète. Quand je lui en ai moi-même fait l'observation, il m'a répondu de son air de prince qu'il prend quelquefois : «M. Carell, ma mère a quatre fils ; l'un de nous s'arrangera toujours de manière à ne pas la laisser seule. »

— Ah ! il vous a dit cela ; au fond la chose est très naturelle. Et sait-on ce qui le décide, lui, à quitter une position à laquelle il paraissait tenir beaucoup ?

— Non, on ne le sait pas, mais moi je crois l'avoir deviné, et si tu veux absolument le savoir, je te le dirai.

— C'est comme vous voudrez, mon père.

— Eh bien, il vaut peut-être autant que tu en sois instruite. — Lorsqu'il s'occupa de ce misérable Thomas, l'automne dernier, il voulut absolument m'imposer une condition préalable. Craignant qu'il ne dépassât les bornes en me forçant à lui répondre par un refus, je lui dis, peut-être mal à propos ou imprudemment en tout cas, qu'il pouvait me demander ce qu'il voudrait, pourvu que ce ne fût pas ma fille. Sa réponse me montra clairement que je l'avais blessé. J'en suis fâché pour lui, mais je l'ai fait sans mauvais vouloir à son égard et même à bonne intention.

— Quelle fut donc sa réponse, mon père?

— Je te la dirai une autre fois.

— Non, je vous en prie, tout de suite.

— Il me dit que... n'ayant rien à m'offrir, il n'avait rien à me demander, et qu'il se bornait à des vœux.

— Quoi d'autre encore?

— Mais tu es terriblement curieuse, Hermance; tu m'as toujours dit que tu refuserais Albert. — Il me dit, quoi? des fadaises, sans doute: que je devais bien savoir qu'il t'aimait depuis dix ans, quinze ans; qu'il ne s'en était jamais caché; que cela ne pouvait te porter aucun préjudice; que, malgré cela, il ne me demandait pas ma fille et ne me la demanderait probablement jamais. Il termina son discours par les deux mots que je viens de te dire. — Bien que je lui aie témoigné beaucoup de confiance depuis cet entretien, et la preuve, c'est que je lui ai remis en dépôt mon testament, j'ai vu qu'il m'en a gardé quelque chose. Il est très fier, M. Albert; il fait bien, sans doute, mais pourtant il devrait se souvenir que, pour nous, il n'est qu'un garçon sans fortune. Est-ce ma faute, à moi, si son père ne lui a rien laissé? — L'autre jour, j'ai causé aussi un peu de religion avec lui; cela t'étonne. Que penseras-tu donc de moi, si je dis que je commence à croire que, sur plus d'un point important, il a raison. Il y a des choses dans l'Évangile dont nous ne pouvons absolument nous passer. Je reconnais cela devant toi, Hermance, et j'ajoute que j'ai été souvent trop loin dans mes jugements à cet égard.

— Merci de votre confiance, cher père, lui répondit-elle en l'embrassant tendrement.

Puis elle sortit de la maison, alla jusque sous les sapins, revint précipitamment dans sa chambre, se jeta à genoux vers son lit et sanglota longtemps sans pouvoir ni prier, ni penser, étant sous le coup d'une violente crise nerveuse. Pauvre enfant! elle n'avait personne à qui confier sa peine, à qui ouvrir son cœur. Albert allait s'éloigner, mortifié des propos de son père et encore plus, sans doute, de ce qu'elle avait toujours refusé de l'entendre, de ce qu'elle ne lui avait donné aucun espoir. Et, une fois parti, s'il l'oubliait! Si une autre, meilleure, plus aimable... Ah! qu'elle paya cher, en ce moment, toutes ses manières sèches, toutes ses paroles où le cœur avait laissé parler l'esprit seulement. Il lui semblait qu'elle avait été ingrate, légère en paroles; que, dans ses moindres propos, elle s'y était mal prise. Elle se disait qu'Olympe, à sa place (et c'était vrai), aurait agi différemment; avec autant de simplicité et de franchise qu'elle y en avait mis peu et que tout pour sa cousine, eût été plus facile, même avec son père. «Maudit argent, se dit-elle aussi. Au moins si, comme Albert, nous étions pauvres! ce qui se passe ne serait pas arrivé.»

Hélas! il semblait à Hermance Carell que tout était perdu pour elle, et cela précisément lorsque sa cousine allait arriver.

Tels sont les effets d'une impressionnabilité très vive, dans une âme droite sans doute, mais dont la position extérieure et le manque de convictions fortes font dévier les instincts généreux, et ôtent à l'expression de la vie le doux sérieux qu'elle devrait toujours garder, lorsqu'il s'agit de la plus profonde des affections humaines.

La Léonor, qui, ce jour-là, s'aperçut de la tristesse d'Hermance et vit qu'elle avait pleuré, voulut en savoir la cause.

— Qu'est-ce que vous aviez à tant causer toi et ton

père, ce matin? lui dit-elle, lorsque M. Carell fut parti pour les bois. Je vois bien à tes yeux qu'il y a quelque chose d'extra. Si je peux te consoler, voyons, dis-moi ce qu'il faut faire.

— Rien, ma bonne Léonor; il n'y a rien à faire pour moi. Rien qu'à souffrir avec patience.

— Souffrir! ça, c'est bon à dire, mais moi, je ne peux pas te voir triste. Il paraît donc que ton père a défendu à Albert de revenir ici, qu'on ne l'aperçoit plus depuis deux mois. Si j'étais à sa place, ce n'est pas cette défense qui m'empêcherait de te voir.

— Ce n'est pas cela, Léonor: si tu m'aimes, tu ne me feras plus de questions à ce sujet.

— Je veux bien, ma pauvre chérie; rappelle-toi seulement ce que je te disais autrefois, qu'il ne fallait pas comme ça le *rebourrer*. Moi, je lui aurais dit une bonne fois pour toutes: « Tu veux... ou vous voulez savoir si je vous aime, Albert? Eh bien, oui, je vous aime, seulement, n'en dites rien. Vous verrez que tout finira par s'arranger. » — Au lieu de ça, qui était pourtant bien facile à expliquer, tu avais toujours l'air de le renvoyer à la Saint-Martin ou de rire. Ma foi, ma chère, les hommes n'aiment pas qu'on se moque d'eux, surtout quand ils y vont de tout leur cœur, comme ce pauvre Albert, et surtout s'ils sont un peu fiers. On leur dit *oui*, si c'est oui, *non* si c'est non, et c'est fini par là; comme je fis avec ce certain gendarme qui me proposa de l'épouser, il y a dix ans. — « Moi! oh! pour ça non, monsieur l'appointé, lui dis-je. Je ne veux pas quitter notre Maison des bois pour aller vivre dans un corps de garde. » En dix minutes tout fut terminé. Si tu m'en crois, la première fois qu'Albert te demandera s'il peut revenir, comme ça dans trois ou quatre jours, tu lui diras qu'oui, et tu vas même un petit bout à sa rencontre, du côté des sapins qu'il a si bien recloués. Finalement, sans lui, vos arbres seraient dans un bel état, et jamais ton père n'aurait découvert ce gueux de Thomas. — Je ne comprends pas ce que ton père a contre Albert, non, en vérité. Est-ce parce qu'il est pauvre? Alors, il devrait pourtant se souvenir du vieux Simon, qui n'avait que soixante louis dans sa *froche* quand il vint ici pour la première fois; et certes, d'après ce qu'on m'a dit, notre campagne n'était encore qu'une vilaine *râpille* sans valeur. Et que! M. Albert vaut bien mieux pourtant que le grand-père Simon, sans faire aucun tort à l'âme du pauvre vieux. Voyons, sèche-moi toutes ces larmes, Hermance. Il m'est impossible de travailler par là autour, si je te vois pleurer.

Pour peu que la chose eût été possible, Hermance aurait fini par éclater de rire, en écoutant la vieille fille. Mais il n'y fallait pas penser dans ce moment. Le discours de Léonor eut pourtant le bon effet de lui détendre les nerfs et de la ramener à plus de calme extérieur.

Le soir, en revenant de la fromagerie, Léonor entra chez Mme Dumont pour y acheter du coton et quelques grosses épingles. Pendant qu'elle examinait ses emplettes, Albert vint aussi au magasin et la salua.

— Bonjour, bonjour, M. Albert. Comment va la santé?

— Très bien, je vous remercie. Comment se portent M. Carell et Hermance?

— Notre maître se dispose à conduire nos vaches à la Gueularde, après-demain matin. Il est toujours fort et robuste, comme vous savez. Quant à Hermance, elle a été assez malade aujourd'hui, mais il paraît que cela vous intéresse peu, M. Albert; il y a longtemps qu'on n'a eu le plaisir de vous voir chez nous.

— Il ne faut pas s'inquiéter de mon absence, Léonor; dites-moi bien vite ce qu'a eu Mlle Hermance.

— Elle a eu... je n'en sais rien au juste, pour dire la vérité, mais le fait est qu'elle a dû souffrir beaucoup depuis quelque temps. Peut-être quelqu'un (je peux bien le dire devant votre mère), peut-être quelqu'un l'a-t-il demandée à son père dernièrement; et cela ne lui fait sans doute pas plaisir. Est-ce que vos épingles sont au moins pointues, mère Dumont? Mes pauvres yeux s'en vont.

Puis, pour s'assurer qu'elles avaient une bonne pointe, elle sortit une épingle du quarteron et la planta doucement dans une manche de l'habit d'Albert. Celui-ci, qui ne voyait pas la malice de Léonor, poussa un petit cri de surprise en se sentant piqué au bras.

— Oui, elles sont bonnes, vos épingles. Je vois avec plaisir, Albert, que vous sentez encore quand on vous pique. Je m'étais mis dans l'esprit que vous étiez devenu tout à fait insensible. — Bonsoir, mère Dumont.

Et la vieille fille, reprenant son bidon, s'en alla d'un pas résolu rejoindre le sentier montueux. — La mère et le fils se regardèrent en silence, Albert mordant ses lèvres, et Mme Dumont joignant les mains dans l'attitude du recueillement.

— Mon cher enfant, lui dit-elle, tu vois maintenant si j'avais tort en pensant que tu ne prenais pas une bonne marche avec Hermance, depuis deux mois. Sois sûr qu'elle t'aime, mais qu'elle ne peut te l'avouer.

— Que ne donnerais-je pas pour en avoir la certitude, ma mère! Malheureusement, je crois plutôt qu'Hermance a voulu se réserver la liberté de choisir. Et si cela est, j'ai tout perdu.

— Ou tout gagné, Albert. N'iras-tu pas demain savoir ce qui se passe?

— J'irais à l'instant même, si cela n'avait pas l'air d'une lâcheté.

— Non, pas ce soir : demain, à la bonne heure. Prends conseil d'un plus sage que nous, mon fils, de Celui qui tient les cœurs en sa main, et remets-lui le soin de tout ce qui te concerne.

CHAPITRE XVI

L e lendemain, vers les trois heures de l'après-midi, Albert quittait l'étroit sentier, près de la rustique barrière fermant l'entrée du clos de Louis Carell. À partir de cet endroit, le passage allait rejoindre le chemin que nous connaissons, derrière l'habitation. Les gens qui venaient au Chenalet par ce côté-là, prenaient presque tous le sentier, si du moins ils n'avaient ni char ni cheval avec eux. Ce dimanche-là, 2 juin, était une magnifique journée. Le jour suivant, anniversaire du vingt-troisième printemps d'Hermance, serait précisément celui de l'arrivée d'Olympe à la Maison des bois. Albert, le cœur un peu tremblant d'émotion, mais non craintif, vint frapper à la porte. Ce fut Hermance qui ouvrit. L'attendait-elle ? on ne sait ; fraîche et d'une beauté pure, dans une toilette soignée, quoique fort simple (une robe de mérinos bleu), elle avait l'air de dire : et moi aussi je suis toujours le printemps ! — La Léonor n'était pas là, mais bien le père, qui lisait un journal et paraissait ne point vouloir quitter la place. Il offrit une chaise à Albert, dit qu'il était bien aise de le voir, et lui demanda s'il avait été au culte public le matin.

— Oui, répondit le jeune homme en regardant Hermance, ma mère et moi nous avons été entendre un pasteur de la plaine, qui a fait échange de fonctions avec le nôtre aujourd'hui.

— Et, continua le père, avez-vous été satisfaits ?

— Je ne puis pas dire que la prédication m'ait paru bien remarquable. Ce monsieur n'est, ni un orateur de talent, ni un penseur profond : il prêche la vérité chrétienne, c'est l'essentiel. Du reste, quel que soit le sermon au point de vue de la forme, je ne reviens jamais du culte public sans penser que c'est là une des plus grandes gloires de l'homme. Se réunir comme des frères pour adorer le Roi des rois, entendre l'explication de sa Parole, c'est un privilège dont nous ne saurions être assez reconnaissants. — Vous ne m'en voulez pas de parler ainsi à cœur ouvert devant vous, M. Carell ; il me semble que nous nous sommes accordé liberté entière sur ce sujet ?

— Complète liberté, comme tu dis, Albert. Je t'avouerai même une chose, c'est que je serai bien aise ; d'avoir avec toi, de temps en temps, un bout de conversation sur certaines idées qui me préoccupent depuis notre dernier entretien. Je te poserai mes questions tout en parcourant les bois, lorsque nous nous rencontrerons. Seulement, il reste bien entendu que nous ne nous disputerons pas. Il y a des choses dont j'ai besoin dans l'Évangile ! il en est d'autres que ma raison ne peut admettre. Tu es plus jeune que moi de la moitié de ma vie, mais tu possèdes des convictions qui peuvent m'aider à résoudre mes doutes. Tu vois qu'au fond, je ne suis pourtant pas un homme si terrible. En outre, je ne t'ai pas confié le dépôt de mon testament sans te témoigner par là une grande confiance.

— Je vous en remercie, M. Carell, et ferai mon possible pour la mériter.

— En parlant de toi, hier, avec ma fille, je lui ai dit que tu avais l'intention de quitter le pays pour occuper une meilleure place à l'étranger ; je ne me suis pas souvenu si c'était une chose encore secrète, en sorte que si j'ai commis une indiscrétion, Hermance ne la répètera pas.

— En effet, je préfère qu'on ne s'occupe pas de mes

projets; ainsi je vous prierai, Hermance, de me garder le secret. Je dois malheureusement penser à mon avenir, qui resterait toujours le même ici, dit-il en la regardant d'un air de profonde souffrance. Pendant que je suis jeune et fort, ce que je gagne est sans doute suffisant pour ma mère et pour moi; plus tard, je pourrais regretter de n'avoir pas employé ma jeunesse d'une manière plus profitable. Du reste, je ne suis pas prêt encore: il faudra probablement passer des examens avant d'obtenir une place de forestier à l'étranger. Cela est dur, car, en quittant mon pays, je laisserai ici tout ce que j'aime le plus au monde.

— Vous ne savez pas encore, demanda Hermance, de quel côté vous vous dirigerez?

— Non; M **, qui me protège et cherche pour moi, m'avertira quand il aura découvert quelque chose de convenable. Dans tous les cas, je ne quitterai point le Chenalet sans vous avoir mis au courant de mes projets. J'aurai aussi, M. Carell, le papier en question à vous rendre, et ma mère à recommander à votre amitié, Hermance.

Pour peu que la conversation eût continué sur ce ton, la jeune fille aurait bien pu laisser voir ses larmes intérieures, mais son père la tira d'angoisse en parlant tout à coup de la visite d'Olympe.

— Nous attendons ma nièce demain, dit-il, pour une quinzaine de jours: c'est un joli moment pour venir à la montagne.

— Ah! Mlle Olympe vient ici, reprit Albert, que cette nouvelle parut intéresser vivement: cela me fait grand plaisir pour vous, Hermance, et aussi pour votre cousine. Je me réjouis de parler d'elle à ma mère. Elle viendra la voir, n'est-ce pas? car ma pauvre mère ne peut guère monter ici, ni quitter son magasin.

— Certainement, nous irons lui faire une visite.

— Je vous remercie de votre bonne intention. Mais voici l'heure de retourner au village. M. Julius ne

manquerait pas de nous dire qu'on entend bien
sonner l'horloge.

En effet, le tintement du marteau sur la cloche vibrait
dans tous les bois et contre les rochers des environs. On
l'entendait très nettement par la porte ouverte de la
cuisine. Léonor entrant avec un fagot pour allumer le
feu, Albert se leva, et salua comme toujours, avec politesse, mais aussi avec une certaine retenue digne et
réfléchie. Hermance paraissant se disposer à faire
quelques pas avec lui devant la maison, son père sortit
aussi avec elle et l'accompagna jusque sous les sapins.
La Léonor, ayant mis une allumette sous la ramée
sèche, vint sur le seuil et se dit à voix basse :

— Il avait bien besoin de les suivre ! Albert ne veut pas
la lui prendre de force : oui, que ne les laisserait-il seuls,
au moins un petit moment ! Ces hommes riches ont-ils
le cœur dur ! Oui, je voudrais bien savoir où il trouvera
un gendre qui nous convienne autant qu'Albert, et
encore qu'ils sont du même état l'un et l'autre !

Tout à coup une idée lui vint à l'esprit :

— Eh ! cria-t-elle : eh ! notre maître, venez vite s'il vous
plaît ?

— Pourquoi ? répondit Carell d'une voix ferme.

— Pour la clef du laitier, que vous avez dans votre
poche depuis midi.

Le forestier fouilla dans son habit, sortit la clef demandée, et, la donnant à Hermance :

— Tiens, lui dit-il, va la lui porter. Elle aurait bien pu
attendre notre retour au lieu de crier comme un aigle.

— Adieu, Hermance, dit le jeune homme ; portez-vous
bien.

— Au revoir ! répondit la jeune fille, avec un sourire
consolateur.

Rentrée dans sa cuisine, la Léonor prononça un
certain petit juron, même assez gros, qu'elle ne disait
jamais devant personne, excepté à ses deux vaches,
lorsque celles-ci se permettaient de lui donner de la

queue à travers le visage.

Carell fit encore quelques pas avec Albert. En le quittant vers la barrière, il lui dit d'un air très amical :

— Je crois, Albert, que tu ferais tout aussi bien de rester avec ta mère que d'aller chercher fortune ailleurs. Et pour en finir une fois pour toutes, je te dirai : Tâche de devenir un jour inspecteur-forestier dans notre pays. Quand tu seras arrivé là, *parle, si tu as à parler*. Jusqu'à ce moment, je ne veux pas que personne, — entends-moi bien — ni ta mère, ni même ma fille, puissent en supposer un seul mot : et je n'entends pas non plus que tu viennes souvent ici. Si tu le veux, tu le peux : le promets-tu ?

Albert réfléchit pendant quelques secondes, puis, se découvrant avec respect, il répondit :

— Avec l'aide de Dieu, je le promets.

— Voilà donc ma main, Albert ; tu vois que je t'accorde ma confiance.

— J'espère m'en rendre digne, M. Carell.

Les deux fortes mains, moins fortes pourtant que les caractères de ces deux hommes, s'étreignirent ; et Albert, le cœur dégagé, dégringola en un clin d'œil sur le Chenalet.

La Léonor, qui ne les perdait pas de vue tout en maugréant contre le vieux père, les aperçut qui se serraient la main en se quittant.

— Hoho ! pensa la *pénétreuse* de secrets, il y a du micmac là-dessous ; quelque affaire où le diable ne voit goutte, mais j'en saurai bien le court et le long avant huit jours.

Les hommes qui vivent presque toujours en présence de la nature, comme ceux qui marchent beaucoup, ont, pour ainsi dire, la parole en dedans. Penser d'une manière suivie et régulière sur un sujet, établir même des espèces de dialogues dans leur esprit avec telle ou telle personne ne les fatigue point ; tandis qu'une conversation d'une heure, à haute voix, une discussion quelconque à entendre sans y prendre une part active, rompt l'équilibre de leurs nerfs ou leur donne la migraine. — Cela est naturel. — Faites venir un professeur à la vigne, à la grange, au pré. Mettez-lui entre les mains un fossoir, un fléau, une faux tranchante. Que là, pendant une heure seulement, il soit forcé de faire son andain comme un autre, d'*accorder* tout en frappant comme un autre — d'ouvrir le sol comme un autre — et vous verrez s'il ne crie pas miséricorde quand sa tâche sera terminée. — Il en est de même pour celui qu'on transporte forcément de ses travaux de chaque jour à un genre de vie complètement différent. À chaque métier ses instruments propres, et à chaque organisme son labeur. Pour moi, ce que j'admire infiniment, je l'avoue, c'est la merveilleuse facilité de la parole chez certaines natures infatigables. Il est vrai que ces gens-là ne font guère autre chose que de parler, du matin au soir, mais pourtant je suis fatigué quand j'ai écrit six heures de suite et travaillé le reste du jour au grand soleil. Eux, tout au contraire (et les Français sont nos maîtres en ce point), plus ils ont parlé pendant la journée, plus le soir ils sont en train de causer.

Louis Carell, on l'a vu dès le début de cette histoire, Louis Carell parlait peu. Depuis longtemps, il avait pris l'habitude de réflexions intimes, que l'âge et ses courses journalières favorisaient singulièrement. Lorsqu'il rentrait chez lui le soir et que sa fille ouvrait la voie à quelque discussion religieuse ou autre, le père, malgré sa tendresse pour Hermance, coupait court à tout, en lui disant, ainsi que nous nous en souvenons : «Tais-toi, folle, et dors seulement tranquille.» — Mais le lendemain, il reprenait la question à lui tout seul, faisait parfois les demandes et les réponses, sans se dire que c'était pourtant loin d'être suffisant pour arriver à une solution acceptable par sa fille. C'est ainsi que son entretien avec Albert, lorsqu'il le trouva au milieu de ses livres et de ses cahiers, lui était souvent revenu à la pensée et avait fait marcher dans son esprit deux idées nouvelles. Le sérieux du jeune homme en lui parlant de ses convictions religieuses, l'avait forcé, en quelque sorte, à réfléchir au grand sujet que, sur la foi de ses auteurs incrédules, il repoussait sans examen contradictoire ; et encore, voyant Albert se donner à l'étude d'une science difficile, à l'âge où les jeunes hommes placés dans une situation analogue croient en savoir assez et le laissent bien voir, il s'était dit que sans doute Albert le faisait dans le but d'avoir une position plus honorable à offrir à Hermance, ou que, si c'était seulement pour se frayer un meilleur chemin, il en était certainement digne ; qu'il fallait maintenant savoir ce qu'Hermance dirait de cette décision lorsqu'elle l'apprendrait, mais que les questions sur ce point devaient venir d'elle-même. Il mûrit cette grave affaire dans son esprit jusqu'au jour où l'explication fut donnée. Et, bien qu'il parût ne pas se préoccuper de l'effet terrible que cette découverte avait produit sur sa fille, son œil exercé avait tout vu, son esprit attentif tout compris. L'air de Léonor lui apprit de même ce qui allait se passer. Les pères forestiers ont parfois de ces finesses-là ; il faut le leur pardonner quand elles n'ont rien d'astucieux, et qu'en définitive ils n'ont d'autre but que le bonheur de leurs enfants, comme c'était le cas pour Carell. Enfin, lorsqu'il vit arriver Albert le lendemain ; lorsque surtout, Hermance se disposa à faire quelques pas dans l'herbe avec le jeune homme : « Oh ! pour le coup, se dit le vieux forestier, c'est à moi de parler. » La Léonor en fut pour sa peine, y compris le juron que nul n'entendit et Albert, croyant n'emporter rien, revint chez lui avec l'espoir positif d'un avenir de bonheur. C'est ainsi que, bien souvent, se déjouent les prévisions humaines.

À l'air grave et joyeux tout à la fois de son fils, Mme Dumont comprit qu'il s'était passé quelque chose d'important à la Maison des bois. Elle essaya une question, à laquelle Albert répondit :

— Tout ira bien, ma mère, s'il plaît à Dieu, quoique
tout soit loin d'être fini pour moi. Vous aviez raison en
me conseillant de retourner chez M. Carell. Mais ne me
demandez rien de plus. Quand je pourrai parler, je vous
dirai tout. Pour le moment, de grands devoirs me sont
imposés. Priez pour moi, afin que je reçoive de Dieu les
forces nécessaires. — Demain, c'est-à-dire cette nuit
même, je pars pour Genève avec l'intention d'être de
retour de bonne heure le même jour. Que personne ne
sache où je vais. Préparez vos commissions pour Henri
et pour Jacques, si vous en avez.

— Tu ne peux pas me dire autre chose, Albert?

— Non, ma mère, pas pour aujourd'hui. Mais si pourtant, je vous annonce la visite de la cousine d'Hermance.
Olympe Normant vient, dès demain, chez M. Carell et
passera une quinzaine de jours avec eux.

Mme Dumont regarda son fils avec des yeux péné-
trants, tout pleins d'amour maternel:

— C'est bien, mon fils, lui dit-elle. Que Dieu soit avec
nous tous.

CHAPITRE XVII

Dans le reste de l'après-midi de ce dimanche, Albert fit, selon sa coutume, une petite tournée d'inspection aux environs du village. Il rapporta un charmant bouquet de fleurs printanières, qu'il arrangea lui-même aussi bien qu'il sut, et, quand Léonor passa le soir devant chez eux, en revenant de la laiterie, il lui demanda si elle voudrait lui faire un grand plaisir.

— Oh ! Pour ça, oui, Albert, vous pouvez en être sûr.

— Ce serait de placer un bouquet, que j'ai là, sur la fenêtre d'Hermance, de façon à ce qu'elle le trouve demain matin.

— Rien de plus facile. J'irai fermer les contrevents ce soir, à la nuit, et je mettrai le bouquet.

— Je vais donc le chercher, mais vous ne direz pas d'où il vient. Où le mettrez-vous pour qu'on ne le voie pas ? dit-il en l'apportant.

— Dans mon bidon, que j'ai rincé à la fontaine.

— Parfaitement.

— Là !... dit la brave domestique ; comme ça, il ne risque pas de se froisser. Le papier a-t-il au moins une bonne épingle ? — Oui, ça ne se dérangera pas. Voyez-vous, Albert, quand les choses sont bien arrangées, ça vaut toujours mieux. Ce qu'on se promet sur la main est plus sûr qu'une simple parole. Notre maître cite souvent ce proverbe aux gens qui viennent lui payer des intérêts et, quand il leur a touché dans la main, on peut être sûr qu'il ne retourne pas en arrière de ce qu'il a promis.

— J'ai toujours reconnu M. Carell pour un homme de parole, répondit Albert.

— Moi aussi, dit la vieille fille en le regardant: oh, oui! moi aussi. On vous reverra bientôt chez nous?

— Je ne puis pas dire le jour, Léonor; vous savez que je suis très occupé.

— Pst! c'est bon: je vois clair, allez! quand même il me semble parfois que mes yeux s'en vont. Bonsoir Albert; votre commission sera faite.

Ainsi disant, la Léonor partit. Albert ne tarda pas à dormir. À minuit, il se leva. Les douze coups se répétaient à l'horloge favorite de Julius Bagal, qui sans doute eût bien voulu les entendre, même de son lit. Mais l'adjudant dormait. Peut-être, en son rêve, allait-il d'un peloton à l'autre, alignant les guides sur le front du bataillon, en attendant le commandement général de *Marche*!

Albert, en ce moment, descend à la plaine, obliquant à droite, par les sentiers bien connus des gardes-forêts.

C'était une de ces belles nuits, douces et sereines, qui ne sont troublées que par la brise du matin. Ce vent bienfaisant descend de la montagne un peu avant le lever du soleil; il apporte avec lui les émanations plus fraîches des hautes croupes et des forêts, les verse avec amour sur les arbres dont il agite le feuillage, sur les prairies qu'il fait onduler, et va mourir sur le lac, à peu de distance de la rive. Alors les oiseaux s'éveillent dans le Jura. Le rouge-gorge est un des premiers à faire entendre son léger gazouillis dans quelque branche touffue. Puis viennent les grives des bois: l'une, c'est la draine, fait résonner au loin sa chanson un peu sauvage. Les autres chantent par troupes réunies, et celles-ci exécutent de véritables concerts: ce sont les *musiciennes*. La fauvette à tête noire y ajoute ses notes éclatantes. Au plus haut d'un sapin, le merle siffle un soprano retentissant. Et le coucou volage passe d'un bois à l'autre en laissant tomber son chant bizarre, effroi des cœurs fidèles parmi les petits oiseaux. À la plaine, la huppe annonce une saison chaude, tantôt ici, tantôt là, sans se laisser voir des passants.

Albert chemine d'un pas ferme, allongé, qui dévore les distances. Il a déjà laissé derrière lui un vieux manoir de chétive apparence en ce temps-là, mais qui, depuis lors, s'est couvert de lierres magnifiques, a élargi ses abords, percé ses murs d'ouvertures heureusement ménagées, s'est entouré de fleurs, a vu jaillir de fraîches fontaines et s'est comme transformé sous la volonté intelligente de ses possesseurs.

Plus loin, c'est une ancienne abbaye adossée à de profondes forêts. Sa façade blanche, son petit clocher se voient de loin. L'horloge de ce dernier ferait les délices de notre ami Julius, car elle résonne dans toute la contrée. Ici, le climat est sensiblement moins chaud qu'à Loisy ; la vigne y est étrangère en pleine campagne, mais une longue suite de champs plantureux attirent l'attention du piéton matinal. Peu à peu Albert se rapproche du lac ; enfin, vers les six heures, il arriva à la cité genevoise, du côté *de Suisse*, comme on dit encore aujourd'hui.

En 1838, il fallait entrer par la porte de Cornavin. Là les voitures, les omnibus, les charrettes s'arrêtaient pour répondre à la question ordinaire des employés de l'octroi :

— Quelque chose à déclarer ? pas de vin, de salé de porc, jambon, saucisson ?

Et l'on passait outre.

Aujourd'hui, la gare aux marchandises fait son office, et Cornavin est démoli. Beaucoup d'autres choses ont aussi subi ce dernier sort. Si l'on a fait de Genève une grande ville qui deviendra toujours plus belle, il est positif que, pour le moment du moins, son caractère comme cité suisse a plutôt perdu que gagné à cette immense transformation. Il faut marcher avec le siècle, nous dit-on de toutes parts. Eh! sans doute, marchons : seulement, que le siècle ne fasse pas lui-même fausse route ; et certes il ne montre pas encore à ses enfants l'eldorado qu'il leur promet depuis soixante-quatre ans[17].

Albert ne se livra pas à des pensées de cet ordre en arpentant le pavé des rues. Comme il avait une faim solide, il entra dans un restaurant où il se fit servir un bon déjeuner de chocolat et de petits pains chauds. Ainsi réconforté, il descendit au magasin de son frère Henri.

Celui-ci fut bien étonné de le voir de si bonne heure, les souliers couverts de poussière et le bâton montagnard à la main. Quand ils se furent salués, Albert demanda au chef de la maison s'il pouvait accorder un congé d'une heure à son frère, pour des affaires de famille qu'ils avaient à traiter ensemble. — Comme Henri Dumont ne s'absentait jamais de sa propre autorité, la permission fut donnée à l'instant même. — Les deux frères sortirent du magasin et allèrent s'asseoir dans l'île des Barques. Là, sans fausser la parole donnée à M. Carell, Albert fit comprendre à Henri que, devant s'éloigner du Chenalet pour plusieurs années peut-être, il fallait absolument que ce dernier vint le remplacer auprès de leur mère. Il tâcherait de lui faire obtenir sa place de forestier, et... mais nous verrons cela plus loin.

Pour le moment, contentons-nous de savoir que le second fils de Mme Dumont est moins grand que l'aîné ; bien de figure, actif, poli, d'une conversation agréable. Il a vingt-six ans. Comme Albert, il est resté fidèle aux enseignements de sa mère. Son livret de la caisse d'épargne porte le N° 3742, et le chiffre de ses économies est de 2400 fr., outre l'intérêt courant de l'année. Ce résultat lui fait honneur, car Henri Dumont n'a de traitement fixe que depuis six ans, et il a dû s'entretenir de tout. — En réponse aux propositions de son frère, il

---

17 - Ces lignes sur Genève ont été écrites six mois avant les événements du 22 août 1864.

dit qu'il viendra au Chenalet samedi au soir pour y passer le dimanche et revenir à son poste le lundi matin. — Les deux frères s'embrassent et se quittent, l'un pour retourner à son magasin ; l'autre pour aller dire un petit bonjour à Jacques, rue Basse des Allemands. — À huit heures et demie, Albert monte sur un bateau à vapeur ; à dix, il débarque à Nyon ; avant une heure du soir il est au Chenalet, assez fatigué sans doute, mais se disposant, quand il aura dîné et dormi ensuite pendant quelques instants, à faire encore une tournée dans les alpages où les vaches ont dû arriver le matin. Ô forte jeunesse ! que tu es belle, lorsque tu fais un bon emploi de cette puissance inconnue à l'enfant, et qui, chez le vieillard, n'est souvent plus qu'un souvenir douloureux ! Lorsque toutes choses seront rétablies dans l'économie future, quel bonheur, pour le chrétien ressuscité, de vivre dans la plénitude de facultés immortelles, employées à la gloire du Seigneur et à la joie de tous les enfants de Dieu ! Mais souvenons-nous que c'est par beaucoup d'afflictions qu'on entre au royaume céleste. Y parvenir sans avoir combattu ici-bas, sans avoir souffert, ce n'est le partage de personne. Jésus est le premier en tout, pour la souffrance comme pour la gloire. Il nous a laissé un divin modèle. Heureux le disciple capable de suivre son Maître pas à pas !

Olympe était arrivée comme elle avait dit. Hermance l'attendait déjà au chemin creux, avant l'heure fixée. Les vaches montaient, montaient en troupeaux qui, se détachant de la route principale, entraient sur leurs alpages respectifs par cinquante sentiers différents. Chaque propriétaire conduisait les siennes, ainsi qu'il venait les chercher à la descente en automne. Joyeuses, hardies, elles faisaient résonner leurs antiques gros *toupins*[18] dont les sons bourdonnants se mêlaient au bruit plus argentin de la sonnerie moderne.

---

18 - [NdÉ] Cloche à vache à forme bombée, généralement en tôle d'acier.

Luc, ne pouvant quitter ses bêtes, remit à Olympe
son panier et salua la cousine Hermance d'un air qui
voulait dire : « Hé, hé ! vous comprenez... ; j'ai mon
affaire, tout marche à souhait ; c'est votre faute cousine,
si... vous comprenez... »

Olympe n'en pouvait plus de fatigue. — Que cette
route est longue ! longue, ma chère Hermance ! Mais
enfin, nous voici chez toi.

Comme elles s'embrassèrent, les deux amies ! Elles se
regardèrent et de nouveau s'embrassèrent encore. Il y
avait du thé tout prêt, des confitures, du beurre et du
pain comme Olympe n'en avait pas encore vu : léger,
très blanc, la croûte dorée, tendre et croquante à la fois.

— Mais, je t'en prie, dit l'habitante de la plaine, où
faites-vous moudre votre blé pour avoir de si belle
farine ?

— Chère Olympe, nous n'avons pas de blé ici ; nous
ne récoltons que de l'orge et de l'avoine pour nos
vaches, nos poules, nos chèvres et nos moutons. La
farine que nous employons vient des meuneries fran-
çaises ; elle fait du pain superbe comme tu vois.

— Est-ce toi qui l'as pétri ?

— Oui, sans doute, qui serait-ce ?

— Tu me montreras, n'est-ce pas ? Chez nous, c'est
Luc qui pétrit et je tourne seulement la pâte avant
d'enfourner. — Ah ! ma chère Hermance, que j'étais
donc fatiguée, en arrivant ! Mais me voilà déjà toute
remise et prête à courir les bois avec toi ; c'est étonnant
comme le bon air qu'on a ici redonne vite des forces,
surtout après une tasse de ton excellent thé.

— Bonjour, Léonor ! Comment cela va-t-il ? dit-elle à
la servante, qui entrait. Avez-vous passé un bon hiver ?

— Merci, Mlle Olympe, vous êtes bien aimable d'être
venue nous voir. Oh ! oui, je me porte bien, Dieu merci.
L'hiver, l'été, le printemps ou l'automne, ça m'est tout
égal. Et votre mère est bien ? le père ? le frère ?

— Oui ; ils m'ont tous chargée de vous saluer.

— Voilà un beau jour pour la montée des vaches; était-ce joli sur la route?

— Très joli, mais le chemin est bien long.

— Long! c'est une affaire de rien. On monte en moins de deux heures, dès qu'on est dans les bois.

— Vois-tu, Olympe, dit Hermance, c'est que Léonor est une vraie montagnarde, et même mieux que cela, car c'est une bonne amie qui m'a presque vue naître.

— Comme tu dis: presque. Tu n'avais que trois ans quand je vins ici pour la première fois.

— À propos, Léonor, merci pour le bouquet trouvé sur ma fenêtre: il est charmant. Je suis bien reconnaissante de ton aimable attention. Il n'y a que toi qui sois capable de penser à ces choses, aussi veux-je t'embrasser pour ce joli bouquet.

La Léonor accepta bien les deux baisers de sa maîtresse, après quoi elle lui dit à l'oreille:

— Ce n'est pas moi qui t'ai donné le bouquet, mais ça ne fait rien, tu peux bien m'embrasser pour le jour de ta fête. — L'Hermance a aujourd'hui vingt-trois ans, Mlle Olympe, c'était bien le moins que je lui misse un bouquet sur sa fenêtre, reprit-elle à haute voix.

— Alors, chère, il faut que je t'embrasse encore une fois et que je te dise tous mes voeux pour que Dieu te rende vraiment heureuse.

— Oh que oui! allez seulement, *cousine* Olympe, elle a tout pour être heureuse, notre Hermance.

Là-dessus, la vieille bonne quitta les jeunes filles, qui montèrent dans leurs chambres pour les voir, d'abord, et se dire ensuite beaucoup de choses dont nous n'avons pas à nous occuper. Hermance engagea sa cousine à se reposer sur un moelleux canapé rouge, aux coussins rebondis; et même si Olympe pouvait dormir, ne fût-ce qu'une demi-heure, cela lui ferait grand bien, après une si longue marche par un soleil déjà très chaud. Laissant donc sa cousine seule, Hermance retourna aux soins de son dîner, après quoi elle courut au plantage pour demander à Léonor l'explication dont elle avait besoin.

Dès que celle-ci la vit venir, elle sourit et lui cria de loin :

— Non, non, je t'ai déjà dit que ce n'est pas moi.

— Et qui donc ?

— Tu ne te fâcheras pas ?

— Je te le promets.

— Eh bien, c'est Constant de *la Patrie*.

Le visage d'Hermance se contracta.

— Oui, oui, reprit Léonor, c'est bien *Constant*, qui s'appelle aussi Albert. Il me l'a donné hier au soir pour le mettre où tu l'as trouvé ce matin. — Ce dit maître Albert est un rusé compère, je lui arracherai son secret, va seulement !

— Je ne te comprends pas, Léonor : quel secret ?

— Tu veux donc me faire croire aussi que tu ne sais rien, toi ? Vous serez alors tous les trois contre moi ! Eh bien, ma chère, dit-elle en abandonnant son sarcloir et mettant ses poings sur les hanches — eh bien, j'ai vu Albert qui a ôté son chapeau en quittant ton père au bas du pré, et tous les deux se sont serré la main en se quittant, comme deux amis qui sont bien d'accord. Et tu sais que ton père ne fait cela que lorsqu'il décide quelque chose. À présent, feras-tu encore la sourde oreille ?

— Ma chère Léonor, je ne savais rien de tout cela : tu sais que je dis la vérité.

— Eh bien, moi, je l'ai vu, et je te dis que nous en verrons bien d'autres avant qu'il soit longtemps. Et tant mieux pour toi, ma chère enfant, car je t'aime plus que tu ne penses, quand même tu m'as tant tourmentée l'autre jour avec tes yeux gonflés et tout rouges. À présent, va-t'en vers l'Olympe, qui n'est pas aussi... grande que toi, mais toujours aussi charmante. Adieu, ma rose, laisse-moi travailler.

« Se serait-il donc passé quelque chose ? pensait Hermance en revenant à la maison. Il est étonnant que mon père ne m'en ait rien dit hier au soir. Ce matin, il est parti avant que je fusse levée. Mais il faudra que j'aie la clef de ce mystère, hélas! il ne s'agit peut-être ici que d'une affaire de forestiers.» Cependant, tout heureuse à la pensée d'avoir retrouvé le cœur d'Albert toujours le même, elle remercia Dieu en son âme, et attendit le moment où sa cousine descendrait pour lui montrer la maison en détail et les grands sapins d'où la vue était si belle.

CHAPITRE XVIII

près avoir pris leur modeste repas de midi et bien causé dans la chambre d'Hermance, celle-ci montra à sa cousine quelques-uns des nombreux objets de toilette qu'une jeune fille riche possède toujours, même à la montagne. Les bijoux sont, en général, au premier rang, comme objets de valeur et plus rares que les autres. Hermance avait déjà ceux de sa mère : collier d'or à boucles massives, bagues, agrafe de ceinture en argent ciselé, etc. ; après cela, venaient les petits coffrets en bois marqueté de clous d'acier ; une grande cassette à ouvrage ; des livres ; de superbes dentelles, des cols, des fichus, des mouchoirs. Hermance déplia aussi un paquet léger, d'où s'échappa une odeur musquée, et qui laissa voir un tour de cou avec des poignets en fourrure superbe, d'un brun jaunâtre. En secouant un peu ces derniers objets, ils doublèrent à l'instant de volume, tant leur tissu naturel était souple, épais et moelleux.

— Je n'ai jamais vu d'aussi belle fourrure, dit Olympe ; quel en est le nom ?

— C'est de la marte des bois, mais tuée dans la meilleure saison. On ne la trouve pas souvent en cet état dans nos montagnes, où elle devient de plus en plus rare. Cela se vend fort cher, même non travaillé.

— C'est ton père qui t'a fait ce joli présent ?

— Non, c'est Albert Dumont. Il me l'a offert le premier

janvier. Je n'ai pu le refuser, parce que j'avais fait la sottise de lui donner une boîte à mettre les capsules au fusil, comme celle de mon père. Ce dernier m'a autorisée, du reste, à accepter le présent, dont je ne me suis pas encore servie.

— Pourquoi ne l'avoir pas porté l'hiver dernier?

— On l'aurait trop remarqué dans le village. D'ailleurs, je ne suis presque pas sortie de la maison, et Albert, depuis deux mois, n'est venu ici qu'une seule fois, hier dans l'après-midi.

— C'est bien étrange! D'après ce que tu m'avais écrit de son empressement à vous rendre service en automne, je m'étais attendue, au contraire, à ce qu'il aurait fait bien du chemin depuis lors.

— J'ai parfois le sentiment que je m'y suis mal prise avec lui, et cela me fait souffrir. Comme c'est ma faute, je ne dois en accuser personne. Je t'ai dit aussi que je ne puis songer à rien de ce côté-là, tant que les dispositions bien connues de mon père sont les mêmes à l'égard d'Albert. Depuis quelques jours, on dirait qu'il se fait un rapprochement entre eux. — Mais tu seras heureuse d'apprendre que mon cher père a fait des progrès religieux. Il ne tranche plus sur les croyances chrétiennes, comme il le faisait autrefois. Hier, par exemple, il a dit devant Albert qu'il voit dans l'Évangile des choses dont il ne peut absolument se passer.

En écoutant ces dernières paroles, Olympe entoura doucement sa cousine d'un de ses bras, et, l'attirant à elle, lui dit avec tendresse:

— Et toi, chérie, es-tu aussi plus heureuse dans ton âme?

— Il y a des jours où il me semble qu'oui: je puis alors prier, tout remettre à mon Père céleste et attendre en paix sa volonté. D'autres fois, je me laisse aller à la crainte, au découragement, à une profonde inquiétude; je vois tout en noir. Et comprends-tu que je puisse, avec cela, être parfois d'une gaîté folle? Oh! je suis une sotte personne. J'ai bien besoin de toi, Olympe, pour me gronder, pour me dire ce que je dois faire.

— Il faut être simple, Hermance, et prier. Ce que tu me dis des nouvelles dispositions religieuses de ton père est déjà un exaucement de Dieu, un immense bonheur dont tu dois être heureuse et reconnaissante. Pour le reste, tout s'éclaircira. Tu n'as pas de craintes sérieuses pour Albert Dumont?

— Depuis que je l'ai revu, non. Mais je te dis encore que je pense m'y être mal prise avec lui, bien souvent. Enfin, n'en parlons plus : voilà son bouquet ; il est encore frais malgré la chaleur.

— C'est donc lui qui l'a donné à Léonor pour toi, je le pensais bien. Allons, allons, ma chère ; prends courage et mets ta confiance en Dieu.

— Combien je suis contente de t'avoir ici, Olympe! Descendons maintenant ; voici mon père qui revient.

L'oncle Carell reçut avec amitié sa nièce, s'informa en détail des nouvelles de tous, parla du projet de mariage de Luc, enfin il fut aimable et causa beaucoup plus que de coutume. Il raconta qu'il avait rencontré toutes sortes de gens dans les alpages d'où il venait ; que les vaches trouveraient de l'herbe en abondance, la saison s'étant bien avancée depuis huit jours. Luc et lui s'étaient aperçus de loin, mais sans pouvoir se parler. Olympe, qui connaissait à peine son oncle, fut frappée de son air affectueux et en même temps réfléchi. S'il y avait en lui une sorte d'autorité despotique, on voyait tout de suite que ce défaut de caractère était tempéré par une bonté véritable. Il accusait Albert de prendre avec lui des airs de prince, sans se douter que lui-même pouvait donner l'idée d'un monarque en miniature. Ses paroles brèves, son regard perçant, son port élevé, si droit et si ferme, sa démarche lente et mesurée, tout accusait en Louis Carell l'homme fort, qui sait commander et vouloir. Mais cela changeait lorsque, gravissant les pentes rocheuses ou s'enfonçant tout seul dans les bois épais, sa pensée se concentrait sur des sujets dont la solution est interdite è l'esprit de l'homme. On aurait dit alors un philosophe rustique, assez mal renseigné sur les choses réelles de la vie, tandis que, la veille peut-être, il avait remis quinze cents francs à son notaire pour les lui placer en première hypothèque au cinq pour cent.

Dans la soirée de ce premier jour, au moment où il allait se retirer, il dit à Olympe, qui ne s'y attendait guère :

— Ma chère nièce, pendant votre séjour ici, j'espère que vous ne changerez rien à vos habitudes religieuses. Hermance m'a dit que vous faites une lecture dans la Bible, de temps en temps, en famille. Voulez-vous, si vous n'êtes pas trop fatiguée ce soir, nous en lire un chapitre ?

— Avec grand plaisir, mon oncle.

— Hermance, donne la Bible de ta mère, veux-tu, mon enfant ? — Puis, il appela Léonor à la cuisine.

— Que voulez-vous ? dit la servante en entrant.

— Restez là un moment pendant que ma nièce lira quelques versets. Vous en profiterez.

Léonor regarda son maître pour bien s'assurer qu'il ne plaisantait pas. Comme elle lui vit son air calme et grave, elle s'assit en silence et pensa : « Décidément, la terre tourne de l'autre côté ; ceci est du nouveau tout pur. » Toutefois, comme il s'agissait des saintes Écritures, Léonor ne poussa pas plus loin son petit monologue intérieur.

Olympe ouvrit le volume en priant Dieu de bénir ce qu'elle en lirait. Sa main trouva facilement le dernier chapitre adressé à l'Église des Philippiens :

« Réjouissez-vous en notre Seigneur ; je vous le dis encore, réjouissez-vous. Que votre douceur soit connue de tous les hommes. Le Seigneur est proche. Ne vous inquiétez de rien, mais en toute chose faites connaître vos demandes à Dieu, par la prière et la supplication,

avec des actions de grâces ; et la paix de Dieu, laquelle
surpasse toute intelligence, gardera vos cœurs et vos
pensées en Jésus-Christ. — Au reste, mes frères, que
toutes les choses qui sont véritables, toutes les choses
honnêtes, toutes les choses justes, toutes les choses
pures, toutes les choses aimables, toutes les choses de
bonne réputation, où il y a quelque vertu et quelque
louange, que toutes ces choses occupent vos pensées.
Faites-les, et le Dieu de paix sera avec vous. »

— Je vous remercie, ma nièce, dit Carell. Ce sont là
d'excellents conseils, que tout homme ferait bien de
suivre. Mettez, s'il vous plaît, le signet à la page que
vous avez lue. Je serai bien aise de la relire un autre
jour. Qui est-ce qui a écrit cela ?

— C'est l'apôtre Saint-Paul.

— Cela m'étonne, car ces pensées sont fort simples,
à la portée de tous. Ce Paul passe, en général, pour un
visionnaire, un enthousiaste, un exalté qui a dit des
choses bien étranges, qu'un homme raisonnable ne
peut accepter.

— Il a traité, répondit Olympe avec une respectueuse
assurance, des sujets profonds, difficiles à entendre par
nous autres chrétiens peu spirituels et d'une instruction
très bornée. Mais il n'y a peut-être pas de plus belle vie
d'homme que celle de ce fervent disciple du Sauveur.

— C'est encore possible, dit Carell. — Bonne nuit,
mes chères filles. — Léonor, il faudrait graisser mes
souliers ; les rosées sont abondantes. Dis-moi donc,
Hermance, si vous veniez avec moi demain matin à la
Grand'Ennaz ? C'est un des beaux endroits de nos environs, et peut-être que cette promenade ferait plaisir à
Olympe ? Je vous attendrai jusqu'à sept heures. Vous
saurez bien revenir seules, qu'en dites-vous ?

— Je serai charmée de faire cette course, mon oncle,
pourvu que ce ne soit pas trop long.

— Non, ce n'est pas loin d'ici, dit Hermance, une
heure pour aller et autant pour revenir. On monte peu.

Cela te donnera une idée du pays qui nous entoure. Puisque mon père va de ce côté, profitons de cette bonne occasion.

Le lendemain après le déjeuner, le forestier et ses deux filles, comme il les appelait, partirent donc pour la montagne de la Grand'Ennaz. Complètement remise de la fatigue du jour précédent, Olympe suivait très bien sa cousine, dont le pied montagnard, quoique petit et d'une forme gracieuse, se posait avec une sûreté parfaite dans tous les endroits difficiles. On gravit d'abord une côte boisée assez roide, du côté du nord. De là, on descendit une pente moins rapide, où de grands sapins effilés, presque sans branches excepté à leur sommet, balançaient lentement leurs têtes en se touchant les uns les autres à de prodigieuses hauteurs. En sortant de là, on traversa des pâturages couverts de bestiaux, qui mangeaient la première pointe d'une herbe fraîche et délicate. On entra de nouveau dans les bois, pour descendre au fond d'une vallée où l'on trouve un chemin à char bien entretenu et tout uni. À droite, sur de vastes pentes gazonnées, on voyait de nombreux troupeaux autour des chalets. La route montait, contournant le flanc des collines. Elle conduisit nos promeneurs sur un plateau intérieur, bordé à grande distance, au nord et à l'est, par des croupes élevées, garnies de sapins dont les orées, d'un vert presque noir, tranchaient partout sur la couleur tendre du gazon. À l'ouest, sur des sommités rocheuses brillaient de maigres et rares chalets. On ne vient ici avec les troupeaux que pour huit ou quinze jours, lorsque la chaleur est intense ; et surtout lorsque les taons, qui préfèrent le voisinage des bois humides, ne suivent pas les vaches dans les espaces nus où darde le soleil sans qu'aucune ombre en amortisse les rayons. Mais les nuits y sont fraîches, les soirées bonnes. Dans le milieu du jour, le bétail monte en colonne serrée au plus haut sommet et s'y tient immobile. Entre ces lieux qui, vus de loin, paraissent d'une stérilité misérable, et les Grandes Joux noires qui ferment toute vue sur le bas pays de l'autre côté, est donc le plateau dont nous avons parlé. Ce sont des ondulations gazonnées, avec des bouquets de sapins semés çà et là. Parfois le couronnement d'une colline est occupé en entier par une forêt, dont les arbres clairsemés invitent les troupeaux à y paître durant les ondées ou à s'y réfugier pendant les orages. Les chalets sont bien placés, commodes et propres Lorsque toutes ces pentes et contrepentes sont couvertes de bestiaux, que le ciel est d'un bleu pur, l'herbe nouvelle et les bois dans leur parure d'été, c'est un endroit charmant. On y respire la fraîche vie. Le monde est si loin d'ici que c'est comme s'il n'existait pas. — Au midi, la vue plane sur des vallées plus basses, remplies de sapins dont les émanations résineuses sont apportées sur l'aile des vents.

La Grand'Ennaz, située au milieu de ce petit coin de pays si frais, est un alpage qui nourrit un troupeau considérable pendant toute la saison de montagne. Les pâturages, divisés en deux grandes zones, celle du levant et celle du couchant, sont séparés au milieu par une longue muraille sèche. Un chalet ouvrant des deux côtés dessert la ferme tout entière. À cinquante pas de la maison est une colline boisée.

Ici viennent souvent, durant les beaux jours d'été, des jeunes gens de la plaine. On y trouve toujours la crème épaisse, pourvu qu'on n'arrive pas lorsque le beurre est frappé, ou les baquets vidés dans la chaudière. Le matin et le soir, les amateurs de lait chaud peuvent s'en régaler. Pour moi, je préfère le pain tendre et le fromage vieux, ainsi que la grosse bouteille de vin rouge, avec le verre qu'on se passe de l'un à l'autre. Après quoi, l'on s'étend sur l'herbe ; on prend une pierre pour oreiller et l'on fait là un petit somme si doux, si profond que, lorsqu'on se réveille, on est tout étonné de se trouver en compagnie d'une dizaine de vaches mangeant l'herbe à deux pas de votre nez et regardant le dormeur avec une bonhomie parfaite.

Carell fit apporter de la crème à ses jeunes compagnes, mais elles n'en prirent que fort peu, sachant que le laitage gras est une nourriture facilement indigeste quand on a marché et qu'on doit marcher encore. Bientôt il les quitta pour continuer son inspection vigilante au sein des forêts, mais non sans leur avoir recommandé de suivre la même route que celle qu'ils avaient prise en venant ici et de rentrer pour midi à la maison.

Il était parti depuis une demi-heure, lorsqu'un bruit de pas se fit entendre comme sortant du sol, à quelque distance de la place qu'elles occupaient. Assises sur le gazon, avec le mur de séparation derrière, elles ne virent personne dans leur voisinage. Mais bientôt un saut hardi par-dessus la muraille leur apprit qu'un homme venait de la franchir. Effrayées, elles se levèrent subitement et se retournèrent. C'était Albert. Ne les sachant point là, sa bonne étoile l'avait amené en ligne directe à côté d'elles. Quelle puissante loi que celle des attractions ! Enfin, c'était lui en personne. Sans cravate, un habillement léger mais propre, et son petit chapeau de chasseur orné de plumes diverses sous le ruban. — Il se confondit en excuses de ce que, sautant par-dessus le mur, il avait pu ainsi leur causer de l'émotion. On lui pardonna bien vite et même on lui offrit du pain et du vin qu'on avait apportés. Il n'eut garde de refuser. Certes, boire dans le même verre qu'Hermance, et dévorer ce pain qu'elle avait pétri, ce sont de ces choses que les Albert de tous les temps et de toutes les conditions acceptent avec un empressement remarquable. Le nôtre y fit honneur, remercia beaucoup et causa avec un entrain qu'Hermance ne lui connaissait pas à ce point-là. C'est qu'il était heureux de cette double rencontre, le brave garçon. N'avait-il pas la parole du père et, ce qui valait mieux encore, l'espoir du côté d'Hermance ? Bref, il fut charmant, sans rien de

trop familier, ni dans l'expression, ni dans les manières.
Lui, si sombre il y avait quatre jours à peine, on l'aurait
cru sorti d'un monde nouveau.

— Est-ce que vous attendez votre père ici ? demanda-
t-il à Hermance.

— Non, mon père est parti. Je connais le chemin ;
nous retournerons très bien sans lui.

— Seules ! quand je suis là pour vous accompagner !
Non, non, je vais avec vous et vous conduirai dans les
bois, à l'ombre, tout le long si vous le voulez.

— Non, Albert, mon père nous a recommandé de
revenir par la même route que ce matin.

— Vous me permettrez d'y marcher avec vous ; je ne
puis absolument vous sentir seules dans ces montagnes
écartées. Il y a des taureaux méchants au Praznorviz, où
il faut passer. — Hermance, je ne dois pas vous quitter ;
c'est mon devoir, puisque je retourne à la maison. —
Mlle Olympe, n'est-ce pas ? Vous me permettez de vous
montrer au moins le chemin ? — Je marcherai tout seul
devant, à quelque distance, si vous l'ordonnez ; ou en
arrière, comme vous voudrez, Hermance. Mais je veux
vous voir en sûreté, d'ici au Chenalet. Votre père m'ap-
prouvera, j'en suis certain, dit-il en la regardant avec
bonheur. Et puis, qui sait même si la fantaisie de
commettre un délit forestier ne vous prendrait pas en
route ? Je suis responsable : ainsi, c'est tout dit.

— Puisqu'il y a des taureaux, dit Olympe, je serai bien
aise que M. Albert nous protège.

— Nigaude ! reprit Hermance en haussant les épaules,
que veux-tu que ces taureaux nous fassent ? Mais enfin,
si Albert ne se fie pas à nous pour traverser les bois,
qu'il vienne. Et là-dessus, partons.

— Donnez-moi ce panier, dit Albert, s'il vous plaît, les
châles ; tout ; il me faut tout, afin que vous soyez plus à
votre aise.

Bon gré mal gré, il voulut tout porter. Au reste, c'était
peu de chose. Mais, à la montagne et dans le milieu du

jour en cette saison, le moindre objet devient vite incommode. Le soleil ayant chauffé les gazons depuis le matin dans les pentes rapides par lesquelles descendaient les jeunes filles, et Olympe ayant risqué deux ou trois fois de glisser, Albert lui dit:

— Agissons simplement, mademoiselle: prenez mon bras jusqu'au bas et soyez sans crainte. Je vois que votre cousine est ici sur son terrain mieux que vous, c'est pourquoi je la laisse marcher seule, mais si je suspendais ce panier à mon cou sur le dos, je pourrais la prier d'accepter mon bras droit, pour peu qu'il puisse lui être utile.

— Albert, dit Hermance, passez-moi le panier et vous me donnerez aussi le bras, car je commence à glisser.

— Vous voyez donc bien que je n'étais pas de trop dans le voyage, répondit-il, pendant que son cœur bondissait en sentant le bras d'Hermance s'appuyer fortement sur le sien, dans les endroits difficiles.

Arrivés au bas sains et sauf:

— Merci, lui dirent-elles en même temps l'une et l'autre.

Puis chacun reprit son allure individuelle. Mais Albert se trouvait déjà suffisamment récompensé d'un service qui, au fond, était la plus douce joie qu'il eût éprouvée depuis longtemps. En les quittant non loin de la Maison des bois, il laissa bien voir à Hermance son bonheur d'avoir pu les accompagner.

— N'était-ce pas la chose du monde la plus naturelle de ma part? lui dit-il, pendant qu'Olympe faisait quelques pas seule, en avant, par discrétion.

— Pour ma cousine, oui; pour moi, ce n'était pas nécessaire, monsieur le forestier, ajouta-t-elle en appuyant sur ces trois mots. Je vous remercie pourtant du bouquet trouvé sur ma fenêtre. — Mais pourquoi voulez-vous quitter votre mère, Albert? cela n'est pas bien.

— Pourquoi, Hermance? hélas! parce qu'il le faut. Je

vous dirai tout quelque jour. Mais amenez donc votre cousine à ma mère.

— Oui, demain, ou enfin, pendant la semaine, nous irons la voir.

— Merci ; au revoir donc ! — Adieu, Mlle Olympe !

Celle-ci salua, et Hermance, revenue presque à son ancienne taquinerie, ne répondit au revoir d'Albert que par le mot si gracieux dans sa bouche, bien que le dictionnaire en proscrive l'usage en pareil cas :

— Bonjour !

CHAPITRE XIX

À la montagne, la pluie est une triste chose pour nous autres gens des bords du lac. Car enfin, nous n'allons pas grimper si haut pour ne pouvoir sortir des maisons ou pour nous mettre à l'abri sous les sapins. Je me souviens de quelques journées passées ainsi dans un hôtel du Val d'Illiez, à voir tomber, de demi-heure en demi-heure, une forte ondée blanche ont les grosses gouttes tièdes descendaient verticalement du ciel et laissaient voir, au travers de leur colonne semi-transparente, l'altière Dent du Midi, qui se moquait joliment de nous. Que faire là-haut par un temps semblable ? Heureux encore, lorsque le brouillard ne vient pas s'établir juste au-dessus des maisons, ou un vent terrible crier et tempêter dans la vallée.

Le lendemain de ce joli retour de la Grand'Ennaz à la Maison des bois, le temps se gâta. Déjà dans la soirée, les contrevents non arrêtés à leurs crochets se mirent à frapper contre les murs et dans les battues des fenêtres ; le grand sapin blanc fit entendre de sourds mugissements. Pendant la nuit, une pluie menue et assez fournie fut chassée dans les gorges voisines. Au matin, le village était dans la brume : toutes les hauteurs étaient voilées. C'est alors que l'habitant forain sent l'isolement. Il serait plus pénible d'être malade quand la nature est si triste, plus dur encore de

mourir, pour celui qui ne peut pas dire en son âme :
Tout est bien ; je sais en qui j'ai cru ; Jésus est puissant
pour me garder au mauvais jour et durant la tempête.
— Le malade a besoin de lumière, de chaleur, de soleil.
Dans le Jura, la température s'abaisse vite, si la pluie
dure quelques jours. Dans les Alpes, sur les versants
tournés au midi, les averses n'ont pas ce caractère
âpre des nôtres ; elles sont fort ennuyeuses, j'en
conviens, mais plus supportables que nos jours nébu-
leux, pour les poitrines délicates ou fatiguées.

Le temps devint donc très vilain dans la contrée du
Chenalet, dès le mercredi matin. Force fut de ne point
quitter la maison. Hermance fit même du feu dans la
chambre d'Olympe, et là les deux cousines ne furent
pas encore si malheureuses. La Léonor n'ayant plus ses
vaches à soigner et ne pouvant pas travailler au jardin,
encore moins au plantage, se mit à faire une revue dans
son département : enlever les araignées de la grange,
balayer les planchers du fenil pour qu'ils fussent prêts à
recevoir la récolte prochaine, nettoyer le poulailler,
l'étable d'un bout à l'autre. De temps en temps elle
venait sur la porte, et, voyant passer les nuages avec
une grande rapidité sur les maisons du Chenalet, elle ne
pouvait s'empêcher de dire : « Ouaih ! le vilain temps ! le
sot chien de temps ! »

M. Carell, de son côté, mettait ses livres de comptes
en règle, donnait un coup d'œil à la date de ses
créances, pour voir si tel ou tel titre n'était pas échu ou
ne devait pas, en tout cas, être reconnu de nouveau par
le débiteur. Il écrivait une lettre à l'un de ceux-ci, plus en
retard que d'autres. Ou bien, prenant un livre qu'il
ouvrait parfois machinalement, il aurait lu pendant des
heures entières, sans s'apercevoir ni de la fuite du
temps, ni même de ce qui se passait autour de lui. C'est
ainsi qu'il ouvrit le premier volume des *Discours sur
quelques sujets religieux* de Vinet[19], volume qu'Olympe

---

19 - [NdÉ] Alexandre Vinet (1797-1847), théologien protes-

avait apporté avec elle. Il en lut plusieurs avec une attention sérieuse. Pour lui, comme pour beaucoup d'hommes de cette époque, c'était un livre tout nouveau. Carell ne croyait pas que la religion chrétienne pût être défendue d'une manière si digne et si ferme, et, en même temps, avec une si grande et si vraie humilité. Il vit qu'il s'était trompé en donnant sa confiance aux écrivains antireligieux du siècle dernier ; il s'avoua à lui-même que, jusque-là, il n'avait été qu'un ignorant ou un orgueilleux, mais il trouvait cependant encore des choses qui le révoltaient dans la Bible, parce qu'il les jugeait à son point de vue altier et personnel. Toutefois, un immense progrès s'était accompli dans son esprit et dans son cœur. Il croyait maintenant à l'origine divine du christianisme. Le livre de Vinet, comme un véritable coin d'acier, avait fait éclater le cœur de ce bloc resté dur et noueux pendant si longtemps. Une fois ouvert aux rayons du soleil de justice, l'intérieur froid ne tarderait pas à se réchauffer, pour donner ensuite sa lumière et sa chaleur au foyer domestique. — « Que, pendant plus de trente années, se disait Carell, j'aie pourtant pu vivre sans Dieu et sans espérance pour mon âme : oh ! quelle honte ! quel aveuglement ! »

Il faut le dire aussi, sa récente décision au sujet des prétentions d'Albert sur sa fille lui avait fait du bien. Sans rien préciser, il sentait pourtant qu'il venait d'accomplir un grand sacrifice et, pour ainsi dire, de tout donner avec sa parole. En même temps, il n'avait ménagé ni son ambition, ni son orgueil d'homme riche et indépendant. Il tenait moins à la vie présente, qu'il voyait du reste s'accourcir rapidement pour lui. Avec Albert, il était sûr qu'Hermance serait heureuse ; aussi après s'être opposé, pendant des années, à toute inclination de sa fille de ce côté-là, voulait-il laisser maintenant aller les choses selon les désirs d'Albert, dès que celui-ci aurait conquis un poste

tant et critique littéraire Suisse.

honorable, plus élevé que celui qu'il occupait actuellement. En se dépouillant d'une volonté propre aussi forte qu'ancienne, son cœur s'était dilaté. Depuis quatre jours, Louis Carell avait donc fait de grands pas dans une voie nouvelle, bien qu'il n'en parlât point à Hermance. Il attendait qu'elle provoquât une ouverture, une sorte d'explication de sa part, ainsi que nous l'avons dit plus haut.

Quant à Hermance, il ne faudrait pas croire qu'elle eût ainsi pris le bras d'Albert sans émotion. Elle sentait que, pour elle et dans sa position, c'était là une sorte de condescendance. Enfin, pour tout dire, elle éprouva un léger sentiment qu'elle n'aurait osé s'avouer à elle-même, en voyant marcher ensemble ses deux compagnons. L'exemple de simplicité d'Olympe l'aida beaucoup à cet égard, et chacune des deux cousines sut gré à l'autre de ce qu'elle avait fait en cette circonstance.

Au bout de trois jours, le soleil vint de nouveau régner sur toutes ces hautes demeures et réjouir les collines verdoyantes. Le samedi matin, tout resplendissait de lumière et de vie autour de la Maison des bois. L'herbe du pré s'était allongée de plusieurs pouces ; les pommes de terre se montraient en lignes droites sur le terrain incliné du plantage de Léonor. M. Julius Bagal aurait eu du plaisir à les comparer à des bataillons massés en corps d'armée sur un étroit espace. — Les oiseaux recommençaient à chanter partout, et les vaches des alpages supérieurs séchaient tranquillement au soleil leurs échines lavées et relavées par la pluie.

M. Carell reprit ses occupations interrompues de forestier, et, vers les deux heures de l'après-midi, Hermance et Olympe purent enfin descendre chez Mme Dumont. Olympe trouva le sentier très pittoresque, mais difficile en quelques endroits. Pour le gravir, il n'y avait qu'un peu de fatigue. Pour descendre, cela l'effrayait de mettre ainsi le pied sur un bout de pierre glissante, le long d'un rocher. Comme le voisinage du

Nant, à Loisy, avait fait une si singulière impression à la vieille domestique, Olympe trouvait aussi que la montagne a ses petits inconvénients.

En arrivant chez la mère Dumont, les deux jeunes filles la trouvèrent préparant son café et celui d'Albert, dont elle attendait le retour des bois. Elle les reçut avec cette cordiale affection qui est le secret des mères tendres et éclairées. Albert n'arrivant pas et le café étant prêt, Mme Dumont en offrit une tasse à ses visiteuses, qui l'acceptèrent sans façon. La bonne femme en fut ravie. Elle tira d'une armoire, de la porcelaine blanche d'une exquise propreté, comme si les tasses et les soucoupes venaient à peine d'être essuyées. Le café fut trouvé excellent, soit qu'il le fût en réalité, soit que cela fit grand plaisir aux jeunes filles de le boire dans cette maison propre et saine. Comme Hermance finissait le sien, un jeune garçon envoyé par Léonor vint lui dire qu'un homme était venu d'assez loin apporter de l'argent à son père et que, ce dernier n'étant pas de retour et le débiteur ne pouvant attendre longtemps, il la priait de venir reconnaître le paiement et en donner quittance.

— Il faut donc aller tout de suite, ma chère Olympe, mais je vais te laisser avec Mme Dumont; plus tard, je reviendrai te chercher.

— Ne vous donnez pas cette peine, Hermance, reprit Mme Dumont; Albert, qui va être ici dans un moment sans doute, accompagnera votre cousine et sera tout heureux de vous dire un petit bonjour.

— Eh bien, soit, dit Hermance, qui repartit aussitôt et n'hésita point à franchir les escaliers du sentier de Simon Carell.

Restées seules, Mme Dumont et Olympe firent bonne connaissance. Elles causèrent de beaucoup de choses, parlèrent de leurs parents, de leurs amis. Mme Dumont raconta un peu sa vie, et comme elle était heureuse de voir ses fils marcher dans la crainte de Dieu.

— J'en ai quatre, ma chère demoiselle, lui dit-elle:

l'aîné, Albert, que vous connaissez : celui-là, c'est mon soutien, mon bras droit, comme vous le savez. Le second se nomme Henri : il est à Genève, employé dans un grand magasin de denrées coloniales ; le troisième voyage avec une famille étrangère, comme domestique de confiance ; enfin, Jacques, mon cadet, commence à gagner sa vie dans les bureaux d'une maison de banque.

— J'ai eu bien à faire pour élever ces quatre enfants, mais le Seigneur m'a soutenue, et maintenant je n'ai qu'à le bénir pour ses bienfaits. — Ah ! voici notre Albert qui revient, assez crotté de sa longue tournée, car je l'entends frotter ses souliers au râcle-pied. — Bonjour, mon cher ami.

— Bonjour, ma mère. Bonjour, Mlle Olympe ; je suis bien heureux de vous voir ici ; comme c'est aimable à vous d'être venue ! Et Hermance ?

— Est repartie, reprit la mère, il y a presque une heure ; c'est une chose entendue avec elle que tu iras accompagner Mlle Normant, après avoir bu ton café, que voilà : tiens. — Voulez-vous, Mademoiselle, que je vous montre un peu notre maisonnette pendant qu'Albert prend son goûter ?

— Très volontiers.

La mère Dumont conduisit Olympe à l'étage, où il avait deux chambres assez grandes et un petit cabinet. Tout cela était en bon ordre, les lits bien faits, les planchers propres. — Dans la chambre d'Albert, où la mère Dumont introduisit la jeune fille, on voyait plusieurs gros volumes ouverts sur la table et des piles de cahiers écrits à la main. Des lettres officielles soigneusement pliées et enregistrées. À la paroi, le fusil et le sac de chasse du forestier. En face de la place où travaillait ce dernier, un Christ portant la couronne d'épines. — Au rez-de-chaussée, il y avait donc le magasin, une petite cuisine à côté et plus loin une chambre. — Le reste de la maison était occupé par les dépendances.

Olympe pensa que c'était ici une habitation d'ordre et

soignée, bien différente de la leur, d'ailleurs trop grande et mal distribuée.

Albert étant prêt, Olympe salua Mme Dumont ; elle était enchantée d'avoir fait sa connaissance et très désireuse de revenir au Quart-d'en-haut quand sa cousine pourrait l'y ramener.

D'après ce que nous connaissons du caractère de ces deux jeunes gens et de la position particulière d'Albert, il est facile de comprendre qu'ils n'eurent pas de peine à trouver un sujet de conversation en montant le petit sentier. Avant d'arriver à la barrière mobile du pré de la Maison des bois, ce chemin, si étroit et si rapide dans les trois quarts de son parcours, faisait ici une sorte de halte, sur une esplanade d'environ trente pas de longueur. En cet endroit, il était assez large et sans inclinaison. Lorsque Albert, qui marchait le premier, y mit le pied, il s'arrêta et dit à Olympe :

— Vous avez accepté mon bras l'autre jour aussi simplement que je l'ai offert ; je vous serai bien reconnaissant de le prendre ici jusqu'à la barrière.

Olympe, étant fatiguée d'avoir monté jusque-là, fut bien aise elle-même d'avoir cet appui. Albert continua :

— Je ne vous ai parlé jusqu'ici que d'Hermance et de mes sentiments pour elle ; maintenant je vous dois une autre communication, la plus franche et la plus entière. Ma position va me forcer à un éloignement qui peut durer deux ans, sans que, pendant ce long espace de temps, je puisse revenir au pays. Je ne puis songer à laisser ma mère seule, c'est impossible. Or, chère mademoiselle (ici ils arrivèrent à la barrière et retournèrent sur leurs pas), j'ai un frère qui peut me remplacer. Il se nomme Henri, il a vingt-six ans, un cœur excellent et quelque argent gagné dont il est le maître. Je puis vous dire aussi qu'il est bien doué et n'a point mauvaise façon. Il vous connaît, Mademoiselle, vous ayant vue plusieurs fois à Nyon sans que vous le sussiez ; par moi, depuis le jour où nous nous sommes rencontrés pour la première fois dans cette ville, il sait ce que je pense de vous. Enfin, il m'a chargé (ils recommencèrent à marcher en sens opposé), lundi dernier, de solliciter auprès de vous un moment d'entretien pour demain. Il vient ce soir et ma mère ignore tout. Si vous lui accordez la permission qu'il demande, je prierai M. Carell, en qui j'ai toute confiance, de permettre à Henri de vous voir chez lui. Seulement, il faudrait qu'Hermance fût avertie par vous. — Dans le cas où mon frère aurait le malheur de vous déplaire, ou si par quelque circonstance que nous ignorons vous ne pouviez lui donner de l'espoir, tout ceci resterait entre nous. Mais j'espère que vous ne nous repousserez pas, et je prie Dieu qu'il en soit ainsi. — Le projet de mon frère serait alors de se fixer tout à fait chez ma mère en automne. Ses petites épargnes serviraient à constituer un fonds de magasin plus considérable, qui trouverait très bien son écoulement ici. Une fois Henri établi, je demanderais qu'il fût nommé forestier à ma place, et moi j'irais en Allemagne étudier ce qu'il faut que je sache pour n'être pas malheureux toute ma vie.

Telle fut la communication d'Albert. Ils avaient fait cinq ou six fois le chemin de l'esplanade, pendant que les paroles sortaient lentement de la bouche du jeune homme avec une émotion contenue. La surprise d'Olympe fut complète, elle ne le cacha point.

— M. Albert, répondit-elle, je suis si étonnée de ce que vous m'apprenez et si troublée, que j'ai peine à savoir ce que je dois vous dire. Cependant, je me sens touchée autant qu'honorée de la bonne opinion que vous avez tous de moi. — Si mes parents étaient ici, je commencerais par prendre conseil d'eux ; comme ils n'y sont pas, je crois que je dois demander l'avis de mon oncle. S'il m'autorise à recevoir monsieur votre frère, je serai disposée à lui accorder l'entretien qu'il me demande. Je verrai mon oncle ce soir et vous ferai porter la réponse par Léonor, demain matin.

— Merci mille fois, mademoiselle ; je suis bien reconnaissant de votre bonté pour nous.

Ils se serrèrent la main ; Albert ouvrit la barrière, et, peu de minutes après, ils étaient à la porte de la maison.

Pendant la durée de cette confidence, voici ce qui se passait non loin d'eux :

Un peu étonnée de ne pas voir arriver sa cousine ; moitié machinalement, moitié par cet instinct de curiosité innée que chacun porte en soi et qu'il serait souvent plus sage de repousser de notre esprit, Hermance vint à la rencontre d'Olympe, jusque sous le grand sapin. De là, on dominait parfaitement l'esplanade du sentier. Or, que vit-elle ? Albert et sa cousine causant d'une manière intime, la tête baissée, comme deux tourtereaux et se donnant le bras ; allant, venant, recommençant leur promenade et, finalement, se serrant la main. Au lieu de penser qu'il s'agissait d'elle et d'Albert dans cet entretien, la pauvre enfant s'imagina tout autre chose et retourna brusquement sur ses pas.

CHAPITRE XX

eureusement elle était seule, son père encore absent et Léonor cherchant du feuillage pour ses chèvres.

Debout sur le seuil de la maison, le teint pâle, les yeux ardents, les lèvres serrées, Hermance attendait.

— Bonjour, Hermance! dit Albert d'un ton joyeux. Nous...

Mais la jeune fille l'arrêtant au premier mot qui allait suivre :

— Monsieur Albert, lui dit-elle, vous pouvez retourner sur l'esplanade du sentier ; et toi, Olympe, je ne t'aurais jamais crue capable d'une lâcheté pareille. Toute ta religion n'est donc que de la tromperie ? Je saurai maintenant à qui me fier.

Olympe et Albert se regardèrent épouvantés, muets d'étonnement. Mais l'innocence résiste victorieusement à la plus terrible des colères.

— Hermance, dit Olympe, que veux-tu dire ? Tu es dans une grande erreur et tu ne sais pas le mal que tu fais en ce moment. Entre la première ; M. Albert, suivez-nous, et que tout soit expliqué à l'instant.

Ils passèrent dans la chambre du rez-de-chaussée et là se tinrent debout tous les trois.

— Hermance, reprit Olympe, tu nous as donc vus dans le sentier au bas du pré. Peut-être avons-nous été imprudents, mais...

— Imprudents! répliqua Hermance toujours d'une voix superbe; non, vous avez bien fait!

— Je t'en prie, Hermance, laisse-moi donc te dire, malgré l'embarras que j'éprouve à le faire, qu'Albert demande ma main pour son frère Henri, et que ce dernier désire avoir un entretien avec moi, demain, ici même. Es-tu folle, Hermance? Oh! si tu prends la vie de cette manière, dis-moi, comment pourras-tu combattre tes mauvaises impressions et les vaincre? Tu m'as fait un affreux chagrin, mais je te le pardonne. Bonsoir, Albert: expliquez-vous promptement aussi; vous aurez ma réponse demain matin.

Ayant dit cela, Olympe sortit de la chambre, tira la porte sur les jeunes gens et monta chez elle.

Albert resta un moment sans parler. Hermance s'était caché le visage avec les mains.

— Est-il donc possible, dit-il à la fin, que j'aie pu être, par vous, Hermance, soupçonné d'une infamie pareille! Dites-moi que c'est un affreux rêve; dites-moi que vous ne l'avez jamais cru, non, pas même la durée d'une seconde.

Des sanglots se chargèrent de la réponse, avec un «pardonnez-moi, Albert, j'étais une insensée.» — Oh! pardonnez-moi, dit-elle de nouveau en lui tendant la main, mais sans oser le regarder.

Albert prit cette main, la posa sur son cœur en ajoutant d'une voix que l'émotion rendait encore plus pénétrante:

— Sentez-le donc battre, ce cœur dont vous avez douté! n'est-ce pas votre nom qu'il prononce? N'est-ce pas à vous qu'il appartient?

Il s'arrêta un moment:

— Cette main est à moi, reprit-il, en passant les doigts d'Hermance entre les siens; vous me l'avez donnée et je la garderai. La mienne aussi est à vous, à vous pour toujours. Maintenant, je vous en supplie, regardez donc cet Albert qui vous aime depuis votre enfance et n'aimera jamais que vous.

Leurs yeux se rencontrèrent. On eût dit ce regard du ciel, où tout est amour.

Sans lâcher la main qu'il tenait toujours entrelacée dans la sienne, Albert continua :

— Maintenant, il faut que votre père soit instruit par Olympe ou par moi de ce qui se passe. Vous aussi, il faudra lui parler. Si je ne tiens pas la parole que je lui ai donnée, c'est votre faute ; il vous le pardonnera.

Lorsque mon frère et Olympe seront établis chez ma mère cet automne, comme j'en ai le bon espoir pour eux, je m'en irai bien loin, Hermance, en Allemagne, je pense, pour deux longues années. Votre père veut que je devienne autre chose qu'un simple garde-forêt. Pour vous, avec l'aide de Dieu, il n'est rien dont je ne sois capable. Pendant cette absence, je serai bien seul, mais vous m'écrirez de grandes lettres. On nous permettra de le faire et je vous dirai tout, comme aussi vous ne me cacherez rien. Et maintenant, ma bien-aimée, il vous faut aller vers votre cousine et plaider la cause d'Henri. Vous le ferez mieux que personne. Adieu, jusqu'à demain.

Murmurez, murmurez, douces paroles. Elles sont pures. Heureux qui jouit d'un tel bonheur !

Albert Dumont se conduisit dans cette circonstance en noble cœur. Il sut aimer et le dire, sans doute avec une grande puissance. Mais l'expression de ses sentiments n'eut rien de vulgaire ou de sensuel. Tout autre amoureux, à sa place, se fût dépêché de sécher les larmes d'Hermance d'une manière différente. Albert n'essaya pas même un baiser sur le front de celle qui venait de lui laisser voir le fond de son âme. Il garda sa main : c'était son droit et son devoir, mais il sut garder aussi cette haute dignité morale, vertu si rare chez les jeunes hommes, inestimable don pour celui qui l'a reçue.

Hermance monta chez Olympe. Celle-ci, brisée par les deux chocs si imprévus qu'elle venait de subir, était assise dans un coin du canapé, la tête appuyée en arrière. De tout loin elle tendit la main à Hermance, sans quitter son attitude. Celle-ci la prit, et, se jetant à genoux, la couvrit de baisers, murmurant les mots de pardon et de pitié. Peu à peu ses paroles prirent une autre direction : elles s'adressaient à Dieu, son Père céleste et son Sauveur. Elle ouvrit toute son âme, confessa son emportement, ses pensées injurieuses, presque toute sa vie, avec une réelle humilité. La fille du forestier venait en ce moment même, comme son père depuis quelques jours, d'entrer dans un état nouveau, plus lumineux, plus pur, où le désir de s'abandonner à une volonté sainte fait qu'on s'oublie soi-même davantage et permet à l'œuvre de régénération de jeter dans le cœur de profondes racines.

— Olympe la laissa prier ainsi longtemps à genoux, au milieu de ses larmes, après quoi elle la serra sur son cœur avec une tendresse de sœur aînée qui ne se souvient que du bonheur d'aimer.

Lorsque Hermance eut retrouvé du calme, lorsqu'elle fut assurée du pardon d'Olympe, elle lui parla d'Henri Dumont en détail, fit un portrait avantageux de ce dernier et la pressa beaucoup d'accepter quand elle le connaîtrait suffisamment.

— Je t'assure, dit-elle, que, dans un autre genre, il est tout aussi distingué qu'Albert ; il est d'une grande bonté pour sa mère. Au reste tu vas le voir demain. Quel bonheur, chère Olympe, si tu viens habiter ici tout près ! Pendant l'absence d'Albert, c'est toi qui me donneras des conseils ; je me laisserai guider par ton amitié éclairée. Oh ! ne crains pas que je fasse avec toi la mutine. J'ai reçu ce soir une leçon que je n'oublierai de ma vie, s'il plaît à Dieu. Mais tu ne peux pas dire non, c'est impossible. Tu seras beaucoup mieux ici qu'à Loisy, où tu te tourmentes dans vos vignes par la grande chaleur.

Et puis, voilà ton frère qui se marie. — Que je me réjouis d'aller chez toi, par le petit sentier! maudite place! ah! je la reconnaîtrai en passant. Quelle folie! quelle absurde folie! des cœurs si droits, si généreux: en douter, même une minute; c'est à en mourir de chagrin! — N'est-ce pas, Olympe, tu ne prendras pas en trop sérieuse considération l'état de fortune? Du reste, on dit qu'il a gagné déjà quelque argent. Il est rangé et actif. Et sa mère, comme tu sauras la rendre heureuse, toi qui es si bonne! Elle t'aime déjà comme sa fille, quoiqu'elle ne sache rien de tout cela, Albert me l'a dit. Et puis, nous achèterons tout chez vous; tu me vendras aussi cher que tu voudras, je ne marchanderai jamais. Encore une autre personne qui t'aime ici, ma chérie, c'est notre Léonor. Elle te *passionne*. Je suis sûre qu'elle sera aussi joyeuse que nous tous.

À tout ce babil d'avocat féminin, Olympe répondit par ces mots:

— Et ton père, ma chère enfant? Il me faut son avis avant aucune détermination.

— Écoute, Olympe, c'est à moi de lui parler la première; je dois le faire à ta place, au moins pour commencer, puisque j'ai donné un si grand scandale. Veux-tu que je le fasse dès ce soir?

— Oui, ma chère Hermance; je voulais te le demander. Je suppose que tu as aussi plusieurs choses à lui dire pour toi-même.

— Sans doute, sans doute. Je l'ai promis à Albert, et, quoi qu'il m'en coûte, je le ferai.

On entendit les pas du père devant la porte. Hermance s'arrangea vite un peu et descendit. Depuis un moment Léonor était arrivée; elle avait mis la soupe sur le feu, car le soleil paraissait déjà bien bas. Ses rayons venaient mourir dans les gorges voisines, en reflets éclatants sur les bois noirs.

À l'air plus sérieux et plus doux de sa fille, à ses yeux encore gonflés, M. Carell comprit tout de suite qu'il s'était passé quelque chose en son absence. Il mangea peu, ne parla pas davantage, mais en se levant de table, il s'adressa à Hermance d'une voix affectueuse et ferme en même temps.

— Si tu as à me parler, ma chère enfant, je suis prêt à t'entendre, quelque fatigué que je sois. Entrons ici pour laisser la place libre à Léonor.

Hermance suivit son père, à moitié tremblante, mais bien résolue en même temps à ne lui rien cacher. — Elle commença donc par le récit du goûter chez la mère Dumont et termina par les derniers mots de sa conversation avec Olympe, laissant du reste, on le comprend, tout ce qui s'était passé de très intime entre elle et Albert.

Le père n'ouvrit pas la bouche, tant que dura la narration de sa fille. Quand Hermance eut fini, il lui dit :

— Sais-tu que je les admire beaucoup de t'avoir si vite et si bien pardonné ! Mais ils sont bons l'un et l'autre ; leur foi n'est pas une chose en l'air comme celle de tant de gens. — Il faudra donc aussi que je te pardonne à mon tour. Dieu m'a bien pardonné, à moi, qui étais un vieux pécheur endurci. S'il faut suivre envers le prochain l'exemple donné par le Sauveur des hommes, à plus forte raison faut-il pardonner à une fille chérie. Embrasse-moi, et que tout soit fini. — Ton caractère bon et droit, mais emporté et trop impressionnable, sera corrigé par celui d'Albert, qui est un homme auquel il faudra obéir, ma chère, et être soumise, dans *ces choses justes, pures, de bonne réputation*, dont nous avons parlé l'autre soir. Puisque tu connais la condition mise à nos arrangements, tu te soumettras de bonne grâce, à moins d'obstacles indépendants de notre volonté.

— Oui, mon père et, je veux, à genoux, recevoir votre pardon et votre bénédiction.

— Non, pas à genoux devant moi, ma fille, mais devant Dieu qui est ton père et le mien. Qu'il veuille exaucer les voeux que je forme pour vous ! — Quant à

Olympe, va lui dire de venir ici. Tu nous laisseras seuls ; ou si elle préfère que je monte, c'est comme elle voudra.

Olympe descendit à l'instant.

— Vous voulez donc savoir ce que je pense de ce qui vous arrive, ma chère nièce ? Asseyez-vous là et causons. — Eh bien, oui, ces Dumont sont des garçons terribles, très dangereux, je vous en préviens, mais je dois vous dire aussi que le second a toujours été bon fils, travailleur actif, honnête et intelligent. Je ne vous parlerai pas de ses sentiments religieux, n'ayant le droit de juger ceux de personne. — Si vous voulez vous contenter d'une position assez humble, mais sûre ; si vous pensez que notre climat convienne à votre santé ; si la vie d'un petit magasin de village et les distractions qu'elle peut comporter ne vous paraissent pas trop monotones ; si vous sentez que les travaux de la campagne vous fatiguent beaucoup ; si, en un mot, lorsque vous aurez vu Henri Dumont, suffisamment appris à le connaître, vous pensez pouvoir l'aimer, enfin (et ceci aurait dû être placé en tête de mon long discours), si vos parents vous conseillent de l'accepter, acceptez-le. — Pour le moment, il s'agit d'un entretien qui doit avoir lieu chez moi ; je l'autorise et j'en prends la responsabilité auprès de votre père et de votre mère. Je vous crois une fille très sage et très prudente, ma nièce. Dieu vous dirigera. Ah ! mon enfant, j'ai appris bien des choses depuis huit jours, c'est-à-dire, que je n'en ai appris qu'une seule et encore bien mal, savoir que Dieu nous aime et que Jésus est vraiment le Sauveur des hommes. — Pour moi, je serais, je l'avoue, très heureux de vous voir établie près de nous. La veuve Dumont est la mère des mères pour la bonté et la droiture de cœur. Voilà donc bien des choses qui parlent en faveur de la proposition qui vous est faite. D'un autre côté, il y a ceci à considérer : votre père et moi nous avons fait ce qu'on nomme entre nous des mariages riches. Eh bien, Hermance et vous en ferez de pauvres, s'ils ont lieu ; peut-être en serez-vous plus heureuses. La pauvreté n'a rien que d'honorable quand la conduite est bonne et le cœur riche des dons de Dieu. Je n'ai pas toujours pensé cela pour ce qui nous concerne, mais je le crois maintenant. — Voilà, ma chère nièce, tout ce que je puis vous dire sur ce grand sujet.

— Je vous remercie beaucoup, mon oncle. Combien je suis heureuse de vous entendre parler en vrai chrétien comme vous venez de le faire ! — Mais j'ai encore à vous dire toutes mes excuses pour l'embarras que ma présence cause dans votre maison ; veuillez me le pardonner.

— Allons donc ! N'êtes-vous pas la nièce de ma femme bien-aimée ? Doublement la mienne par conséquent, puisque je remplace aussi votre tante. — Comment faites-vous savoir à Albert que son frère peut venir demain ?

— Je pensais à lui écrire par Léonor.

Carell branla la tête :

— Non, dit-il, donnez-moi mon chapeau : j'ai encore le temps et bien assez de jambes pour aller chez lui ce soir. C'est donc pour dix heures demain ?

Prenant son bâton de montagne, Carell sortit de la maison pour descendre au Quart-d'en-haut. Hermance revint auprès d'Olympe.

— Ah ! ma chère, lui dit celle-ci, quel père Dieu t'a donné ! Ah ! tu peux l'aimer et le chérir, et le vénérer.

Quand il revint une heure après son départ, ce fut Léonor qui le reçut à la porte, avec sa lampe à la main.

— Vous êtes bien pâle, notre maître, lui dit-elle. Êtes-vous malade ?

— Non, Léonor, mais je me fais vieux et je me sens fatigué.

— Ah ! je n'aime pas vous voir cet air bon enfant que vous avez depuis quelques jours lorsque vous rentrez le soir. Ça m'inquiète. Faites-moi le plaisir de crier un peu contre quelqu'un. Si ce n'est contre Albert ou ces demoiselles, que ce soit au moins contre moi. Oui, que diantre avez-vous pour être, comme ça, si triste et si bon ! ça n'est pas naturel pour un homme de votre caractère. Voyons, fâchez-vous donc un peu contre moi, pour rire un peu nous deux.

— Il ne faut se fâcher contre personne, Léonor.

— Et moi je vous dis qu'oui.

— Taisez-vous, folle et dormez seulement tranquille.

— À la bonne heure ! il y a longtemps que vous ne disiez plus cela ; et dites-moi encore vieille curieuse ! si vous voulez. Oui, qu'est-ce que vous aviez besoin de serrer la main à Albert l'autre jour, là-bas au coin du pré, vers le *clédar* ? Croyez-vous donc que je ne vous aie pas vus les deux ? Et c'est depuis ce dimanche-là que tout va à la renverse par ici, ou du moins tout à nouveau.

— Écoutez, Léonor, aimez-vous bien Hermance ?

— Notre maître, aimez-vous bien vos propres yeux ?

— Et que pensez-vous d'Albert ?

— La même chose que vous.

— En ce cas, vous consentez à ce que je lui donne ma fille, dans deux ans ?

— Si j'y consens ? oui, mais à une condition.

— Laquelle ?

— C'est que je vous embrasse tout de suite et que vous redeveniez un peu méchant.

Ce fut ainsi que la Léonor témoigna à son maître sa joie pour une chose à laquelle son excellent cœur de vieille fille était si fortement attaché. Carell la laissa faire, après quoi il monta auprès des deux cousines, leur raconta les propos de Léonor, ce qu'il avait dit à la famille Dumont, et annonça l'arrivée d'Henri pour le lendemain, entre dix et onze heures du matin.

CHAPITRE XXI

Mme Dumont et ses deux fils n'avaient pas été peu surpris en voyant arriver M. Carell si tard chez eux. Albert, surtout, eut un vif sentiment de crainte après ce qui s'était passé à la Maison des bois peu d'heures auparavant. Mais le forestier le rassura bien vite en disant qu'il venait, de la part de sa nièce, annoncer à Henri qu'il serait reçu le lendemain, au retour du culte public où les deux cousines voulaient aller le matin.

— Je viens aussi, mère Dumont, ajouta-t-il, vous prévenir que je retiens vos garçons à dîner pour demain. Et si vous pouvez les accompagner sans trop de fatigue, vous me ferez grand plaisir ainsi qu'à ces jeunes filles. Ce n'est pas pour la bonne chair que vous trouverez chez moi, mais comme celui-ci, dit-il en posant sa large main sur l'épaule droite d'Albert, doit devenir mon gendre, avec l'aide de Dieu, dans deux ans, je puis bien le garder avec moi une partie du dimanche; et quant à l'autre, il ne sera pas fâché d'avoir un peu plus de temps pour faire connaissance avec ma nièce Olympe, qui a bien le plus charmant caractère que je connaisse. — Les affaires d'Albert se sont passablement avancées, malgré moi, depuis quelques jours. Comme il n'y a pas de sa faute précisément et que cela me paraît venir de plus haut que de nous autres humains, je pense, mère Dumont, que tout est pour le mieux et qu'il nous faut tous avoir confiance. Je vous donnerai une fille qui vous aime déjà beaucoup ; quant à Albert, malgré toute la bonne opinion que j'ai de lui, vous savez encore mieux que moi ce qu'il vaut. Il m'a fait du bien ; je lui dois beaucoup : il est juste que je paie ma dette.

En écoutant cet homme fort, devenu si croyant depuis quelque temps et resté si simple dans l'expression de sa foi, les larmes coulaient sur les joues de l'heureuse mère. Graves, recueillis et la tête découverte, les fils n'ouvraient pas la bouche. Mme Dumont se chargea de répondre pour eux.

— M. Carell, dit-elle, c'est à peine si Albert m'a dit quatre mots de ce qui le concerne ; et quant à Henri, je ne sais rien, mais je devine. Je suis bien reconnaissante de votre invitation, si je pouvais monter facilement le sentier et quitter la maison, je serais trop contente d'aller avec mes fils : pour demain, ce n'est pas possible. — Que Dieu vous bénisse toujours davantage et vous accorde la plus précieuse des récompenses ! Vous me donnerez une fille que je chéris déjà ; mon Albert sera pour vous un véritable fils, comme il l'a été pour sa mère !

— Aussi vous voyez que je m'appuie déjà sur lui, répondit Carell. Puis, présentant son autre main à la vieille femme, il leur souhaita à tous une bonne nuit.

Après de telles paroles, les réflexions sont superflues. Tout cœur pieux, tout cœur honnête et bon, comprendra ce que se dirent la mère et les fils dans la soirée, et comme chacun d'eux pria pour le vieux forestier.

Dans le village, l'événement principal de la journée du dimanche fut le retour de Carell au culte public. Depuis plus de vingt ans, il n'était pas rentré dans le temple. Deux pasteurs s'étant succédé à la cure depuis celui qui avait dirigé l'instruction religieuse de sa fille, c'est à peine s'il connaissait celui que possédait la paroisse depuis six mois seulement. Carell vint donc avec Olympe et Hermance. Léonor, le voyant mettre ses habits noirs et prendre un livre de psaumes, n'en pouvait croire ses yeux. — «Oh! se dit-elle bientôt, que deviendrons-nous si cela continue à marcher de ce train-là? Que dira le monde au village? Pauvre maître! il n'avait pourtant pas besoin de changer à un tel point. Il était déjà bon de reste. — Moi, je ne peux pas me mettre sur le pied d'aller souvent à l'église, avec mes vaches en hiver, les chèvres en été, et tout ce qu'il y a à faire autour de la maison. Il ne s'agit pas de croire que je veuille aller au sermon tous les dimanches. D'ailleurs, je vois que les gens qui y vont beaucoup par habitude, comme les Erfe, par exemple, sont quatre fois plus avares que d'autres qui ne s'y rendent que pour les grandes communions, et encore pas toujours d'une manière bien régulière. C'est clair qu'on doit être bon chrétien; il faut remplir ses devoirs envers Dieu et le prochain. Mais, quand j'ai bien travaillé au soleil pendant toute la semaine, si je vais au sermon, je m'endors dès qu'on a lu la première prière et chanté. J'ai beau ouvrir les yeux aussi grands qu'une cuiller à soupe, ils se referment tout de suite, c'est plus fort que moi. — Aujourd'hui comment pourrais-je aller avec eux? C'est impossible, puisque je suis seule pour garder la maison et faire le dîner. Je suis bien étonnée qu'on m'ait dit de prendre autant de viande; par la chaleur qu'il fait, elle se gâtera dès après-demain, et ce n'est certes pas nous quatre qui voulons manger d'une seule fois un pareil gros rognon. Il y a encore ces épinards qu'il faut préparer et une salade.»

Telles étaient les pensées diverses de Léonor en allant et venant, de la cuisine au jardin, pendant que ses maîtres arrivaient au village.

Dans le temple, les deux cousines se placèrent parmi les femmes. Carell s'assit, seul, assez en arrière et de façon à n'être pas remarqué. Albert, entrant avec son frère, le vit sur ce bout de banc et vint s'asseoir à côté de lui. — Ils entendirent une prédication sur ces paroles:

«Comme le cerf brame après les eaux courantes, ainsi mon âme soupire après toi, ô Dieu ! — Mon âme a soif de Dieu, du Dieu fort et vivant. Oh ! quand entrerai-je et me présenterai-je devant la face de Dieu !»

C'était une belle chose que de voir la noble figure de Carell, écoutant avec une attention soutenue, en homme pour qui cette sainte soif de Dieu est devenue une réalité. Le culte public chrétien, dont il avait dit et surtout pensé tant de mal autrefois, lui paraissait maintenant une des plus grandes prérogatives de l'homme. Il sortit de la maison de prière heureux et rafraîchi.

Les deux frères vinrent saluer les deux cousines, mais sans s'arrêter à causer dans la rue. Olympe se souvint très bien d'avoir vu à Nyon, dans le magasin de leur épicier ce même Henri qui la regardait pendant qu'elle faisait ses achats, mais elle n'avait jamais pu se rappeler à qui il ressemblait. Maintenant elle reconnaissait son air de famille avec Albert, malgré la différence de taille existant entre les deux frères. Ils dirent qu'ils allaient monter chez M. Carell dans peu d'instants. — Ce dernier fut accosté par M. Julius, qui, frais et rasé, la redingote boutonnée du haut en bas comme une tunique militaire, lui dit en portant la main au chapeau :

— M. Carell, je ne vous savais pas présent. Vous étiez sans doute au second rang, peut-être même en serre-file. Je regrette de ne vous avoir pas vu, car je serais allé m'asseoir auprès de vous.

— Vous m'auriez fait plaisir. Je n'étais pourtant pas seul, mon brave M. Julius. Au temple, on se sent plus près du grand général des hommes.

— Oui, c'est vrai ; il faut prêter attention au commandement en chef.

— J'avais aussi pour voisins ces deux compagnons que vous voyez là, les fils Dumont du Quart-d'en-haut (ceux-ci saluaient diverses personnes).

— Jolis hommes ! beaux garçons, M. Carell : bonne tenue, droite et souple, la poitrine bombée, les épaules

en dedans, ventre nul, pieds légèrement en dehors.
Nous aurions fait de l'aîné un sergent-major de grena-
diers ; l'autre, en fort peu de temps, aurait passé fourrier
dans une compagnie du centre.

Henri vint saluer M. Julius et lui demander de ses
nouvelles.

— Bonnes, mon cher camarade, pour la feuille de
situation journalière. L'effectif pourrait être meilleur.
Mais l'inscription dans les cadres est ancienne. Heureux
encore, lorsqu'on n'est pas dans le cas de se rendre à
l'ambulance ou à l'hôpital. — Mon cher, vous venez de
Genève, n'est-ce pas ? Faites-moi l'amitié de me dire
l'heure juste. L'horloge du village est si mal réglée que,
vraiment, il n'y a rien de fixe dans les appels.

Henri présenta sa montre à l'adjudant :

— Fort bien, continua ce dernier : dix heures onze
minutes. Alors, voyez ! les dix, n'ont pas encore frappé
au clocher. Comment voulez-vous qu'il y ait de la régularité dans la marche de la troupe ; et surtout pour le
moment où la soupe doit être dressée ? Merci, mon
cher ; vous avez là une jolie pièce : cylindres ; quatre
trous, cuvette solide ; c'est très bien. À propos, comment
se porte le carillon de Saint-Pierre ?

— Comme toujours, de bonne humeur et exact. Au
revoir, M. Julius.

— Quels jolis hommes que ces deux garçons ! fit
encore Julius Bagal en les voyant marcher devant lui.
Le cadet, pourtant, n'*emboîte* pas aussi nettement que
l'aîné, qui du reste a l'habitude des longues étapes dans
les montagnes.

À onze heures, Albert et Henri étaient à la Maison
des bois. En les voyant arriver, Léonor s'empressa de
les faire entrer dans une chambre du rez-de-chaussée, mais non sans penser en elle-même : — Ils
viennent deux ! nom de ma vie ! si l'autre n'en tient
pas aussi pour l'Olympe ; ils vont dîner ici, c'est clair
comme le jour, vous allez voir. Notre maître aura

encore inventé cette histoire. Enfin, on se casserait le cou qu'on n'y peut rien.

— M. Albert, dit-elle à l'oreille de ce dernier, c'est sans doute Hermance que vous demandez, drôle que vous êtes! Ah! je vous apprendrai de nous cacher ainsi vos affaires, à moi qui vous aime tant! Mais, c'est bon! seulement, écoutez: je sais tout. Eh bien! pas de ces deux années, entendez-vous? Je ne veux pas qu'on me parle de deux années. On a trop le temps de mourir d'ici là, et moi je veux voir la noce.

— Merci, Léonor; vous avez toujours été bonne pour moi; je vous aime bien aussi. — Voulez-vous avoir la bonté de dire à M. Carell que nous sommes arrivés?

— M. Carell est allé faire un petit tour dans les bois, ici près, mais je vais appeler ma maîtresse et sa cousine.

Celles-ci, qui étaient en haut, descendirent et causèrent d'une manière générale pendant quelques instants, après quoi Hermance dit à Albert:

— Voulez-vous venir avec moi à la rencontre de mon père? Je pense que ma cousine et votre frère n'ont pas besoin de nous dans ce moment.

Hermance et Albert sortirent donc ensemble de la maison, pour la première fois comme deux fiancés. Maintenant il n'y avait plus de gêne entre eux; la plus douce confiance commençait à la remplacer. Le bras d'Albert fut offert d'une part et pris de l'autre avec une cordiale simplicité. Il avait fallu le brisement de la veille pour rendre Albert moins passionné peut-être, mais non moins aimant, et Hermance moins sûre d'elle-même.

Ils allaient donc ainsi, le cœur au large, l'espoir au front, pendant qu'Olympe et Henri débattaient leur grave affaire.

Très droit et très ouvert, d'un caractère plus gai qu'Albert, mais n'ayant ni sa profondeur de pensée ni les mêmes dons extérieurs, Henri Dumont s'expliqua sans autre embarras que celui d'une émotion impossible à éviter en pareil cas. — Il demanda respectueusement la permission de s'attacher à Olympe, de lui prouver qu'il était capable de l'aimer sincèrement et de faire tout ce qui dépendrait de lui pour son bonheur. Puis, passant aux choses positives de ce monde, il regrettait de n'avoir pas de fortune à lui offrir, mais pourtant il était en position de gagner honorablement sa vie. Du reste elle serait la maîtresse de la maison et ne passerait, au magasin, que le temps qui lui plairait.

— Je crois, dit-il, que, bonne et pieuse comme vous l'êtes, il vous serait facile de faire du bien dans la localité. Par mes relations à Genève, j'obtiendrais sans peine un dépôt de bons livres ainsi qu'une bibliothèque circulante, mais ceci n'est qu'un détail. L'important, est de me permettre de vous prouver mon affection.

Olympe répondit qu'elle parlerait à ses parents et que si on le lui permettait, elle lui écrirait de Loisy, et lui demanderait alors d'y venir passer un dimanche pour voir sa famille ; que, pour le moment, ce qu'elle désirait avant tout, c'était de bien voir la volonté de Dieu à son égard. — Elle fit parler Henri de Genève, de ses patrons, de ses amis, du pasteur qu'il entendait de préférence à l'église. Elle le questionna sur son frère cadet, sur Albert, voulant bien voir ce qu'il pensait du caractère des uns et des autres. C'est aussi là un moyen d'apprendre à connaître celui de la personne qu'on a devant soi. Si donc Henri se tira très bien d'affaire en cette occurrence délicate, Olympe, de son côté, ne montra pas moins de tact et de jugement. L'heure qu'ils passèrent en tête-à-tête leur en apprit à l'un et à l'autre assez, pour qu'une bonne partie du chemin eût été déjà faite par Olympe du côté de la montagne.

Mais Léonor s'impatientait de ne pas voir arriver les absents. Son dîner était prêt et elle n'aimait pas qu'on la fit attendre. Au risque donc de passer pour indiscrète ou trop curieuse, elle entrouvrît la porte de la chambre où avait lieu la conversation ci-dessus et dit à Olympe sans passer la tête dans l'intérieur :

— Mlle Olympe ferait peut-être bien de voir où sont mes maîtres ; le dîner attend. Puis elle fit une grimace fort comique, toujours sans lâcher le loquet. — Ils sont allés, reprit-elle, du côté de la Roseline, vous savez, à gauche du grand sapin.

— Oui, Léonor ; nous pourrions peut-être, M. Dumont, aller à la recherche de nos amis.

— Avec beaucoup de plaisir.

Et ainsi, ils se dirigèrent dans le sens indiqué par Léonor. Louis Carell était assis sur le banc, ayant sa fille à droite et Albert à gauche. Tous trois s'entretenaient du Père céleste, qui, après avoir créé la terre, n'a point abandonné les êtres pécheurs condamnés par sa justice, mais leur a envoyé le grand Réparateur.

— Ah ! certes, pour moi, disait le père, dans son humilité si profonde et si vraie, j'étais bien la brebis perdue, que le bon Berger a cherchée par les montagnes et qu'il a rapportée sur ses épaules. — Mes enfants, voici qu'on vient nous appeler. Allons dîner pour ne pas mettre Léonor de mauvaise humeur. Et d'ailleurs vous devez tous avoir bon appétit.

Carell fut très gai pendant le repas, qui eut lieu dans une chambre placée au fond du corridor. Elle avait une fenêtre du côté des hautes rampes couvertes de sapins et en recevait une agréable fraîcheur en été. Hermance s'était donné le plaisir de garnir la table de ce qu'elle avait de mieux dans ses armoires : linge un peu fort, mais très blanc ; porcelaine unie, et couverts non galvanisés (on ne s'en servait pas encore à cette époque), mais en argent massif, marqué à son chiffre, le père Carell ayant eu la bonne idée de lui en donner un chaque année pour ses étrennes, depuis qu'elle avait eu dix ans.

Avant de servir le dessert, qui du reste ne devait consister qu'en fromage vieux et en un saladier de fraises découvertes par Léonor sur des rochers exposés au soleil, la brave servante posa sur la table, au grand étonnement des jeunes filles, un plat contenant un joli bouquet placé au milieu d'un gâteau sur lequel se lisaient les lettres A et H. On lui demanda d'où elle sortait cette friandise.

— C'est mon secret, répondit-elle. Messieurs et mesdames, vous avez bien les vôtres : permettez-moi d'avoir aussi le mien.

Le fait est que l'excellente fille s'était levée à minuit, et, sans souliers dans la cuisine pour ne pas faire de bruit en allant et venant autour de son foyer, le gâteau avait fini par sortir ainsi confectionné d'une tourtière.

— Il fut trouvé très bon. Albert en emporta même un morceau à sa mère, dont la présence eût embelli cette douce réunion. On but à la santé de tous. Le lendemain, de grand matin, Henri Dumont repartait pour Genève avec un espoir positif de succès ; les deux forestiers recommençaient leurs grandes tournées d'inspection ; les jeunes filles dormaient paisiblement et la Léonor trimait autour de la maison pour ne rien laisser en désordre ou en retard dans ses affaires.

CHAPITRE XXII

es journées suivantes furent, comme au reste la semaine tout entière, bien douces pour nos amis du Chenalet. Les fiancés se virent deux fois, le mercredi et le samedi, mais de façon à ce que personne du village ne pût faire de suppositions inutiles sur ce qui se passait à la Maison des bois. On connaissait amplement les désirs d'Albert, et non moins bien la volonté contraire de Louis Carell. Quant à Henri Dumont, aucun habitant du village ne savait ce qu'il était venu faire en sus d'une simple visite à sa famille. La Léonor serait bouche close, on pouvait en être certain, et la mère Dumont était la prudence même.

Albert reçut une lettre d'un des chefs de son frère Jacques, dans laquelle on lui demandait, de la part d'un ami et comme un grand service, de recevoir un garçon de douze ans pour lequel on désirait un séjour un peu prolongé à la montagne. L'enfant devrait autant que possible, accompagner Albert dans ses courses fores-tières; il était, disait-on, facile à conduire, intelligent; on offrait un prix de pension très convenable; Albert accepta. De part et d'autre, il fut convenu que Marc Ostéli (c'était son nom) arriverait chez les Dumont le 1er juillet. — Albert écrivit aussi à son protecteur, monsieur **, pour lui faire part de ses projets relatifs à une étude plus complète de la science forestière et lui demander conseil. À supposer que tout s'arrangeât facilement pour Henri et Olympe, on ne pouvait penser à un mariage avant la fin de septembre; ainsi Albert avait encore trois grands mois à passer au Chenalet.

Le samedi, vers les quatre heures du soir, Olympe dut pourtant songer au départ. Accompagnée par son oncle jusqu'au bas de la montagne, où Luc était venu l'attendre, elle reprit le chemin de Loisy, mais non sans avoir bien parlé à cœur ouvert avec ce cher oncle Carell, dont la vie nouvelle se consolidait, s'affermissait de plus en plus. Il lui offrit son intervention auprès de ses parents, pour peu que cela fût nécessaire. En quittant sa nièce, il l'embrassa avec une tendresse paternelle et lui donna sa bénédiction.

— Vous serez toujours une sœur pour Hermance, lui dit-il; elle a encore besoin de vous, de vos avis, de vos conseils. Si je ne vous revoyais pas, ma chère nièce, souvenez-vous toujours que vous m'avez fait du bien et avez contribué à dissiper des doutes dans mon esprit.

— Mon cher oncle, confions-nous tous en notre Père céleste. Laissons-nous conduire par lui; c'est là le secret de la force du chrétien.

— Oui, mon enfant, mais votre oncle a beaucoup vieilli depuis quelque temps. Le calme et la paix que j'éprouve sont un bonheur inestimable. Toutefois, à mon âge, il faut considérer chaque jour comme pouvant être le dernier. Adieu, neveu Luc. Les nouvelles que votre sœur nous a données nous font grand plaisir. Recevez tous mes vœux pour vous et votre future.

— Merci, mon oncle, répondit le garçon, il faut bien espérer que tout ira... de la bonne manière...

Ils se quittèrent; le frère et la sœur pour descendre l'inclinaison peu sensible du bas pays, le vieillard pour remonter les versants rapides.

En arrivant chez ses parents, Olympe retrouva sans doute avec bonheur le foyer paternel, mais tout lui paraissait plat et comme un peu écrasé dans la nature.

À Loisy, on s'en souvient, les accidents de terrain
étaient rares. Sauf le petit cimetière placé sur une sorte
de tumulus naturel, et les plantations de vignes au
milieu des champs en pente, la totalité du territoire de
la commune était formée d'espaces étendus, à travers
lesquels le Nant du Bornet cherchait tranquillement son
chemin. À la montagne, d'où venait Olympe, c'était
bien différent. On s'y sentait élevé et comme soutenu
dans l'air ; en bas, la terre nous prend bien plus fortement que sur les monts. Elle est plus productive ; c'est
une mère féconde qui nourrit elle-même tous ses
enfants, mais, dès qu'ils sont élevés, elle exige d'eux
davantage et leur commande avec plus d'autorité journalière que ne peut le faire aux siens sa sœur la
montagne, avec ses nombreux vallons, ses bois touffus
et ses pâturages sans fin.

Appelée à se donner, à suivre son mari dans les
diverses étapes de la vie, la femme ne peut s'attacher
autant que l'homme au berceau natal. La vraie patrie
terrestre d'une jeune fille sera toujours celle de l'époux
dont elle accepte le nom et la condition. Elle s'habitue
dès l'enfance à la pensée qu'elle devra quitter un jour sa
famille, tandis que le fils est plutôt appelé à réédifier la
demeure de ses pères. Tout cela, c'est Dieu qui, créant
un homme et une femme, l'a ainsi voulu. Donc, tout
cela est bien, dès le commencement.

Du bas de la montagne jusqu'à Loisy, le frère et la
sœur parlèrent d'abord des affaires générales de la
famille. Luc, toujours très content de sa fiancée, était
naturel en en parlant avec sa sœur ; son tic l'aban-
donnait alors ; il devenait vraiment amical et simple
dans la manière de sentir et de s'exprimer. C'était un
cœur très honnête, sous ses défauts extérieurs.
Olympe crut devoir lui dire ce qui la concernait elle-
même et Henri Dumont.

— Eh bien, ma sœur, lui répondit Luc après l'avoir
entendue, si cela peut te faire plaisir, je t'appuierai

auprès du père et de la mère. Il te faut bien voir si tu consens de bon cœur à aller vivre là-haut.

— Oui, Luc, j'irai volontiers. Tu vas te marier prochainement. Il est convenable que Fanny ait ma chambre, qui est la plus jolie de la maison ; cela s'arrangerait ainsi plus facilement pour vous et avec moins de dépense pour le père.

— Pour la dépense, Olympe, on s'en moque pas mal ! L'important est de savoir si Henri Dumont te plaît. Tu dis qu'oui : eh bien, pas tant d'histoire ! On le recevra comme il faut quand il viendra.

Dans la soirée, lorsque le père Normant fut là et, pendant que Luc mangeait sa soupe, la mère d'Olympe demanda à sa fille :

— Alors, t'es-tu bien trouvée là-haut ? Voyons, raconte-nous un peu de ces gens que tu as vus. Il me semble que ces montagnards doivent être si drôles !

— Drôles ? reprit vite Luc entre deux bouchées : pourquoi plus drôles que nous autres gens d'en bas ? Ils sont faits comme nous, je pense, sauf qu'ils ne vont pas à la vigne aussi souvent.

— Laisse *voir* parler ta sœur, reprit la mère. Alors, cette mère Dumont est donc, comme cela, tant aimable ?

— Oui, ma mère ; c'est si touchant de voir comme elle est aimée de ses fils !

— Hauh ! reprit Luc, je crois pourtant que nous autres… suffit.

— Mange ta soupe, babillard ; ne peux-tu laisser causer ta sœur ? — Combien en a-t-elle de fils ?

— Il y a quatre fils Dumont : l'aîné, qui est forestier comme oncle Carell ; le second (ici la voix d'Olympe devint un peu tremblante) est dans le commerce à Genève ; le troisième voyage avec une famille à l'étranger et le cadet écrit dans un bureau.

— Boustre ! continua la mère Normant, il y en a une fameuse troupe ! Alors, elle vend, cette mère Dumont, quoi ? de la terraille, des pipes, des *chevillières* ?

— Oui, on trouve tout cela chez elle, avec beaucoup d'autres articles plus essentiels. Le sucre et le café, par exemple, y sont meilleurs et coûtent moins cher qu'à Nyon. Si nous étions revenus en char, je crois que j'en aurais rapporté une bonne provision. Voici un échantillon de café que Mme Dumont vous envoie, ma mère ; si vous le trouvez bon, il vaudrait la peine de lui en demander par occasion. Il ne coûte que cinq batz la livre en prenant vingt livres à la fois. Voyez quelle jolie couleur et comme il est propre.

— En voici bien d'une autre ! Oui, nous irons faire nos emplettes de café au Chenalet ! ah ! pour celle-ci elle est bonne !

— Et pourquoi pas ? reprit Luc en posant son pot vide sur la table et en s'essuyant la bouche du revers de la main, oui, pourquoi pas ? Tu ne sais pas, mère, que le café arrive au Chenalet, de la Franche-Comté, d'où il vient directement du Havre. Comprends-tu ça ? Et pourquoi on peut l'avoir là-haut à meilleur marché qu'ici ?

La mère Normant ouvrit le *cornet*, le flaira, mania les grains de café, les considéra de près à la lampe, soupesa l'échantillon et finit par dire :

— Le café ne doit pas être mauvais ; il y en a pardine plus d'une demi-livre. S'il est bon, — cinq batz, tu dis ?

— Oui, répondit Luc, on peut en avoir pour cinq batz, mais, pour le moment, ce n'est pas de café qu'il s'agit. C'est d'une chose plus importante. Il s'agit que le second des fils Dumont, celui qui est dans le commerce, veut établir un bon magasin au Chenalet et se marier. Or, pour se marier, il lui faut une femme, tout comme à moi. Eh bien, ma mère, c'est un brave garçon, qui a joliment d'argent gagné et qui saura en gagner davantage. Olympe lui plaît ; il ne déplaît pas à Olympe ; suffit... je crois que nous nous comprenons et qu'il est inutile d'expliquer davantage la chose. Henri Dumont demande la permission de venir faire connaissance avec nous tous dès que vous le permettrez ; je pense qu'on peut lui écrire de venir de demain en huit ; voilà mon avis.

En écoutant cette tirade, la plus longue que le brave Luc eût faite en sa vie, sa mère crut qu'il voulait plaisanter. Aussi lui dit-elle, quand il eût fini :

— Quand on a l'intention sérieuse de se marier, Luc, on ne dit pas de pareilles absurdités.

— Ce ne sont parbleu pas des absurdités, ma mère. C'est bien ainsi que les choses sont ; demande plutôt à Olympe. — N'est-ce pas, ma sœur, que c'est vrai, tout ce que j'ai dit, du commencement à la fin ?

— Oui, mes chers parents, dit enfin la pauvre fille, que la turbulence de Luc avait mise aux abois. — Oui, je dois vous dire que M. Henri Dumont m'a demandée et que je lui ai promis de vous parler de lui.

— Ah ! ma foi, dit la mère dans un emportement de caractère qui lui était naturel, il y avait bien besoin d'aller passer quinze jours dans ces gueuses de montagnes, pour s'y faire courtiser par on ne sait qui ! L'Hermance aurait bien mieux fait de se mêler de ses propres écuelles ! oui, qu'est-ce qu'elle avait besoin de t'inviter ? et toi d'aller perdre ton temps là-haut ? Le diantre soit fait seulement de la montagne !

Jusque-là le père Normant n'avait rien dit ; il se bornait à écouter. En général, dans les affaires d'intérieur, les hommes sont plus politiques que les femmes, et avec une moitié comme la sienne, Gédéon Normant avait bien vite compris qu'il ne fallait pas s'opposer au torrent, mais le laisser s'épuiser. Il n'aurait pas même encore ouvert la bouche, si sa femme ne l'eût interpellé d'un ton d'impatience :

— Voyons, Judihon, tu me laisses toute l'affaire sur les bras ; n'est-elle pas aussi ta fille ? Quand parleras-tu donc ?

— Attends voir une minute. Le feu n'est pas au lac. Calme-toi d'abord ; après, il sera bien facile de s'entendre. Tu sais aussi bien que moi qu'Olympe est une fille de raison et de bon jugement. — Veux-tu, Olympe, qu'on fasse dire à Henri Dumont de venir?

— Oui, mon père. Et si après l'avoir vu et entendu, il ne vous plaît pas, je tâcherai de penser que votre volonté est meilleure que la mienne.

— Eh bien, nous voilà d'accord; écris-lui qu'il peut venir de demain en huit, dimanche prochain.

— Dimanche prochain, dimanche prochain, reprit la mère : il faudrait au moins avoir le temps d'apprendre un peu ce qu'il est. Ah! vous aviez bien besoin d'aller par là-haut! oui, c'était bien nécessaire! Ce sera commode pour nous d'aller te voir dans ces *déruppes* de montagnes! et quand tu seras malade ou quand on aurait quelque chose à se dire au milieu de l'hiver! Ma foi, je ne suis rien pour ces montagnes! point de vin, point de fruits : rien que des sapins et de la neige! Il est certain qu'il doit y faire beau! — Mais voilà! il semble que le diantre pousse les filles à se marier! Parbleu, il y a bien de quoi être tant pressée!

Olympe, qui connaissait sa mère et savait qu'elle était bonne malgré ses rudes et décourageantes paroles, ne répondit rien. Au bout d'un moment de pénible silence général, Mme Françoise Normant reprit d'un ton moins ardent et comme si la réflexion eût déjà produit quelque bon effet dans son esprit :

— D'où sont-ils ces Dumont? Sont-ils de la même famille que la grand-mère d'Hermance?

— Non, ma mère, ils sont bourgeois du Chenalet, tandis que les autres Dumont étaient venus de Saint-Cergues, si je ne me trompe.

— La commune du Chenalet, dit Luc, est une des plus riches communes du pays.

— Ah! Bah! tais-toi avec tes communes! Ne dirait-on pas, à t'entendre tenir le parti de ces gens, que tu veux les épouser? Tu as déjà bien assez à faire à mener ta barque. Ce sera une chose commode, n'est-ce pas? avec tout ce qu'il faudra déjà commander pour toi : lit, tables, pupitre, et tes habits de noce, — d'avoir encore sur les bras le trousseau de ta sœur! des chaises, une garde-robe, des matelas, des couvertures et tout ce qui s'ensuit. Ma foi! que ceux qui se marient s'achètent leurs affaires! Je sais bien que nous ne sommes pas là avec rien, mais tout de même il en faudra des écus, pour tout ça payer!... — Leur maison est-elle au moins bien placée? demanda-t-elle après une pause que personne ne se souciait de rompre.

— La maison est petite, dit Olympe, mais propre et bien distribuée.

— Ont-ils une fontaine?

— Je ne sais pas.

— Ah! ouah! pas plus, qu'ils ont une fontaine! Alors, l'autre garçon qui est aussi par là, où ira-t-il?

Question délicate pour y répondre sans toucher au secret d'Albert et d'Hermance.

— Albert Dumont a l'intention de se rendre à l'étranger.

— Haulah! ce sera encore un *couratier* comme on en voit tant. — Tu serais alors toute seule avec ta belle-mère et cet Henri?

— Oui.

— Et tu *vendrais* au magasin?

— Quand cela serait nécessaire.

— Si ça te plaît mieux que la campagne, je ne veux pas t'en empêcher. Mais je ne sais pas pourquoi il me semble que ces montagnards doivent être si comiques!

— Je vous assure, ma mère, qu'ils sont aussi simples que nous, peut-être même beaucoup plus dans leurs habitudes. Pour les vêtements, par exemple, les hommes ont moins de luxe que dans les villages de la plaine.

— Ils ont, ma foi, bien raison; il n'y a déjà que trop d'orgueilleux dans le monde. Alors, s'il vient de demain en huit, il faudra pourtant le recevoir. En allant au marché, samedi matin, tu prendras un morceau de viande qui ait bonne façon, et, dans l'après-midi, on fera quelque chose au four. Ça ne se rencontre guère bien, car nous serons en pleine fenaison. Mais, si tu es décidée, arrange-toi de façon à ce que ce commerce ne traîne pas longtemps. — Et l'Hermance, qui fait tant la fière, elle ne bouge rien? Pourquoi ne l'a-t-elle pas pris, ce Dumont? S'il était bon pour toi, il me semble qu'il aurait bien pu être bon pour elle.

— Henri Dumont ne l'a pas demandée.

— Ah! pardine, il savait bien pourquoi! L'Hermance voit clair; elle n'est pas nigaude comme nous autres. Elle dit tout uniment aux gens qu'elle n'en veut rien, et c'est fini par là. C'est que son père est un homme qui ne badine guère, à ce qu'on dit du moins, car je ne le connais presque pas. Je sais seulement qu'il passe pour un esprit fort.

— À cet égard, détrompez-vous, ma mère. Mon oncle est devenu un vrai chrétien, depuis quelque temps.

— Oui-i?

— Oui certainement. Et si vous l'entendiez, vous en seriez très édifiée.

— Est-ce toi qui l'as converti?

— Non, ma mère, vous savez bien que les sentiments chrétiens viennent de Dieu et non pas de nous.

— À la bonne heure, je ne te dis pas. Mais c'est réellement vrai qu'il n'est plus si incrédule?

— Ce qu'il désire maintenant, c'est de faire la volonté de Dieu.

— On disait qu'il n'allait jamais à l'église?

— Il y est rentré dimanche dernier.

— Les autres hommes n'ont-ils pas bien ri?

— Du tout: pourquoi riraient-ils d'un si bel exemple?

— C'est que, voilà, il me semble qu'ils sont si drôles par là-haut. — Mais s'il est retourné au sermon, il a bien fait. — Il te faudra donc écrire demain à ce Dumont, afin qu'on le voie.

Ce fut de cette manière que le conseil de famille se termina.

Henri fut donc invité ; il vint déjà dans la matinée du dimanche suivant. Luc alla l'attendre au bateau à vapeur et le mit d'avance un peu au courant des habitudes de langage de sa mère, afin que le jeune homme ne fût pas trop étonné ou ne se choquât pas.

— Elle est comme cela, si prompte et si vive en paroles, qu'elle dit tout ce qu'elle pense et comme elle le pense. Mais elle est très bonne pour nous tous et nous sommes bien heureux, ma sœur et moi, de l'avoir eue pour nous élever, quand nous étions à la bande et que nous ressemblions à de gros saucissons,... vous comprenez.

Henri Dumont trouva M. Gédéon Normant devant la maison, se lavant les mains au ruisseau. Luc le présenta à son père :

— Bonjour, monsieur, dit le jeune homme ; je suis heureux de faire votre connaissance et bien touché de la permission que vous m'avez accordée de venir aujourd'hui.

— Entrez seulement ; Luc, fais entrer M. Dumont et offre-lui un verre de vin.

Mme Françoise était autour du foyer, vers ses marmites.

— Bonjour, madame ; je suis bien reconnaissant de la permission que vous m'avez accordée de me présenter chez vous ; il me tardait de vous le dire et de vous en remercier.

— Pardine ! je crois bien que vous pouvez être reconnaissant. On ne permet ces choses-là qu'aux gens qu'on estime beaucoup.

— J'espère vous prouver que votre confiance n'est pas mal placée.

— J'y compte bien, car ma foi ! ceci n'est pas un badinage. Si vous voulez que je vous donne ma fille, il s'agit d'être bon pour elle et de marcher droit. Croyez-vous, peut-être, M. Dumont, qu'il soit facile d'en trouver beaucoup comme l'Olympe ? Vous iriez dans dix villages avant de rencontrer une fille comme elle : une fille vertueuse, bonne, douce, qui ne crie jamais (ma foi, je vous préviens que je crie un peu de temps en temps, mais ça ne dure pas), une fille qui écrit aussi bien, si ce n'est mieux, que madame la ministre, une fille pieuse et sage! oui, allez voir à la rue, s'il en pleut de ces filles-là.

— Personne plus que moi, Mme Normant, n'est convaincu des qualités de Mlle Olympe.

— Je pense bien.

Elle alla au bas de l'escalier intérieur et cria: — Olympe! descends voir! Mais réfléchissant qu'il valait peut-être mieux monter, elle se rendit auprès de sa fille et lui dit:

— Il est là. Il a pardine bien bonne façon et un air agréable. Je crois qu'il me plaira encore assez. Il n'a pas l'air affecté et ne parle pas *gras* comme tous ces jeunes blancs-becs de Genève. Allons, viens, et que ça ne te donne pas comme ça de l'émotion. Puisque tu es toute décidée, prends-en ton parti, ma pauvre Olympe. On fera pour le mieux. Allons, viens donc, je te dis.

Chez certaines natures fortes, l'émotion fait parler; chez d'autres non moins vigoureuses, elle comprime la parole et agit davantage sur le cœur.

Avec son caractère ouvert et franc, Henri Dumont eut bientôt gagné les bonnes grâces de Mme Françoise. Il lui parla du commerce de ses patrons, des affaires journalières du magasin, des gens qu'on y voyait, toutes choses qui intéressèrent la paysanne. Il lui exposa son projet d'établissement: comme il arrangerait le magasin, dans lequel Olympe ne ferait que ce qui lui serait agréable; qu'ils auraient toujours une chambre à lui donner, quand elle leur ferait le grand plaisir de venir passer quelques jours au Chenalet dans la belle saison, etc. Bref, avant la fin de la journée, la mère d'Olympe était tout aussi décidée que sa fille. Quant à Gédéon, il prit le jeune homme à part et lui demanda de lui dire simplement l'état de ses affaires.

— Je puis disposer de mes petites épargnes, qui se

montent à cent louis, dit-il, et mes patrons m'ouvriront un crédit habituel chez eux, jusqu'à concurrence de cette somme. C'est bien peu, comme vous voyez, mais cela, je l'ai gagné, je suis jeune ; avec l'aide de Dieu, j'espère faire mon petit chemin.

— Si je remettais à ma fille une somme de cent louis comme la vôtre, à titre d'avancement d'hoirie, verriez-vous un inconvénient à vous marier sous le régime de la communauté d'acquêts ?

— Non, aucun. Ce ne serait que simple justice, et je désirerais aussi, en cas de veuvage, que ma femme fût mère tutrice de ses enfants, si nous en avions.

— Eh bien, nous arrangerons les choses de cette manière.

— Nous sommes complètement d'accord.

— Nous pensons aussi que, pour éviter des frais inutiles, votre mariage et celui de mon fils pourraient avoir lieu en même temps, soit d'abord après les vendanges.

— Cela m'irait aussi très bien, pourvu que Mlle Olympe y consente.

— Nous lui en avons déjà parlé.

— En ce cas, je suis trop heureux que tout s'arrange comme vous avez la bonté de me le proposer. — Je puis écrire cela à mon frère aîné ?

— Oui, sans doute, puisque nous sommes d'accord.

Ainsi qu'on le voit, les époux Normant avaient fait bien du chemin en une semaine. Ce fut donc une chose arrêtée que le mariage d'Olympe et d'Henri aurait lieu à la fin d'octobre, afin qu'Albert pût s'éloigner du Chenalet avant l'hiver. Ces bonnes nouvelles furent communiquées par Olympe à Hermance, et par Henri à son frère Albert, en sorte que tous étaient heureux dans les trois familles de la Maison des bois, du Quart-d'en-haut et de Loisy.

CHAPITRE XXIII

endant qu'à la plaine on achevait de rentrer les derniers foins, que les blés mûrissaient rapidement, sur la montagne, les prés commençaient seulement à fleurir. Il faudrait bien encore quinze jours avant que cette herbe courte, savoureuse et d'un arôme prononcé, fût roulée en andains rapprochés et vint prendre place en tas serrés dans les granges du Chenalet. On était en juillet pourtant ; et les vaches montaient successivement d'un alpage à l'autre, à mesure que l'herbe des basses montagnes était mangée.

M. Ostéli amena son fils Marc à Albert. Ainsi que nous l'avons dit, le garçon avait besoin d'oublier les livres et les bancs du collège, pour se fortifier à l'air vif de ces régions élevées. De treize à quatorze ans, les enfants grandissent parfois beaucoup, et cette croissance les fatigue ; si l'on ne diminue pas le travail intellectuel pendant que le corps se développe ainsi rapidement, ils peuvent tomber dans un état de faiblesse qui dégénère bien vite en maladie grave. Marc Ostéli était un aimable enfant, communicatif, l'esprit ouvert. Il avait été élevé avec beaucoup de soin et de tact. Jamais il n'abusait de la complaisance d'Albert en lui adressant des questions inutiles. Il attendait que celui-ci ramenât son attention sur tel ou tel fait de végétation ou de géologie populaire, ou sur les mœurs des animaux sauvages qu'ils rencontraient parfois sur leur chemin. Albert s'attacha bientôt à Marc, comme ce dernier se sentit tout de suite attiré vers le forestier qui connaissait si bien les mille sentiers de la contrée. Là seulement où la présence de l'enfant gênait Albert, c'était lorsqu'il passait avec lui à la Maison des bois. Comme on gardait le secret sur les projets des fiancés, il n'y avait pas moyen, dans ces cas-là, de se dire un mot de plus que le simple courant d'une conversation ordinaire. Cependant, Albert finit par engager Marc, de temps en temps, à retourner seul au Quart-d'en-haut pendant qu'il s'arrêtait un moment de plus chez M. Carell. Il était bon, d'ailleurs, que le jeune garçon apprît à se tirer d'affaire par lui-même, lorsque la distance à parcourir ne présentait pas de danger pour lui.

Avant que Marc arrivât chez la mère Dumont, Carell et Albert avaient fait ensemble plusieurs grandes reconnaissances dans les forêts. Les études récentes du jeune forestier profitaient ainsi à l'ancien, qui finissait par être émerveillé de ce que son futur gendre avait appris durant l'hiver et depuis six mois.

— Au point où tu en es, lui dit-il, dans une de ces courses, il me semble que tu dois pouvoir arriver sans trop de peine à posséder ce qu'il faut connaître pour passer les examens d'inspecteur forestier. Si tu es admis quelque jour en cette qualité, et qu'il n'y ait pas de place vacante dans la contrée, tu pourrais également continuer ce que nous faisons maintenant nous deux et me remplacer. Y verrais-tu quelque humiliation pour toi ?

— Pas la moindre, répondit Albert. Je suis très heureux d'avoir entrepris sérieusement ces études, mais vous savez pourtant que je le fais pour vous, pour Hermance, autant et plus que pour ma propre satisfaction.

Lorsque Carell se sentait fatigué, Albert lui offrait son bras et le père s'appuyait volontiers sur celui qu'il avait repoussé de sa famille pendant bien des années. La piété vraie n'avait pas fait de lui un autre homme pour le langage et les manières ; elle avait mûri son cœur en le pénétrant, d'une part, de sincère repentance et, d'autre part, d'un amour cordial pour Dieu, qui, disait-il, l'était venu chercher de si loin. Ses rapports avec les hommes avaient pris un caractère de débonnaireté qui ne sentait plus le légalisme dans lequel il vivait autrefois. Avec ses débiteurs en retard, il suivait l'exemple du père de famille qui prend patience. Avec les pauvres, il était généreux ; avec les méchants il savait allier la fermeté à la douceur. Prenait-il un maraudeur en délit, quelque amodieur[20] en train de dépasser les limites permises pour le service du chalet : — «Ah ! disait-il au premier, vous me forcez à vous rappeler l'article de la loi qui vous condamne ; et au second : vous violez les conditions de votre bail. Je ne puis faire autrement que de dresser un procès-verbal à votre charge, mais soyez sûr que je voudrais qu'il m'en coûte bien quelque chose pour n'être pas appelé à remplir un devoir aussi pénible. »

Telle doit être, dans le cœur du vrai chrétien, la puissance de la foi qui sanctifie.

Dans la Parole de Dieu, ainsi qu'il le disait ouvertement, il voyait des choses qu'il aurait préféré ne pas y trouver. Comme elles n'atteignaient point en lui le cœur du christianisme, il finissait peu à peu par abandonner tous ces mystères à la sagesse infinie de Celui devant lequel nous ne sommes que d'imperceptibles grains de poussière.

Un jour, comme il se reposait un moment avec Albert dans la forêt, il fût sur le point, en s'asseyant, de poser la main sur une vipère enroulée qui dormait à deux pieds de lui. Il n'eut que le temps de se lever, mais Albert, qui avait un bâton, venait déjà de frapper la bête : une grosse vipère rousse, fortement rayée de noir sur toute la longueur du dos. Albert la jeta devant eux et s'assura qu'il n'en existait pas d'autres dans le voisinage.

---

20 - [NdÉ] Celui qui loue des terres agricoles.

— Eh bien, mon cher Albert, ces vipères-là, par exemple, nous pourrions nous en passer. Je ne veux pas dire que Dieu ne fût pas libre de les créer et qu'elles n'aient pas une utilité qui nous est inconnue. Mais ce qui m'étonne toujours beaucoup, dans la Bible, c'est cette histoire du serpent et de nos premiers parents. Qu'en penses-tu toi-même ?

— Que c'est, avant tout, un récit donné autant pour notre instruction morale que pour nous raconter l'origine du mal sur la terre. Je crois le récit vrai, et nous le comprendrons un jour. Mais je pense aussi que toute cette partie de la Genèse est remplie de mystères, pour l'explication desquels nous nous tourmenterions en vain, et qu'il est préférable d'abandonner à la sagesse divine. Finalement, qu'est-ce que cela nous fait ? L'important, pour nous, n'est-il pas de savoir que nous sommes tellement enclins au mal, que la plus petite tentation peut nous y faire tomber ? Mais surtout, combien ne devons-nous pas être reconnaissants de ce que Jésus est venu sur la terre, pour écraser la tête du serpent ; c'est-à-dire, pour détruire le pouvoir du mal, ramener l'homme à l'obéissance envers Dieu, et lui procurer la félicité éternelle !

— Oui, répondit Carell ; c'est vrai. Dis-moi aussi, Albert, ce que tu penses de ces horribles guerres, de ces massacres des peuples qui habitaient le pays de Canaan lorsque les Hébreux en prirent possession ; de ces coquineries (passe-moi le mot) du roi David, lorsqu'il était chez Akis et de là faisait le voleur de troupeaux dans les montagnes.

— Certes, on ne peut pas dire que ce fussent là des actes dignes de louange. Quant aux nations exterminées sur l'ordre de Dieu, je m'abstiens de tout jugement ; il fallait qu'elles eussent commis de terribles abominations, pour que leur nom dût cesser d'exister sur la terre.

— David, comme roi, fit de très belles choses ; il en fit aussi de fort laides, il commit de grands péchés. — Mais dites-moi un peu si, parvenus au XIXe siècle, avec tout ce que l'Évangile a apporté de lumière parmi les hommes, avec une civilisation dont l'Europe à bon droit se glorifie, dites-moi si les guerres de notre époque ne sont pas aussi d'horribles atrocités ? Toutes ces magnifiques batailles, gagnées par Napoléon Ier ou par les Anglais, les Prussiens et les Russes, ne sont-ce pas autant de grands crimes de lèse-humanité ? Et cependant on porte aux nues les capitaines ; on en fait presque des dieux ! Est-ce là ce que le Père commun des hommes demande à ses enfants ? — Mais il y a des décrets qui nous sont inconnus, une justice éternelle qui fait son œuvre. Un jour, nous connaîtrons aussi, et tout sera expliqué ! L'histoire d'Adam et d'Ève sera pour nous aussi claire que celle des parents qui nous ont donné le jour.

— Albert, je vois toujours plus que Dieu t'a fait une grande grâce en te donnant de croire en lui dès ta jeunesse. Ta foi est plus simple, plus vivante que la mienne, qui se débat souvent encore avec le fatras d'incrédulité dont mon esprit s'est nourri pendant si longtemps. Il sera bien nécessaire que tu sois ferme avec Hermance, sur tous ces points difficiles. La chère enfant regarde encore du côté des étoiles, mais, au fond, elle se confie dans les mérites de Jésus-Christ. Allons-nous-en d'ici, et jouis seulement bien de ton bonheur.

Une autre fois encore, ils se trouvaient ensemble sur l'une de ces crêtes élevées et tranchantes où Léonor s'appropria dans le temps les grives trouvées prises aux lacets des oiseleurs. De là, on distingue les divers abords d'une route qui traverse la montagne ; la vue plonge aussi sur des vallons intérieurs, sur de grands bois noirs et des pâturages. La petite colline de Carell, sa maison, son pré et les trois grands sapins se détachaient comme un joli tableau à part dans ces immenses paysages. Albert, ayant sa lunette, l'ouvrit et la dirigea sur ce lieu bien-aimé. Hermance et Léonor étendaient

au soleil du foin coupé la veille par l'ouvrier de Carell.
On pouvait reconnaître les personnes et les suivre dans
leurs divers mouvements. Albert passa la lunette à
Carell, qui la lui rendit bientôt en disant :

— Oui, c'est un joli endroit que celui où mon père vint
se fixer il y a soixante-trois ans, presque sans fortune,
mais décidé à se bien conduire et à travailler vigoureu-
sement. C'était un homme fort, comme on n'en voit
plus guère : ses poignets étaient de fer ; quand il pous-
sait avec les reins, il renversait à lui tout seul une grosse
fuste de vin. Je suis le dernier de la famille Carell, dont
le nom s'éteint avec moi. Il ne vous faudra jamais
vendre la propriété qu'il m'a laissée, Albert ; et tant que
vous pourrez l'habiter, n'allez pas chercher le bonheur
ailleurs. Où iriez-vous pour être plus heureux ? Je vous
laisserai assez de fortune pour vous deux et une famille.
— Mais encore, il peut se présenter tel cas où il faudrait
quitter cette demeure. Alors, louez le pré avec les autres
fonds, et fermez la maison jusqu'à ce que vous puissiez
de nouveau l'habiter.

— Si je dois vous survivre, répondit Albert avec une
gravité respectueuse et digne, je me souviendrai de ce
que vous venez de me confier. Vous me considérez
comme votre fils, M. Carell ; je vous assure que je le suis
bien, de tout mon cœur. Mais quand je le deviendrai tout
à fait, s'il plaît à Dieu, c'est vous qui me guiderez dans
les choses positives de la vie.

— La prochaine fois que tu viendras à la maison,
n'oublie pas de me rapporter mon testament ; il faut y
changer quelque chose.

Albert venait de diriger sa lunette sur un espace vert,
assez en pente, situé à peu de distance de la route
encaissée dans la montagne.

— Il y a là-bas, dit-il, un char vide, un cheval dételé et
débridé qui pâture dans les environs, mais je ne vois pas
le propriétaire. Ah ! le voilà, qui sort du bois avec un sac
sur le dos. Il arrive près du char. Le sac est pesant. Il le

jette par terre, l'ouvre et met à l'entrée un reste de foin déposé sur le char. — Ceci, M. Carrel, me paraît louche, d'autant plus que je crois reconnaître Thomas Quichet. Voyez vous-même.

Le vieux forestier appuya son œil au petit bout de la lunette et dit qu'il ne voyait plus que le char.

— Mais c'est égal, ajouta-t-il : passons par là en retournant à la maison.

Il leur fallait une heure pour le trajet en question. Pendant qu'ils descendaient les *châbles* et les *dévaloirs*, voici ce qui avait lieu à l'endroit remarqué par Albert.

Thomas Quichet, par négligence, avait laissé au bord du bois deux billons assez gros. Ils étaient restés là, exposés au soleil, depuis le premier de juin, époque où les forêts de montagne sont fermées aux bûcherons. On comprend que ces grosses pièces de bois se fendillaient en pure perte, sans se sécher à l'intérieur, puisqu'elles touchaient au sol et recevaient souvent la pluie. Le sapin devient éponge, chaque fois qu'il le peut. — Aujourd'hui donc, Thomas venait chercher ses billons, pour les emmener sur son char à quelque scierie de la plaine. Il était seul. La difficulté de les charger ne serait pas grande, une fois au bas de la pente. Pour les y faire arriver, il suffisait de leur donner l'impulsion nécessaire, après quoi et d'eux-mêmes ils rouleraient avec rapidité jusque vers le char.

Quand donc Thomas eut jeté son sac par terre (qu'apportait-il dedans ?), il remonta vers ses billons. C'est pour cela que Carell ne l'avait plus trouvé dans le champ de la lunette. Arrivé ici, Thomas dégagea le premier bloc de bois en ôtant la pierre dont il était calé, et voulut le faire rouler. Mais la pièce adhérait au sol, et comme Thomas n'avait pas de barre avec lui, il se cramponna fortement en arrière avec ses souliers et donna une secousse qui fit partir le billon. Thomas fut lancé avec, à plat ventre sur le rouleau, dont le mouvement de rotation le jeta en avant. Le poids énorme du sapin lui passa sur le corps et lui écrasa la poitrine. Lorsque les deux forestiers, arrivèrent, une demi-heure après l'accident, le cheval paissait toujours dans le voisinage, le billon était arrêté contre les roues du char et le malheureux Thomas avait rendu le dernier soupir. Le sac, dont l'ouverture était bourrée de foin, contenait douze verges de fléau en bois d'alizier, qui venaient d'être sciées dans la forêt, pour être vendues à quelque propriétaire ou fermier de la plaine. Ainsi, même en son dernier jour, Thomas Quichet n'avait pu écouter la voix de sa conscience. Mais la mesure étant comble, elle déborda.

Cet événement fit une vive impression sur Carell. Il s'accusait de n'avoir pas parlé avec plus de charité à son ancien ennemi ; il regrettait infiniment de ne l'avoir pas supplié de se retourner vers Dieu pendant qu'il en était temps. Aura-t-il pu se reconnaître ? A-t-il crié grâce, ne fût-ce que par un seul soupir ? Oh ! comme cela est sérieux pour tous ceux qui suivent le chemin de cet homme et aussi pour nous tous !

C'est ainsi que le vieux forestier parlait, en essayant de retrouver un souffle de vie dans ce corps inanimé.

Les parents de Thomas vinrent le chercher sur le char qui se trouvait là. On plaignit son triste sort dans le village ; le pasteur prit occasion de cette mort pour faire une sérieuse prédication sur le passage de l'apôtre : «Vous donc aussi soyez prêts, car vous ne savez ni le jour ni l'heure où votre Seigneur doit venir. »

Les auditeurs trouvèrent le sermon excellent : — «Ah ! un beau sermon !» — mais, hélas ! peut-on espérer qu'un seul d'entre eux se décida, dès ce jour-là, à se donner à Dieu de tout son cœur ?

CHAPITRE XXIV

ès le jour suivant, Albert apporta le testament de Carell. Celui-ci le lui rendit à sa prochaine visite, en disant qu'il désirait lui avancer la somme dont il aurait besoin pour le temps qu'il passerait à l'étranger. — C'est juste, ajouta-t-il, puisque c'est moi qui t'ai poussé dans cette voie. — Albert refusa, pour le moment du moins. — J'ai quelques épargnes, dit-il ; elles seront, j'espère, suffisantes pour ma dépense ; quand je serai au bout, si j'ai besoin de plus d'argent, je m'adresserai à vous. — Carell lui posa la main sur l'épaule (c'était une habitude qu'il avait prise depuis quelque temps), et lui dit avec amitié :

— Ah ça! Albert, je veux croire que ce n'est pas par orgueil que tu refuses mon offre, car alors ce ne serait pas bien de ta part, mon garçon. Vois-tu, j'agis simplement avec toi ; fais-en de même avec moi.

Albert, dont le cœur se gonflait de reconnaissance et comme par une sorte de pressentiment, ne put répondre : il se borna à lui serrer la main.

Ce jour-là, Hermance éprouvait aussi de l'angoisse. La vue de ce papier cacheté de noir, allant et venant dans les mains de son père et d'Albert, lui faisait mal. La préoccupation constante d'une fin prochaine l'effrayait d'autant plus que Carell laissait voir clairement combien il était heureux. Elle en parla à Albert, en l'accompagnant jusque sous le sapin, où ils causèrent avec l'intimité confiante qui s'était établie entre eux, depuis qu'ils avaient le droit de se communiquer leurs pensées.

— Albert, lui dit-elle, je ne sais pourquoi je vois approcher l'automne avec une sorte de terreur. Pourtant, après ce qui nous arrive et la bonté de Dieu à mon égard, je devrais être toujours confiante et paisible. Eh bien, il y a des jours où, malgré moi, le trouble et l'inquiétude envahissent mon esprit. La pensée de votre départ, de cette longue absence que nous vous avons imposée, me révolte. Je ne puis me faire à l'idée d'être séparée de vous si longtemps, avec mon père qui vit, je vous l'assure, Albert, plus dans le ciel que sur la terre. Tout cela me tourmente et m'effraye parfois.

Albert lui prit la main :

— Et moi, Hermance, il me faut aussi du courage. Chaque fois que je pense à vous, j'en retrouve ; or, vous savez si je puis vivre loin de vous.

— Mais vous êtes fort, Albert ; moi, je suis faible ; comment me passer de votre appui ? Sans vous, que ferai-je ?

— Ce que j'essayerai moi-même : *Nous regarderons aux montagnes, d'où nous vient le secours.*

— Oui, c'est vrai ; à propos, vous souvenez-vous du jour où vous vîntes reclouer l'écorce de nos sapins ?

— Certes, je compte bien ne l'oublier de ma vie.

— Je n'ai jamais achevé la phrase interrompue ; faut-il le faire à présent ?

— Oui, sans doute, ne me cachez jamais rien, même au prix d'une grande souffrance.

— Albert, allez-vous-en vite et lâchez ma main.

— Voilà, c'est fait ; voyez comme je suis obéissant.

— Adieu ; je voulais vous dire alors : *je vous aime bien.*

C'était donc ces quatre mots que la belle enfant avait été sur le point de laisser échapper de sa bouche, le jour en question. Si elle les eût donnés à Albert, qui sait si celui-ci, ardent, fier et passionné comme nous le connaissions alors, n'en eût peut-être pas fait un mauvais usage devant le père de celle qui pouvait maintenant les lui dire avec un si charmant et si pur abandon ?

Bientôt il reçut une lettre de l'homme distingué qui s'occupait de ses projets d'étude. Monsieur ** lui avait trouvé une pension chez un forestier éminent, qui recevrait Albert pour le temps qu'il voudrait passer à ** et lui enseignerait régulièrement la science forestière ; Albert aurait là l'immense avantage d'unir la pratique à la théorie. Cet étranger parlait également bien le français et l'allemand. Lui-même désirait, depuis quelque temps, avoir un aide intelligent dans ses divers travaux. Dès le 1er septembre, Albert Dumont pouvait se rendre chez lui. C'était bien un peu cher : cent francs de France par mois, outre les frais de voyage, etc. Toutefois Albert n'hésita point à accepter. Il ne serait pas là pour le mariage de son frère, et il faudrait qu'Henri quittât Genève un mois plus tôt, s'il voulait postuler la place d'Albert. Dès le 15 août, on ferait les démarches nécessaires.

On était à la fin de juillet. C'est l'époque où les couvées de jeunes cailles viennent à la montagne pour y chercher un abri sûr, une nourriture plus abondante dans les avoines et dans les plantations de pommes de terre. Marc Ostéli devait passer encore le mois d'août au Chenalet ; il aurait bien voulu que la chasse aux cailles s'ouvrit en cette saison dans le canton de Vaud, comme en France. Alors, en suivant Albert, ce dernier lui eût montré son adresse à tirer au vol, — supposé toutefois qu'Albert eût, pour si peu de temps, pris un permis de chasse. Carell consola le jeune garçon en l'invitant à venir passer huit jours à la Maison des bois pendant les vacances d'octobre. Cela le réjouit beaucoup, car il verrait chasser Blondeau et Bataille en pleine forêt, soit au renard, soit au grand lièvre de montagne.

Le premier dimanche d'août, Luc Normant amena sa mère, sa sœur et sa fiancée au Chenalet. Le mariage d'Olympe était maintenant connu dans la contrée. Luc arriva donc en char à banc, devant l'auberge de La Patrie, où il laissa l'équipage. De là, on irait à pied chez l'oncle Carell. Mais on voulait commencer par une visite à Mme Dumont, chez laquelle, du reste, on devait dîner.

— Ah, foi ! tu as bon goût de trouver ce village joli, disait Mme Françoise à sa fille. Regarde un peu comme tout est *rabottu*[21] par là. C'est tout plein de pierres dans les prés. Par hasard, il fait un bon air ici, on respire bien.

En suivant la rue, ils rencontrèrent Julius, qui vint saluer Luc.

— Si je ne me trompe, dit l'adjudant, vous êtes le neveu de M. Carell ?

— Oui, pourquoi

— C'est que je viens de voir entrer votre oncle chez Mme Dumont. — Puisque vous arrivez de la plaine, pourriez-vous me dire l'heure exacte ? Ici notre horloge n'est jamais bien d'accord avec le soleil.

— Il est onze heures dix minutes, répondit Luc.

— Hum ! l'horloge ne va pas encore si mal ; au régiment, nous avions la parade à midi juste, le dimanche. — Fait excuse, monsieur.

Julius continua sa promenade quotidienne.

— Quel est cet Autrichien ? demanda la mère Normant.

— C'est un homme du village, dit Olympe.

— Alors, quand je te disais que ces montagnards sont comiques, tu ne voulais pas me croire. S'ils sont tous comme celui-ci, boutonnés jusqu'au menton et la visière de la casquette en l'air, ils sont joliment timbrés.

— M. Julius Bagal est le seul de son espèce, s'empressa d'ajouter Olympe, et malgré cela un très brave homme.

— Ils n'ont point de fumiers par là, reprit la mère. Ils ne doivent rien pouvoir semer.

— Écoute, ma mère, dit Luc ; on sème ici au printemps, et c'est alors qu'on met le fumier sur les terres.

---

21 - Rugueux, inégal.

Tu comprends qu'à la montagne, on ne fait pas les choses comme à la plaine.

— Ah! pardine, j'y vois assez.

Olympe et Fanny s'entretenaient gaîment, laissant la mère et le fils débattre leurs opinions réciproques. Bientôt ils furent en vue du Quart-d'en-haut.

— Est-ce là que ta sœur va demeurer? reprit la paysanne.

— Oui, dans cette jolie maison blanche, tournée au soleil.

— Il faut encore monter jusque-là?

— Ce n'est qu'à cent pas d'ici.

— Oui, mais des pas longs d'une aune.

Enfin, ils entrèrent chez la mère Dumont, où Henri les attendait avec M. Carell et Albert. On leur fit l'accueil le plus amical. Mme Dumont embrassa tendrement Olympe, sans lui rien dire; puis vite elle conduisit Mme Françoise dans une chambre, pour la remercier d'être venue et surtout de lui donner une fille qu'elle chérissait déjà comme son propre enfant. Elle l'assura qu'elle ferait tout pour le bonheur d'Olympe et lui dit d'Henri le bien qu'elle osa modestement avouer.

— Sans doute, répondit Mme Normant. Votre fils Henri est un charmant garçon; nous nous sommes tous attachés à lui, mais, voyez-vous, c'est un très grand chagrin que de se séparer de sa fille, Mme Dumont; et encore pour l'amener dans un pays perdu.

— Non, non, pas pays perdu, croyez-moi; on vient si vite en char, de chez vous ici.

— Si vite! ah! vous me la chantez belle! Nous avons mis trois grandes heures. On ne voit jamais la fin de ces contours de route et de ces immenses *râpilles*[22] qui ne sont bonnes que pour les écureuils. Chez nous, ça va tout seul, à plat, où qu'on le veuille.

— Votre pays est bien meilleur que le nôtre, ajouta Mme Dumont, soit qu'elle en fût convaincue, soit qu'elle

───────────

22 - Pentes pierreuses.

éprouvât le désir de dire quelque chose d'aimable à la mère d'Olympe. — Oui, vous êtes mieux partagés que nous pour les biens de la terre, mais pourtant la montagne a aussi ses avantages.

— Oh! je ne vous dis pas le contraire; c'est bien clair que pour le bois et les pierres, vous en avez de reste. — Est-ce ici que sera la chambre d'Olympe?

— Non, elle est en haut. Olympe aura la chambre de mon fils Albert; elle est plus agréable que celle-ci; voulez-vous la voir?

— Oui, j'en serai bien aise.

Les deux mères montèrent à l'étage, dans la chambre en question. Elle était en ordre comme toujours, avec ses ornements de chasse et les livres ouverts sur la table à côté des cahiers. Mme Normant trouva qu'on serait bien ici, mais qu'il faudrait pourtant mettre un papier neuf et blanchir le plafond.

— Oui, on va faire cela au premier jour.

— Alors, reprit la paysanne, votre fils aîné, c'est donc celui que nous avons vu là-bas avec mon beau-frère?

— Oui.

— Un beau jeune homme, ma foi oui! Pour la figure, il est presque mieux qu'Henri, mais pour le caractère, je n'en sais rien. — Alors, où ira-t-il en quittant cette chambre?

— Il doit aller passer l'hiver à l'étranger, pour y continuer ses études de forestier.

— De forestier! pardine! les belles études! Qu'est-ce qu'il y a tant à étudier pour savoir si l'on doit couper un sapin?

— Il paraît bien que cela est nécessaire. Albert n'a pas l'habitude de perdre son temps.

— Ni l'autre non plus, ma foi non! car, quand il vient chez nous, il arrive juste à l'heure dite et en repart au coup de la cloche. J'aime ça, moi; la régularité est une excellente chose. — Vous voyez souvent ma nièce Hermance?

— Oui, à peu près toutes les semaines.

— Une belle personne! et qui sera riche un jour. Par hasard, mon beau-frère est encore d'un bon âge: il pourrait se remarier, mais il est peu probable qu'il le fasse puisqu'il est resté veuf si longtemps. Cependant, on voit parfois de ces veufs qui, tout à coup, se redécident pour le mariage. Ma nièce se tient toujours ferme chez elle? N'y a-t-il donc point de jeune homme qui lui plaise, au Chenalet?

Mme Dumont allait se trouver fort embarrassée pour donner une réponse vraie, mais Albert entra en ce moment et dit qu'il faudrait dîner, pour aller ensuite chez M. Carell. Les jeunes filles avaient mis la table.

Après le repas, que Luc égaya de son mieux et qui fut très bon du reste, on prit le sentier de la Maison des bois. Lorsqu'on arriva au passage taillé dans le roc, Mme Françoise dit que c'était honteux de n'avoir pas meilleur chemin; qu'il fallait être fou pour demeurer aussi haut que ça; qu'un tel pays était bon pour les sauterelles et les lézards, mais non pour des gens qui peuvent s'établir ailleurs.

Son opinion changea cependant bien vite, lorsqu'elle arriva près de la maison, qu'elle vit les trois arbres magnifiques, la jolie fontaine dans le pré, les bonnes chambres d'Hermance, l'ordre et l'aisance: aucun embarras intérieur, pas trace de ces cent objets baroques dont le *réduit* était toujours encombré à Loisy. Et l'air si bon et si affectueux de son beau-frère; la grâce charmante de sa nièce avec la fiancée de Luc; et cette belle plaine qu'on voyait au bas de la montagne, le lac bleu, les grands espaces verts avec leurs blancs chalets sur les hauteurs, et le village presque au pied de la colline, — tout cela lui paraissait un spectacle magnifique.

— Il n'y a pas à tortiller, beau-frère, vous habitez un joli endroit. C'est seulement dommage qu'il faille une échelle pour y grimper, dit-elle en souriant.

— Ah! mais nous avons le chemin à char.

— Vous avez un chemin à char ?

— Certainement ; ici derrière.

— Et pourquoi diantre nous a-t-on fait monter par le précipice des rochers ?

Carell se mit à rire de la sortie de sa belle-sœur, mais il reprit bien vite :

— Allons, allons ; soyons contents de ce que Dieu nous a donné. Avec lui tous les pays sont bons ; sans la paix de Dieu et le contentement d'esprit, la plus belle campagne me paraîtrait bien triste.

— Peut-être bien, beau-frère ; je ne vous dis pas non. Mais avouez pourtant que si vos grandes *pesses*[23] donnaient des châtaignes ou des poires au lieu de *pives*[24] elles seraient encore plus belles et de meilleur apport. — J'aimerais assez dire bonjour à votre domestique.

Ils allèrent vers Léonor, qui se tenait dans la cuisine, où tout était brillant de propreté.

— Bonjour ! bonjour, la fille ! dit Mme Normant. Et cela va bien ?

— Très bien, madame, je vous remercie. Et vous aussi ?

— Il faut être encore forte, pour venir jusqu'ici.

— C'est vrai, dit Léonor, mais pour descendre à la plaine, cela va tout seul.

— Peut-être ! on verra ce soir, pourvu toutefois qu'on ne s'assomme pas contre ces rochers. — Avez-vous bien trouvé des morilles ce printemps ?

— Oui, passablement. Je vous en ai soigné une petite provision ; voulez-vous l'emporter aujourd'hui ?

— Volontiers.

Léonor ouvrit une armoire et en tira un superbe sachet de morilles.

— Voilà, Mme Normant.

— Tout cela ! mais, c'est beaucoup trop, je vous

23 - Sapins rouges.

24 - Cônes.

assure. C'est curieux que... (elle s'arrêta tout à coup, car elle allait exprimer le regret de ne pas avoir de morilles à Loisy, et termina sa phrase tout autrement), c'est curieux que vous puissiez en trouver autant, et de si belles !

— Il faut se donner un peu de peine et courir vite au bois lorsqu'il a tonné en avril. C'est alors qu'elles sortent de terre.

Madame Normant fouilla dans une de ces vastes poches que les femmes des paysans suspendaient à la taille, sous la jupe de la robe, et qui correspondaient à une ouverture de celle-ci. Elle en ramena, non sans peine, un paquet plat, fort bien arrangé.

— Alors, dit-elle, vous me ferez bien le plaisir d'accepter ce petit mouchoir. J'aurais voulu qu'il fût plus grand et meilleur, mais le marchand qui me l'a vendu n'avait rien de mieux dans sa boutique.

Or ce petit mouchoir était un foulard très grand, à pleine main, qui coûtait assez cher en ce temps-là et comme, hélas ! on n'en donne plus aujourd'hui à personne. La Léonor resta stupéfaite à la vue de ce superbe présent ; Hermance, arrivant au moment même, le plaça sur la tête de la bonne fille.

— Voilà, reprit la paysanne, j'ai pensé que cela vous tiendrait au chaud en hiver, quand vous allez au sermon.

Tout ce monde, plus Albert, devait *goûter* à la Maison des bois. — Léonore s'était procuré de la crème et du lait dans un alpage voisin, car Mme Normant détestait le lait de chèvre. — Les jeunes gens furent tous très gais. Luc, décidément, se corrigeait de ses grimaces. Henri et Olympe avaient l'air très heureux. Albert, seul, n'osait se dévoiler en présence de Mme Normant. Celle-ci, au moment de partir, prit à part son beau-frère et lui dit :

— Mais faites-vous bien d'inviter ce grand garçon chez vous ? Voilà, je ne voudrais pas me mêler de choses qui ne me regardent pas ; cependant, je trouve qu'Hermance est un peu familière avec lui, — bien que je n'aie rien remarqué qui ne fût convenable et à sa place chez elle. — Ne prenez pas la chose, beau-frère, en mauvaise part ; j'ai seulement voulu vous donner un avis amical.

— Vous pouvez être sans inquiétude à cet égard, ma chère sœur ; et comme je vous tiens pour une personne discrète et prudente, je vous dirai, dans le plus grand secret, que ces deux jeunes gens sont fiancés depuis un mois, et que cela me rend très heureux.

— Ah ! boustre ! je m'en doutais et je parie qu'elle en tenait déjà il y a un an, quand elle vint chez nous ?

— Il y a un an ! depuis dix ans et davantage, bien qu'elle ne voulût pas en convenir et que je m'en souciasse fort peu moi-même. Mais dès lors j'ai fait quelques réflexions.

— Pardine, vous m'en direz tant que la chose est maintenant toute simple. Ma foi, c'est un beau jeune homme ! Il m'aurait plu tout de suite, à moi, quand j'aurais été une jeune fille. J'aime son air réservé, digne et fier. On voit qu'il sait bien ce qu'il veut. — C'est comme notre Henri, qui est, ma foi ! je vous assure, un charmant garçon. Savez-vous, entre nous, que la mère Dumont a bien du bonheur avec ses enfants ! Combien ne voit-on pas de garçons riches qui ne font que des chagrins à leurs parents et leur boivent le sang avec toutes leurs fredaines ! Tandis que ceux-ci, ah ! bigre ! ça marche droit ! — Beau-frère, je vous recommande ma fille, quand elle sera ici ; cette mère a l'air d'une bien brave femme, mais pourtant, vous savez, on aime à pouvoir s'appuyer sur quelqu'un dans certaines occasions.

— Olympe est toute recommandée depuis longtemps. Je l'aime presque autant que ma propre fille. Et il me paraît que le neveu a fait aussi un bon choix ?

— Oui vraiment, je vous assure : nous sommes tous très contents.

— C'est aussi le cas, ma chère sœur, d'être reconnaissants envers Dieu, qui est si bon pour nous.

— Oui, oui ; je suis bien de votre avis, beau-frère. Mais

j'ai la mauvaise habitude de me laisser aller souvent à des paroles que je regrette, à des mots qui me sortent de la bouche presque tout seuls. Malheureusement, quand ils sont dits, c'est trop tard pour les retenir. Judihon est bien différent de moi ; il ne dit jamais que ce qu'il veut et attend toujours une heure avant de parler. Alors, ça m'impatiente et si je ne me retenais pas, je lui dirais presque des injures, quand il me met ainsi à bout.

Pour retourner au village, on fit passer Mme Normant par le chemin à char, afin qu'elle ne gardât pas un trop mauvais souvenir de son ascension à la Maison des bois, la descente par le sentier étant plus difficile que la montée pour une personne de son âge, d'ailleurs point habituée aux excursions de montagne.

CHAPITRE XXV

ucun bonheur complet, c'est-à-dire permanent, n'est possible ici-bas. Le désordre moral, appelé *péché* dans la loi sainte, place l'homme le plus heureux dans un état de tremblement devant le gouffre du tombeau, et surtout devant le jugement qui doit suivre. — Il y eut autrefois un Éden d'où l'homme fut banni ; pour y rentrer, pour goûter de nouveau le bonheur sans fin, il faut traverser une vie de combats, appuyé sur le vainqueur de l'enfer et de la mort. Cette pensée me ramène à mon récit.

Dès le milieu du mois d'août, Albert avait abandonné sa chambre pour qu'elle pût être réparée. À la suite de nouvelles réflexions, tous avaient pensé qu'il ne devait pas donner sa démission d'une manière définitive, mais demander un remplaçant pour un temps indéterminé. Henri, étant appuyé par de bonnes recommandations, obtint facilement ce qu'Albert désirait pour eux deux. — Ce fut là déjà un triste coup pour le cœur d'Hermance, qui pourtant reconnaissait ce qu'il y avait de bon dans le projet de son père et d'Albert. D'ici à la fin du mois on se verrait le plus possible, avant de se dire un si long adieu. Mais ce n'était pas de ce côté-là que l'épreuve allait fondre sur la jeune fille.

Le vingt-cinq août, jour de la Saint-Louis, Carell passa la matinée à la maison, arrangea diverses choses, dîna

gaîment comme à l'ordinaire, et partit peu après pour
sa tournée habituelle, par un temps clair, encore très
chaud. On a parfois de ces après-midi, vers la fin
d'août; le soleil verse encore des rayons tout aussi
ardents qu'en juillet, surtout s'ils rencontrent une terre
calcinée par une longue sécheresse. Carell se mit donc
en chemin, seul, un léger bâton à la main. Il avait donné
rendez-vous à Albert, au bord d'un bois appartenant à
un particulier de la plaine, pas très loin de chez lui, et où
le propriétaire se proposait de faire une coupe en
automne. Carell voulait avoir l'avis d'Albert. Cette forêt,
en pente rapide, se terminait au bas le long d'un pâturage parsemé lui-même de grands sapins semblables à
ceux de la Maison des bois. Ces arbres majestueux
faisaient là un très bel effet dans le paysage. On allait,
par curiosité, les voir. La plupart, mais non les plus
beaux, existent encore aujourd'hui.

En quittant sa fille, le vieux forestier l'avait tendrement
embrassée, ce qu'il faisait au reste chaque fois, depuis
quelque temps, lorsqu'il partait de plein jour. En le
voyant s'éloigner, elle fut saisie d'un accès de tristesse
si grand, que la pauvre enfant ne put retenir ses larmes.
— Nous recevons parfois comme une vue anticipée,
mais non, définie, de ce qui nous attend: c'est un *pressentiment*, disent les gens du monde qui n'admettent
pas l'intervention divine dans le gouvernement des
âmes; niant le fait surnaturel qui vient de Dieu, ils en
font ainsi honneur à la matière! Au lieu de voir une
préparation morale dans ce devancement de la pensée,
une sorte de lien mystérieux unissant les esprits déjà
ici-bas, le matérialiste l'attribue à une sécrétion du
cerveau, au produit d'un organisme mortel, aux rouages
subtils d'une mécanique ingénieuse qui marche d'elle-
même et se remonte à point nommé selon les
circonstances des individus.

Carell arriva le premier au rendez-vous; le ciel s'étant
subitement chargé en arrière, d'énormes châteaux de

nuages d'un gris-clair s'amoncelaient à perte de vue au-dessus des bois, mais il n'y avait pas d'orage. Quelques grosses gouttes de pluie blanche commençaient à tomber, lorsque Albert et Marc, débouchant d'une lisière voisine, s'arrêtèrent en poussant un « ho-hop ! » que l'écho leur renvoya suivi d'un vigoureux « ho-hep ! » de Carell. Celui-ci, tranquillement assis au pied d'un grand sapin, les attendait là.

— Venez vous mettre à l'abri un moment ici, leur dit-il ; cette pluie finira dans peu d'instants, et nous pourrons alors examiner notre affaire.

Albert regarda le temps, qui lui parut menaçant. Il conseilla de repartir au plus tôt pour le village, ou tout au moins de gagner un chalet.

— Nous sommes très bien ici, reprit Carell, et aussi à couvert que sous un toit. Comme nous serions mouillés dans cinq minutes, il vaut mieux attendre que la pluie ait cessé. Venez vous asseoir vers moi.

Albert ne voulut pas le contrarier par un nouveau refus, d'autant plus que, jusqu'à ce moment et bien que l'air fût devenu lourd, aucun éclair ne sortait des nuages. Il s'assit donc près de Carell, et Marc Ostéli entre les jambes du vieillard. Celui-ci, dont les pensées habitaient en haut, parlait de la terre nouvelle, d'où les orages de la nature, comme ceux du cœur, seront bannis. Sa figure était sereine, presque lumineuse sous l'épais branchage du sapin. La pluie devenait de plus en plus forte ; tout à coup elle cessa de tomber ; et il se fit comme une suspension subite dans l'atmosphère, mais la terre trembla autour de ces trois hommes, une lueur intense les entoura, sans qu'aucun bruit parvint à leurs oreilles. Albert, enlevé de sa place, fut jeté à quelques pas sur le sol et se releva aussitôt. Marc, toujours assis, n'avait pas quitté sa position entre les jambes de Carell. Ce dernier, appuyé contre la tige du sapin, dormait.

Il dormait, cher lecteur, de ce sommeil qui nous étreint, lorsque l'âme remonte au Père des esprits dans la lumière. Une légère raie bleue traversait son front et venait mourir sur la tempe gauche. Tout le long du colosse branchu, un sillon de feu avait marqué son passage sur la tige labourée, et, de là, pulvérisé les racines jusqu'à leurs extrémités cachées sous le gazon. En une seconde, Louis Carell avait fermé les yeux à la lumière du soleil. — J'ai vu le tronc de cet arbre, que la hache est venue dès lors frapper ; une fois de plus j'ai compris la brièveté de la vie et l'obligation où nous sommes tous de consacrer ce qu'il nous en reste à Dieu notre Sauveur.

Albert s'était donc relevé, sans avoir eu le temps de comprendre comment il avait été transporté à cette distance. Mais une forte odeur de soufre et la vue de l'arbre lacéré lui apprirent bientôt ce qui venait d'avoir lieu. Il ne se sentait pas de mal. Marc venait de se lever aussi et se frottait les yeux. Seul, Carell restait immobile à sa place, les mains appuyées sur ses genoux. Un simple regard suffit à Albert pour lui montrer la vérité, la terrible vérité. — Mon Dieu ! s'écria-t-il, tout est donc fini !

Il tâta le pouls — rien ! Il mouilla son mouchoir sur l'herbe et en frotta les tempes de ce père chéri — rien ! L'œuvre du coup de foudre était irrévocable. Et Marc, assis entre les jambes de Carell, non seulement n'avait rien senti, mais ne s'était douté de rien. En voyant sauter Albert d'une si étrange manière, il avait ri. Maintenant il ne riait plus. L'aimable enfant, les mains jointes, considérait le vieux forestier sans vie, avec cette simple et franche compassion de la jeunesse. Il lui soulevait les bras encore souples et tièdes, et question-nait Albert sur ce qu'il pouvait faire pour l'aider.

Ce dernier venait d'arracher une feuille blanche à son carnet de poche ; il écrivit au crayon :

«Ma mère, le Seigneur vient de nous frapper tous. Notre cher M. Carell n'est plus. — Retiré subitement.

— Faites votre possible pour monter à l'instant chez Hermance. — Envoyez-moi un homme avec un paquet de cordes. — Marc vous dira tout. »

Albert

— Mon cher Marc, vous allez courir à la maison et porter ceci à ma mère. Vous connaissez le chemin.

— Oui.

— Il vous faut vingt minutes. Si vous voulez revenir avec l'homme, vous le pouvez ; sinon, vous lui expliquerez bien le lieu où je l'attends, au bas de la *Côte à Siméon*. Envoyez-moi aussi un mouchoir blanc.

Marc partit comme un trait lancé sur les pentes voisines. L'orage et la pluie s'étaient dirigés à l'orient.

Albert, dès cet instant, s'occupa de la formation d'un brancard. Avec sa serpe, il coupa dans le bois les perches nécessaires, puis, dans l'intérieur du sapin, une assez grande quantité de branchage doux, resté sec sous cette épaisseur. Quand cela fut fait, lui, qui ne pleurait jamais, vint se mettre à genoux auprès du mort, et versa d'abondantes larmes en priant Dieu avec ferveur. Le sillon de la foudre l'avait épargné, ainsi que le jeune homme confié à ses soins. Et pourquoi lui mieux que le père d'Hermance ? Ô profondeur des mystères de Dieu, que ses voies sont impénétrables !

Enfin Marc Ostéli et l'un des voisins du Quart-d'en-haut, homme fort et robuste, parurent à quelque distance.

Transportons-nous maintenant chez la mère d'Albert. Pauvre femme, hélas ! quelle nouvelle à annoncer ! et cependant il fallait bien monter tout de suite à la Maison des bois, par le rude sentier. Elle ferma donc sa porte et s'achemina comme elle put, appuyée sur un long bâton. Hermance était sur le seuil, regardant vaguement la campagne. Elle pensait à son père, en ce moment ; sans comprendre pourquoi, elle priait pour lui — Tout à coup elle vit la mère d'Albert, à vingt pas de la maison, et s'empressa d'accourir à sa rencontre. Mais l'expression douloureuse de la veuve lui dit tout :

— Oh ! mon père ! mon père ! — que vient-on m'annoncer ?

— Venez, mon enfant ; venez avec moi dans la maison ; je ne puis pas parler ici ; venez, chère fille.

Elles entrèrent.

— Mon enfant chérie, lui dit Mme Dumont, il nous faut à tous du courage ; il nous faut surtout de la foi. Vous retrouverez un jour votre père dans la gloire des enfants de Dieu.

Hermance poussa un grand cri, qui fit accourir Léonor. Lorsque celle-ci entra, Hermance, à genoux, cachait sa tête dans le sein de Mme Dumont, plus morte que vive.

— Oui, mon enfant, nous le pleurerons tous ensemble, mais nous adorerons les voies de Dieu. Votre père était mûr pour le ciel. Comme le prophète Élie il y est monté sur un chariot de feu, sans souffrance du corps, sans angoisse de l'âme. Ah ! mon enfant, plus tard vous le comprendrez : c'est une grâce qui lui a été faite. Quand vous aurez bien pleuré, je vous dirai tout.

Frappée de stupeur, la Léonor ne disait rien et ne pleurait pas. Elle restait là, comme une statue.

— Asseyez-vous, Léonor, reprit la mère — pouvez-vous m'entendre maintenant, Hermance ? — Oui, n'est-ce pas, ma chère enfant ?

Mme Dumont lut d'abord le billet d'Albert, après quoi elle compléta les détails par le récit qu'elle tenait de Marc Ostéli. La réalité positive de son malheur calma un peu Hermance, et la pensée qu'Albert et Marc avaient été épargnés, quoique placés sous le sillon électrique, la ramena plus vivement aux pieds du Seigneur. — Léonor se résolut à parler.

— Il nous faut prendre courage, Hermance, dit-elle. Depuis deux mois il vivait toujours avec le bon Dieu. Eh bien, il est allé vers lui ; avec le bonheur des autres, c'était tout ce qu'il désirait. — Je pense, mère Dumont, qu'ils vont l'apporter ici. Il faudra le mettre sur le lit de repos et ne pas le monter dans sa chambre. Hermance et vous, mère Dumont, allez là-haut ; je resterai assez seule ici.

— Non, pas moi, dit Hermance. Je veux le revoir la première.

La Léonor vint au pré et y rencontra le brancard mortuaire, porté par Albert et son compagnon. Marc suivait à côté.

Celui qui n'a pas perdu son père subitement, encore au fort de la vie, ne peut comprendre ce qu'on éprouve en un tel moment : — Ces traits glacés, fixes, ces yeux fermés, ces mains sans étreinte. Ô mort ! terrible et solennelle mort !

Carell fut couché dans la chambre basse, en attendant d'aller rejoindre son père au champ du sommeil.

Outre la fatigue excessive qu'il avait supportée, Albert était dans un état physique et moral bien étrange. Par moment, il croyait à un cauchemar prolongé, à une hallucination impossible. Il ne savait rien dire, ne pouvait rien dire à Hermance. Celle-ci le voyant ainsi hagard, eut l'idée d'un double et effroyable malheur. Elle se jeta donc au cou d'Albert et le couvrit de ses larmes, en le remerciant de tout ce qu'il avait fait pour son père et pour elle.

— Il vous aimait tant, Albert ; il vous chérissait comme son fils. Oh ! merci, merci, pour lui et pour moi. Et vous aussi, vous avez été frappé.

— Moi, non ; j'ai été lancé à quelque distance... Mais je ne peux pas parler... Il me semble que, moi aussi, je suis mort... Adieu... Je serai là demain matin ;... ma mère il nous faut partir...

Le voisin des Dumont, que Léonor restaurait à la cuisine, s'engagea à passer la nuit à la maison.

Grâce à des soins absolument nécessaires dans l'état d'Albert, une réaction heureuse s'opéra pendant la nuit. Sur le matin, il put dormir, mais il aurait été incapable d'aller à pied le lendemain chez Hermance. Il lui écrivit, offrant, d'une façon discrète, de communiquer aux parents la nouvelle qui les atteignait tous. Léonor vint immédiatement et s'entendit avec lui pour le jour et l'heure des funérailles et tout ce qu'il y avait à faire pour cela. De pauvres femmes seules sont bien à plaindre, quand elles doivent s'occuper de ces sinistres et trop positifs détails. Il expédia donc les lettres nécessaires et fit remettre au juge de paix, par un messager, le testament de Carell.

M. Normant et Luc se rendirent chez Hermance pour le jour de l'enterrement. Olympe arriva déjà la veille et ne retourna pas avec ses parents à Loisy. Par suite de la commotion reçue, Albert fut une semaine avant d'avoir retrouvé ses forces. Hélas! il ne put pas même accompagner son vénérable ami au cimetière. De sa fenêtre, il vit passer le triste cortège, Henri le remplaçant pour ce pieux devoir. Le jeune Marc Ostéli repartit pour Genève, sans avoir éprouvé un seul instant de malaise, tant les effets de la foudre sont divers et surprenants.

Dès qu'Albert put marcher assez bien, il se rendit à la Maison des bois. Hermance, maintenant résolue et calme dans sa douleur, le reçut comme son véritable fiancé et l'entoura avec Olympe des soins les plus affectueux. Elles se firent raconter par lui, dans les plus petits détails, tout ce qui s'était passé au moment fatal. Olympe admira ces voies merveilleuses du Dieu fort, qui, au moindre signe de sa volonté, fait vivre ou mourir comme il l'entend. Hermance dit à Albert:

— Maintenant, je n'ai plus que vous, Albert; j'aurai grand besoin de vos conseils, de votre direction. Mon oncle veut bien être mon conseiller, mais il habite loin d'ici. Qu'allons-nous faire?

— Ma très chère Hermance, répondit Albert, nous ferons tous notre devoir. Le mariage d'Olympe et d'Henri aura lieu comme il a été convenu, en octobre prochain. Voilà un premier point.

— Je voulais, au contraire, interrompit Olympe, propo-

ser à Hermance de venir passer l'hiver avec moi à Loisy :
en ce cas, nous renverrions mon mariage au printemps.

— Qu'en pensez-vous, Hermance ? demanda Albert.

— Non, je crois qu'il vaut mieux, pour tous, qu'Olympe
vienne au Chenalet le plus tôt possible.

— C'est tout à fait mon avis, reprit Albert. Pour vous,
Hermance, je ne puis accepter la pensée que vous
passiez l'hiver ici, seule avec Léonor. C'est impossible.
Il me semble que le frère de Léonor, qui est presque
aussi âgé qu'elle, vous conviendrait comme domestique. Si vous l'engagiez pour une année, tous vos
travaux de campagne seraient bien facilités. J'en ai
parlé à Léonor, qui verrait la chose avec plaisir.

— Et moi aussi, Albert ; je vous remercie d'y avoir
pensé.

— Maintenant, il s'agit de vous Hermance. Voici ce que
j'aimerais que vous fissiez. Ce serait de vous rapprocher
de ma mère et d'Olympe, en demandant au pasteur de
vous recevoir en pension cet hiver. Je crois qu'il y
consentirait de bon cœur, et même que vous lui rendriez
en cela un service, puisqu'il est pauvre et a de la peine
à subvenir aux besoins de sa famille. La cure n'est qu'à
cent pas de notre maison. Pensez comme ce serait
agréable pour vous, pour ma mère et pour Olympe. Et
Léonor irait et viendrait comme à l'ordinaire.

— J'aurai bien de la peine à quitter cette demeure,
Albert ; cependant, je suivrai votre conseil. Mais vous,
mon ami, qu'allez-vous faire ? Ah ! comme la mort d'un
père brise tout dans une famille ! Vous avez pensé à
nous tous, sans nous dire encore ce qui vous concerne.

— Moi, Hermance, je pense partir dans cinq jours,
pour **, en Wurtemberg. C'était le désir de votre père :
vous savez combien souvent il m'en a parlé et que
c'est ma parole donnée à cet égard qui fut le point de
départ de mes espérances les plus chères. — Il vous
faut donc, Hermance, m'encourager en me disant :
« Va, tu fais bien. »

Hermance baissa les yeux, réfléchit un moment et finit par dire, sans les lever : — Oui, *vas, tu fais bien.* »

Ainsi la mort de Carell ne changea rien à la décision d'Albert. Les choses s'arrangeraient pour tous, comme il venait d'être convenu.

Le lendemain de cette journée, à la fois si pénible et si douce, on homologua les dispositions testamentaires de Louis Carell. Gédéon Normant se rendit seul en Justice de paix, comme représentant de sa nièce. Le testament était fort court :

« Un legs de 25 louis à la Bourse des pauvres de la commune du Chenalet, où mon père et moi avons trouvé bon accueil de tous et l'aisance dans le travail.

Un legs de 25 louis à ma brave et fidèle domestique Léonor Destruches, qui finira sans doute ses jours au service de ma fille.

Un legs de 25 louis à ma chère nièce Olympe Normant, en souvenir de l'amitié que j'ai pour elle.

Un legs de 50 louis à mon cher collègue, ami et futur gendre, Albert Dumont, pour subvenir à une partie des dépenses qu'il va faire à l'étranger, dans le but de compléter ses études de forestier.

Enfin, pour mon héritière universelle en tout ce que je puis posséder après les legs ci-dessus, ma fille bien-aimée Hermance Carell. »

Tel était le contenu succinct de ce testament. On aurait dit que Louis Carell s'attendait à passer prochainement du monde matériel au lieu invisible où se reposent les âmes des justes, jusqu'au jour glorieux de la résurrection.

CHAPITRE XXVI

lbert est donc parti. — Les deux mariages d'Henri et d'Olympe, de Luc et de Fanny, ont eu lieu dans la première semaine d'octobre, avant les vendanges et non après, comme on l'avait d'abord décidé. Voici pourquoi ce changement a eu lieu.

Un jeune prince français, exilé de son pays, avait trouvé en Suisse non seulement un asile bienveillant, mais une seconde patrie. Se croyant appelé à une mission supérieure, redoutable, et que le commun des hommes n'est point appelé à comprendre ou à juger, ce jeune prince, disons-nous, tenta en France une entreprise qui ne fut pas couronnée du succès auquel il s'attendait. Il fut fait prisonnier avec ses compagnons, et ceux-ci furent déclarés non coupables par un jury. Le chef de l'entreprise, gracié par le roi Louis-Philippe, fut transporté en Amérique, d'où il ne tarda pas à revenir en Suisse. Alors, on vit un spectacle bien extraordinaire de petitesse et de grandeur : d'une part, le gouvernement puissant d'une grande nation, ordonner en quelque sorte à un petit peuple libre, d'expulser de son pays un citoyen contre lequel il n'y avait pas eu de sentence rendue : d'autre part, ce petit peuple, refuser une demande pareille. — De là, une menace immédiate de guerre et ce fameux *blocus hermétique pour les hommes et les choses*, en Suisse, un cri général de défense énergique et fière. Le canton de Vaud fut un des premiers à se sentir menacé. Genève palissada ses vieux fossés ; partout, dans la Suisse occidentale, on s'attendait à une attaque de la France. — Des troupes arrivèrent dans le Pays de Gex, jusqu'à l'extrême frontière. Le clairon et le tambour français s'entendaient fort bien de Divonne à Loisy, tout rapport d'affaires avait cessé entre les habitants limitrophes des deux pays.

En un pareil état de choses, il ne fallait pas compter sur l'avenir, mais au contraire se hâter, d'autant plus que Luc et Henri pouvaient être appelés à prendre les armes pour la défense de la patrie. Celui qui écrit ces lignes, vingt-six ans après les événements de cette époque, se souvient encore très bien que, voulant faire une absence de trois jours à l'autre bout du lac, il n'en reçut pas la permission de son chef militaire, tant on s'attendait à une attaque aussi odieuse qu'immédiate. Il est bon de rappeler de semblables faits à la jeunesse actuelle, qui vit trop dans le temps présent et ne recherche pas assez les sérieuses leçons de l'histoire.

Vers la fin d'octobre (en 1838), presque toutes les communes de la partie occidentale du canton de Vaud étaient garnies de soldats citoyens, logés dans les maisons bourgeoises et reçus partout avec cordialité.

À l'ouïe des premiers bruits de conflit sérieux, Hermance était venue chercher un refuge chez M. le pasteur du Chenalet, où elle passerait l'hiver, selon le désir d'Albert. Celui-ci écrivait chaque semaine, et, chaque semaine aussi, Hermance répondait. Mais il nous faut retourner aux menaces de guerre de la France.

Le prince Louis-Napoléon ne voulut point laisser venir les choses à la dernière extrémité. Il quitta volontairement la Suisse. Les soldats français fraternisèrent avec les miliciens vaudois, puis, les troupes échelonnées à la frontière se retirèrent. Les bataillons suisses furent licenciés. Les rapports ordinaires de la vie reprirent leur cours.

Naturellement, le Chenalet avait eu sa compagnie de militaires. Julius Bagal ne la perdit pas de vue, tant elle lui rappelait les *évolutions* de sa jeunesse. On l'entendait commander un bataillon tout seul dans son atelier, et même parfois sur de hautes esplanades où il allait se promener.

— Une ! — une ! — une — deux ! — Marquez le pas ! marquez le pas ! marche ! — Sur le premier peloton, déployez la colonne ! (premier peloton, jalonnez !) — Par peloton à gauche, marche ! — Arrivez ! arrivez ! — Arrivez donc sur la ligne ! — Guides, à vos places ! — Colonne d'attaque : sur les 4me et 5me pelotons, en arrière en colonne serrée ! — etc., etc.

Il y avait des finales de commandement prononcées à voix si éclatante, que les rochers voisins les répétaient, faisant ainsi l'office d'aide-major à maître Julius. — Dans la rue, il ne mettait plus que sa redingote, toujours boutonnée du haut en bas, et, la visière de sa casquette en l'air, il lui semblait qu'il était encore à l'armée. Il le croyait d'autant mieux, lorsque de gais militaires, en séjour au Chenalet, le prenaient avec eux le soir et se faisaient donner par lui une leçon de théorie. — Pour le bon Julius, cet heureux temps, qui ne dura qu'une quinzaine de jours, n'aurait jamais dû finir. Combien de fois demanda-t-il l'heure exacte aux officiers, au corps de garde ou enfin à n'importe qui, pourvu que ce fût à un étranger au village ? Lorsque les soldats furent partis, il devint tout triste :

— Hélas ! dit-il un jour à Henri : voilà ce que c'est que ce pauvre monde : il y faut faire continuellement le demi-tour : une, deux, troiss ! — marche ! jusqu'à ce qu'on fasse la dernière étape étendu tout de son long dans un vilain coffre noir. Alors, peu importe que l'horloge avance ou retarde, puisqu'on ne l'entend plus sonner et qu'il n'y a plus de service à faire. — Mon cher camarade, si vous teniez à vous mettre bien au fait de l'école de bataillon, je vous donnerais volontiers des

leçons pendant les longues soirées d'hiver. Nous ferions
des mannequins en bois, des petits bons hommes en
assez grand nombre pour former une brigade, et nous
nous amuserions nous deux comme des princes. De
sept à dix heures, chaque soir, je suis libre. Mais voici
pour moi le revers de la médaille : en votre qualité de
jeune marié (et quand on a une aussi charmante femme
que Mme Olympe !) on tient naturellement à passer la
soirée avec elle. C'est là qu'est le bonheur, cher fourrier.
Puissiez-vous en jouir longtemps, ainsi que la compagnie entière de vos dames ! Je m'ennuie comme un
perdu, voyez-vous : décidément je ne suis plus la route
de mon bataillon. Vous n'avez pas d'idée comme le bruit
qu'on faisait ici il y a quelque temps me manque. — À
propos, priez Mme Dumont, la mère (quelle digne femme,
celle-là !) de me garder pour dimanche prochain le
Jeune Tambour de Nieritz, et le *Vieux troupier de
St-Claude* : ce sont les deux meilleurs ouvrages de la
Bibliothèque du Chenalet. Salut, cher ami !

Hermance avait eu aussi des militaires à loger à la
Maison des bois, qui devint même un poste avancé dans
la contrée. Elle recommanda à Léonor de ne rien épar-
gner pour leur agrément et leur subsistance.

Au milieu de ces grands tracas, Mme Normant s'était
inquiétée de sa fille, qui, pensait-elle, pouvait se trouver
souvent seule, pendant qu'Henri faisait des tournées
d'inspection. — À leur place, disait-elle, je les plante-
rais bien là, ces vilains bois ! Oui, que voulez-vous
qu'on y fasse parmi tout ce monde dont ils sont pleins ?
Depuis que ce certain homme fut aplati sous une
tronche qui lui passa sur le corps, personne ne veut
s'aviser de suivre son exemple. Et d'ailleurs, le bois ! Il
n'y a que ça là-haut. Que pourrait-on y mettre à la
place ? Ma foi, si j'étais Henri, je ferais semblant d'aller
loin, et je reviendrais bien vite chez moi, la nuit surtout.
Mais ces Dumont n'ont point de conscience, ou plutôt
ils en ont beaucoup trop. C'est comme l'autre, donc, le

grand, qui s'en va là-bas au fond des Allemagnes!
Pourquoi ? Pour connaître les herbes des montagnes et
apprendre à toiser. Est-ce que le régent de la commune
n'aurait pas pu lui dire comment on traîne la chaîne sur
le terrain, et comment on fait tourner le compas sur le
papier ? Pardine, il était bien bon de reste d'aller dépen-
ser là-bas les cinquante louis de mon beau-frère. Ce
n'est pas moi qui aurais voulu courir si loin. Au bout de
trois mois (mettons-en cinq), il se serait marié et
personne n'eût trouvé la chose déplacée de la part de
ma nièce. Ma foi ! qu'ils s'arrangent comme ils voudront ;
ça ne me regarde pas.

Albert, cependant, travaille beaucoup plus que ne le
peut supposer Mme Normant. Au bout de six mois, il a
déjà fait bien des progrès, car il est mieux placé que tout
autre pour acquérir l'instruction nécessaire. Non seulement il aime les forêts, mais il les a pratiquées à fond
depuis bien des années. La botanique forestière, la
physiologie végétale lui sont familières, ainsi que la
connaissance des terrains, l'influence des diverses expositions et élévations du sol, etc. Les mathématiques
élémentaires, la levée des plans et le nivellement, exigent
des études plus positives et plus difficiles, mais son direc-
teur dit qu'il y parviendra certainement, s'il continue à
travailler avec autant d'intelligence et d'ardeur.

Les lettres vont, viennent, se croisent, s'allongent. —
Hermance, de son côté, assiste aux leçons que le
pasteur donne à sa fille aînée, et continue à vivre à la
cure. Albert est ravi de voir comme sa fiancée profite de
ce qu'elle entend et comme elle sait bien raconter. Son
esprit si éveillé saisit tout très vite et se l'approprie d'une
manière heureuse. C'est ainsi que les semaines, que les
mois s'écoulent.

Olympe et Henri coulent des jours heureux. Le magasin s'est élargi, agrandi. Il contient maintenant tout ce
qui est nécessaire à une population montagnarde,
depuis le plus petit brimborion de pipe, jusqu'aux barres

de fer, aux chaînes, aux garde-roues et à tout l'attirail du
bûcheron. On trouve aussi chez Henri Dumont de solides
et chaudes étoffes, des flanelles et des tricots, dont on
fait une assez grande consommation au Chenalet. Et le
café vient toujours du Havre, le sucre des fabriques fran-
çaises, le tabac un peu de partout. Ainsi donc, tout va
bien de ce côté-là. Quand Albert sera de retour, Henri
déposera les insignes du forestier provisoire, pour se
vouer entièrement à son commerce, Olympe au ménage
en attendant la naissance d'un enfant, et la bonne mère
Dumont à la bibliothèque populaire, dont les gens du
Chenalet se montrent avides.

Enfin une bien longue année est terminée. Hermance
a pris le petit deuil. Ceux qui ne l'ont pas vue ne peuvent
se représenter combien elle a encore gagné en beauté
pure et en grâce aimable. Un genre de vie différent, des
convictions religieuses plus enracinées et la société
habituelle de la famille du pasteur, ont adouci ce que sa
nature avait de trop véhément, de trop décidé peut-être
dans l'expression. Elle parle un meilleur langage, elle
est plus soignée dans sa mise, quoique sans aucune
recherche de toilette.

Albert est arrivé un samedi vers la fin de septembre.
Et lui aussi a pris encore quelques chose de plus comme
il faut. Malgré un léger accent allemand, qui ne tardera
pas à disparaître, on le retrouve bien comme on l'a
connu; simple, digne, mais l'esprit plus cultivé. Si
Julius le rencontre demain après le culte public, il ne
pourra s'empêcher de dire:

— « Quel joli-hom ! Un homme charmant ! Mon colonel
ne pouvait faire un choix plus heureux; je le lui dirai
bien encore une fois à la première occasion. »

Dans huit jours on publie les bans de mariage; à la
fin d'octobre, les heureux époux prendront le chemin
de la Maison des bois, pour y passer un hiver que
plus d'un lecteur envie sans doute, mais qu'il faut
bien leur accorder.

La Léonor a trouvé le temps long, même avec son frère, qui est un bonhomme peu communicatif. Maintenant elle va posséder ses jeunes maîtres pour toujours, pense-t-elle et il faut bien espérer qu'Albert ne deviendra pas aussi bon que le cher et regretté M. Carell. «Car, dit la vieille fille, d'être trop bon, cela ne vaut rien et fait partir les gens beaucoup plus vite. »

Malgré toute sa nouvelle science, Albert a déjà repris ses fonctions de garde-forestier. Son collègue est un homme actif, sobre et juste, dont l'intelligence est assez ordinaire, comme c'est le cas, au reste, pour beaucoup de fonctionnaires de cet ordre. Carell était une exception ; Albert l'est bien davantage encore. Ce dernier va travailler jusqu'au printemps, et alors il se présentera devant la Commission des forêts comme aspirant au brevet d'inspecteur forestier. Espérons qu'il fera de bons examens ; espérons aussi que ses juges lui seront favorables.

Il nous semble, cher lecteur, que c'est aujourd'hui la noce. Oui, vraiment, on sonne la cloche à l'église du Chenalet. — Julius Bagal dit que l'heure est exacte à l'horloge. Allons un peu voir des gens heureux pour lesquels nous dirons : Que Dieu les garde et les bénisse !

FIN